붉은 강 세븐

RED RIVER

SEVEN

A. J. 라이언 장편소설

전행선 옮김

붉은 강 세븐

나무옆의자

〈쿼터매스의 숨겨진 실험〉*의 원작자이자
하이콘셉트 아포칼립스의 대가
고 나이젤 닐에게 바칩니다

---

*   1953년 영국 BBC에서 방영된 3부작 TV 시리즈물.

같은 강에 두 번 발을 담그는 사람은 없다.
그것은 같은 강이 아니며 그도 같은 사람이 아니기에.

—헤라클레이토스

차례

1장

그를 깨운 것은 총성이 아니라 비명이었다. 인간의 비명은 아니었다.

총소리가 났다는 건 알았다. 소금기를 머금은 보슬비에 따가운 눈을 깜빡이며 고개를 들었을 때, 희미하지만 익숙한 총성이 귀를 쿵쿵 울려댔다. 그가 고무로 덮인 차가운 금속에 양손을 지탱하고, 들썩이며 흔들리는 어떤 표면을 밀면서 자세를 바꾸는 동안 비명이 다시 들려왔다. 그는 비명의 진원 쪽으로 몸을 홱 돌렸다. 날카롭고 예리한 그 소리에 두개골을 관통하는 통증이 느껴졌다. 눈을 몇 번 더 깜빡이자, 비명을 지르는 존재에 초점이 맞춰지면서 그것의 비인간적인 모습을 확인할 수 있었다.

갈매기가 그를 향해 고개를 기울이고는, 매서운 바람이 깃털을 흩뜨리자 마치 무언가를 준비하듯 몸을 앞뒤로 까딱였다. 그는 갈매기가 자신을 향해 날아올지도 모른다는 생각에 잠시 긴장했다. 갈매기도 얼마든지 흉포해질 수 있기 때문이다. 하지만 새는 노란 부리를 쫙 벌리고 다시 한번 비명을 지른 후 인상적으로 넓은 날개를 활짝 펼쳐 하늘로 날아올랐다. 갈매기가 일렁이는 잿빛 물 위를 빠르게 미끄러져 날아가서는 두꺼운 안개층 속으로 사라질 때까지 그의 시선은 계속 그 궤적을 따라갔다.

"바다……"라는 말이 바짝 마른 혀를 긁어대며 입술을 빠져나왔다. "난 바다 한가운데 있는 거야." 아무 이유도 없이 이 말이 터무니없을 만큼 웃겨서 그는 폭소를 터뜨렸다. 그리고 그 유쾌함의 정도에 스스로 놀랐다. 숨이 턱턱 막힐 만큼 요란한 웃음이 터져 나왔고, 그는 배를 움켜쥐고 경련을 일으키면서 다시 한번 갑판을 뒹굴었다. 갑판, 그는 웃음이 잦아드는 동안 깨달았다. 나는 보트 아니면 배 위에 있는 거구나.

그는 다시 한번 일어나 주변을 살피고 싶은 충동을 느꼈지만, 이번에도 알 수 없는 이유로 그러지 않았다. 1분 내내 갑판 위에서 미동도 없이 웅크리고 있었다. 얼굴은 고무 매트에서 불과 몇 센티미터밖에 떨어져 있지 않았다. 이 마비의 원인을 분석하려고 애쓰는 동안 심장은 빠르게 달음박질했다. 두렵다. 왜지? 부끄러울 정도로 명백한 이유가 떠오르자 그는 다시 웃음을 터뜨릴 뻔했다. 총소리 때문이지, 이 돌대가리야. 총성이 들렸잖아. 다시 총소리가 들리기 전에 이제 일어나야 해.

이를 악물고 갑판에 몸을 의지한 채 안간힘을 써서 무릎을 꿇고 앉았다. 고개는 위협을 찾아 이리저리 움직였고, 두 눈은 짙은 안개에 뒤덮인 파도, 그가 타고 있는 배가 남긴 잿빛 항적 위의 하얀 거품, 그리고 방수포에 덮인 작은 고무보트가 밧줄에 묶여 조금씩 흔들리는 모습을 주시했다. 작은 보트, 큰 보트, 또다시 웃음이 터지려는 것을 참아내며 생각했다. 히스테리, 그는 깊이 심호흡하며 스스로를 다잡았다.

오른쪽으로 고개를 돌렸을 때 눈에 들어온 광경은 그에게서 웃음기를 거두어버렸다.

시체는 격벽에 기대어 쓰러져 있었고, 격벽의 짙은 회색 페인트는 죽은 남자의 두개골에서 최근 쏟아져 나온 게 분명한 검붉은 핏자국으로 변색해 있었다. 시체는 평범한 군복에 군화 차림이었는데 재킷에는 휘장도 이름도 없었다. 고개는 한쪽으로 기울어져 있었고, 얼굴은 낯설었다. 하지만 턱 밑을 관통한 총알이 두개골 윗부분을 뚫고 나가면서 남자의 얼굴을 많이 바꾸어 놓았을 터였다. 한쪽 팔은 옆으로 축 늘어져 있었고, 다른 팔은 손에 권총을 쥔 채 무릎 위에 놓여 있었다.

"M18, 지크자우어." 그는 이 무기를 알았다. 그 사실을 반영하듯이 목소리는 부드럽게 흘러나왔다. 총은 미국 군용 표준 권총이었다. 17발 장전 가능. 유효 사거리는 50미터. 하지만 그 순간 무엇보다 더 의미심장하게 다가온 사실은 그가 권총의 이름은 알면서, 자신의 이름은 기억하지 못한다는 것이었다.

고통에 가까울 만큼 극심한 혼란을 표현하는 신음이 입에서 새어 나왔다. 그 어느 때보다도 빠르게 뛰는 심장 소리에 그는 눈을 감았다. 내 이름. 내 이름은…… 내 빌어먹을 이름은!

아무것도 떠오르지 않았다. 그저 텅 빈, 고요한 공허감뿐이었다. 마치 빈 상자 속으로 손을 뻗는 것 같았다.

전후 사정, 두려움이 공황으로 바뀌기 시작하자 그는 스스로에게 말했다. 넌 어딘가에 머리를 부딪힌 거야. 사고나 그 비슷한 일이 있었던 거지. 이건 꿈이거나 환각이야. 전후 사정을 떠올려봐. 집. 직업. 그러면 이름이 떠오를 거야.

그는 기억을 소환해내려 안간힘을 쓰며 끙끙거렸고, 눈을 점점 더 세게, 짓누르듯이 감아대는 동안 눈물이 새어 나왔다.

집. 떠오르는 게 없었다.

직업. 역시 떠오르는 게 없었다.

연인, 아내. 없었다.

어머니, 아버지, 형제, 자매. 없었다.

그가 바라보는 어둠은 별들로 반짝였지만, 그가 아는 어떤 것과도 합쳐지기를 거부했다. 거기에는 얼굴도, 이름도 없었다.

장소, 그는 생각했다. 이제 열에 들뜬 떨림이 그를 덮쳐왔다. 장소를 대봐. 아무 곳이나…… 포킵시. 뭐라고? 왜 포킵시지? 그가 포킵시라는 곳을 알고 있던가? 포킵시 출신이었나?

아니. 영화에 나온 대사였다. 영화 속에서 진 해크먼이 했던 대사. 고가전철을 따라가며 멋진 차량 추격전을 펼치던 영화……〈프렌치 커넥션〉. 내가 지금 영화 대사는 기억하면서 내 이름을 기억하지 못한다는 건가?

그는 두 손을 머리에 가져다 대고, 벌을 주는 동시에 격려하듯이 두드려대다가, 두피를 까끌까끌하게 덮은 짧은 머리칼을 느끼고는 동작을 멈췄다. 머리를 밀었군, 그는 깨달았다. 바닷바람으로 축축해진 두피를 손가락으로 더듬어봤다. 바짝 밀었어……. 바늘처럼 까칠한 머리칼의 질감이 중단되는 지점에서 그의 손가락이 멈췄다. 무언가가 왼쪽 눈 위에서부터 정수리까지 주름처럼 죽 이어졌다. 흉터야.

사고와 부상에 관한 생각이 다시 한번 떠올랐지만, 흉터의 규칙성, 즉 흉터의 성격을 명확하게 보여주는 반듯함을 확인하자 이내 마음이 가라앉았다. 수술. 누군가 내 두개골을 잘라 열었어. 꿰맨 자국은 느껴지지 않았다. 절개 부위가 이미 아물었다는 의미였다. 그러나 부풀어 오르고 튀어나온 상처의 느낌은 그 상처가 아무리 깔끔하다 해도, 그가 당한 일이 무엇이든 간에 그리 오래전 일은 아니라는 결론을 내리게끔 했다.

수술 후 시체와 함께 배에 갇힌 거야. 그의 시선은 다시 시체 쪽으로 옮겨 갔고, 격벽에 묻은 붉고 검은 얼룩에 자동적으로 머물렀다가 권총으로 옮겨 갔다. 하지만 이자는 불과 몇 분 전까지만 해도 살아 있었어. 메스꺼움과 죽은 것들에 대한 본능적인 혐오와 싸우면서 시체 가까이 다가갔을 때, 그는 군복 차림에 군용 무기를 소지한 이 생면부지의 자살자도 역시 삭발한 상

15

태라는 걸 알아차렸다. 손상되지 않은 두개골 부위를 자세히 살펴보니 자신의 것과 같은 것으로 추정되는 선명한 흉터가 남아 있었다.

뒤로 물러났을 때 그는 또 다른 것도 발견했다. 남자가 자기 머리에 총을 쏜 후, 무릎 위로 손목을 떨어뜨렸고 소매가 뒤로 당겨지면서 팔뚝 아래쪽의 문신 일부가 드러난 것이다. 그가 손을 뻗어 자살자의 권총을 들어 올린 것은 놀라울 정도로 신속하고 주저함 없는 행동이었고, 안전장치를 제자리에 돌려놓고 군복 허리춤에 총을 꽂아 넣은 방식도 마찬가지였다.

몸이 기억하는 반응이야, 그는 시체의 손목을 잡고 소매를 걷어 올려 문신 전체를 확인하면서 생각에 잠겼다. 문신은 어떤 장식도 없이 명확하고 정교한 글씨로 피부에 새겨넣은 한 단어, 이름이었다. '콘래드.'

그 이름이 종을 울리고, 냄비를 휘젓고, 희미하게나마 빛을 발해주기를 기다렸지만, 이번에도 그가 찾은 것은 빈 상자뿐이었다. "흉터." 그가 소리 내 중얼거렸다. "삭발한 머리, 옷. 이 외에 우리 공통점이 또 뭐가 있을까, 친구?"

그의 군복 소매 단추는 잠겨 있었는데, 그는 죽은 사람, 즉 콘래드의 손에서 권총을 빼낼 때보다 자기 단추를 풀 때 더 서툴러 보였다. 네 이름이 뭔지 알고 싶지 않아? 그는 이번에도 터져 나오는 웃음을 삼키며 금속 단추를 다 풀고 소매를 걷어 올릴 때까지 손을 세심하게 움직였다. 문신은 그의 오른팔에도 있었고,

역시 글자들의 조합이었지만, 다른 이름이었다. '헉슬리.'

"헉슬리." 처음에는 자기 귀에도 간신히 들릴 정도로 부드럽게 속삭였지만, 다시 한번 그에게 주어진 유일한 보상이 빈 상자라는 사실을 깨닫고는 좀 더 소리 높여 이름을 불러보았다. "헉슬리." 떠오르는 게 없었다.

"헉슬리!" 아무것도 없었다.

"헉슬리!"

그것은 외침이라기보다는 분노에 찬 으르렁거림에 가까웠고 기억의 흔적을 일깨우지는 않았지만, 반응을 불러일으키기는 했다. 그러나 그 반응은 그가 아닌 다른 누군가에게서 나왔다. 소리는 콘래드의 시신 오른쪽에 있는, 지금까지 그의 복잡한 마음이 미처 알아차리지 못했던, 그늘 속 열린 해치 안에서 들려왔다. 희미하고 식별하기 어려운 소리였는데, 짧은 한숨 뒤에 따라 나오는 가쁜 호흡처럼 들리기도 했지만 확신할 수는 없었다. 확실한 것은 그와 불행한 콘래드만이 이 배에 타고 있는 것은 아니라는 사실이었다.

숨어! 본능적이고 자동적인 충동이었다. 범죄자가 할 수 있는 생각 아닐까? 아니면 생존 상황의 불확실성에 잘 적응한 것일 수도 있다. 왜냐하면 그는 이 순간이 바로 그런 순간이라는 것을 거의 의심하지 않았기 때문이다. 정말? 그는 스스로에게 물었다. 혹시 나와 공유하고 싶은 사례라도 있어, 헉슬리? 관련 경험이 있다면 이 특정 시점에서 분명 도움이 될 텐데.

하지만 헉슬리는 빈 상자만 하나 더 내놓았다.

숨을 곳이 없어. 그가 관찰한 바에 따르면 배는 절대로 큰 선박이 아니었고 그것은 배 안에 은신처가 거의 없으리라는 의미였다. 게다가 해치 통로 안에서 기다리고 있는 게 누구든 이미 헉슬리가 아는 사람일 수도 있었다. 그는 한 손을 등 뒤로 움직여갔지만, 권총을 움켜쥐기 전에 손을 거뒀다. 무턱대고 총을 겨누는 것은 친구를 사귀는 몹시 나쁜 방식 아닌가.

"이봐요!" 그가 해치 통로를 향해 외쳤다. 확실히 좋은 인상을 주기에는 턱없이 부족한, 떨리고 꺽꺽 갈라지는 목소리였다. 그가 기침하며 두 손을 들어 올리고 해치 안으로 들어서면서 다시 한번 외쳤다. "안으로 들어갈게요, 알았죠? 무기도, 아무것도 안 들었어요. 그냥 이 말만 할게요⋯⋯."

여자는 양손으로 지크자우어 권총을 움켜쥐고 쿠션이 있는 두 개의 의자 뒤에서 일어섰다. 총신이 검은색 원으로 보인다는 사실로 미루어보아 총구는 그의 얼굴을 똑바로 겨냥하고 있었다.

"⋯⋯안녕하세요." 그가 입꼬리를 살짝 올려 미소 지으며 인사했다.

여자는 한참 동안 조용히 그를 응시했고, 덕분에 그는 몇 가지 명백한 사실을 알아차렸다. 첫째, 여자도 그와 콘래드처럼 머리를 삭발했고 흉터가 있었다. 둘째, 여자도 그와 콘래드처럼 휘장 없는 군복 차림이었다. 셋째, 아드레날린의 분출로 가쁜 숨을 몰아쉬며 손을 떨고 콧구멍을 벌름거리는 모습으로 판단해보건대, 여자는 겁에 질려 있으며 그를 쏘아 죽일 용기를 그러모으려 애쓰는 중이었다.

어떻게 그가 그 순간 그런 말을 선택해서 할 수 있었는지 이해할 도리는 없지만, 어쨌든 그의 말은 위협이나 항변, 혹은 여자를 겁주어 방아쇠를 당기게 할 만한 어떤 요소도 없이 편안하고 차분하게 흘러나왔다. "본인 이름을 알아요? 모르죠?"

여자가 인상을 찌푸렸다. 삭발한 머리에 군복 차림이라 나이를 제대로 짐작하기 어려웠다. 서른, 어쩌면 그보다 조금 더 먹었을까? 그가 여자의 얼굴에서 본 것은 대부분 두려움이었지만, 두 눈에는 예리한 지성이 엿보였다. 하지만 그것도 총을 쥔 손의 걱정스러운 떨림을 막아주지는 못했다.

"당신 이름은 뭐야?" 그녀가 물었다. 여자의 억양은 미국 동부 연안 쪽이었다. 보스턴, 아마도. 그는 그것을 어떻게 알았을까?

"모르겠어." 그가 문신을 보여주기 위해 팔을 들어 올려 비틀면서 대답했다. "그렇지만 헉슬리라고 불러도 될 것 같긴 해. 난 당신을 뭐라고 부를까?"

여자의 미간 주름이 더욱 깊어졌고 두려움으로 이목구비를 씰룩거리더니 몸까지 부르르 떨었지만, 가까스로 자신을 통제하는 듯했다. "그대로 서 있어." 여자는 천천히 뒤로 한 발을 내딛고는 다시 두 발짝 물러섰다. 여자가 뒤로 움직이자, 그의 눈은 선실 이곳저곳을 둘러봤다. 군더더기 하나 없이 군용 기능만 강조해놓은 곳이었다. 매입형 케이블이 벽을 타고 갑판으로 이어졌다. 오른쪽으로 사다리가 내려가는 또 다른 해치 통로가 있었다. 권총을 든 여자의 뒤쪽에는 갑판이 한 단 정도 솟아 있었고, 패드를 덧대 푹신해 보이는 의자 세 개가 계기반처럼 보이는 곳에 배치되어 있었다. 계기반에는 모니터와 버튼이 줄지어 있었지만, 핸들은 없었다. 아니, 키 손잡이, 그는 스스로 정정했다. 배의 핸들은 키라고 하잖아. 그런 것도 몰라? 모니터는 견고한 플라스틱으로 보호된 최신식 평면 스크린이었는데, 배가 움직이고 있고 그가 아는 한 절대로 통제 불능 상태는 아니었음에도 스크린은 생동감 없는 검은색이었다. 계기반 너머로 살짝 기울어진 세 개의 창문을 통해 잿빛 하늘과 안개 낀 바다가 비스듬히 내다보였다.

"총소리가 들렸어." 여자가 자신 쪽으로 그의 시선을 다시 돌리며 말했다. 그녀는 여전히 권총을 겨눈 채로 소매의 단추를 풀면서 팔을 뻗었다.

"저 뒤에 다른 사람이 있어." 그가 어깨 너머로 고갯짓했다. "죽은 사람. 자살한 것 같아. 이름은 콘래드야. 적어도 문신에 따르면 그래."

그녀는 소매를 팔꿈치까지 걷어붙이고 드러난 이름을 힐끗 보더니 총을 다른 손으로 옮긴 후 그에게 이름을 보여주었다. '리스.'

"이 이름 알아?" 그녀는 어떤 대답이 나올지 꽤나 확신하고 있다는 듯이 허탈한 비난조로 물었다.

"이 이름도 누군지 모르겠는걸." 그는 다시 자신의 문신을 들어 올려 보여주었다. "콘래드도 모르겠고. 미안해. 내가 당신에게 낯선 사람인 것처럼 당신도 나에게 낯선 사람이야. 여기, 배위에 당신과 나, 두 명의 기억상실증 환자가 있는 거지. 우리가 이 상황을 헤쳐 나가려면 서로에게 총을 겨누는 건 좋은 생각이 아닐 수 있어."

"그 콘래드라는 사람이 정말 자살했는지 내가 어떻게 알아?" 그녀가 날카로운 눈빛을 반짝이며 물었다.

"모르겠지. 마찬가지로 나도 당신이 그를 쏘고 자살처럼 보이게 만든 건 아닐지 의심해볼 수 있어. 결국 그 일이 일어나는 상황은 보지 못했으니까."

그는 여자의 시선이 그의 흉터 쪽으로 움직이더니 자유로운 손을 들어 자신의 머리를 더듬는 것을 지켜보았다.

"수술 자국이야, 그렇지?" 그가 말했다. "보아하니 누군가 거길 쏘셔본 것 같아."

그녀의 손가락이 흉터를 계속 더듬는 동안 총을 든 손은 천천히 옆으로 내려갔다. "한 달도 채 안 된 것 같아." 그녀가 반걸음 앞으로 나서 그의 상처를 곁눈질하며 말했다. "당신 것도 마찬가지야. 흉터가 아문 정도를 보면 알아."

"이런 거에 대해 잘 알아? 당신 의사야? 외과 의사?"

두려움이 되살아나자 그녀의 얼굴에 혼란이 드리워졌고, 대

21

답은 절망적인 중얼거림이 되어 흘러나왔다. "모르겠어."

그는 여자의 의학적 지식을 알아내기 위해 또 다른 질문을 준비하기 시작했지만, 사다리 방향에서 크고 성난 고함이 들려오는 바람에 콘래드의 권총으로 손을 뻗을 수밖에 없었다.

"하지 마!" 리스가 다시 총을 올려 양손으로 총신을 받쳐 들고는 손가락을 방아쇠울에 얹었다. 훈련된 손놀림이었고, 헉슬리는 그것이 자신의 동작을 거울처럼 반영하고 있음을 알아차렸다.

"진정해, 아가씨." 그가 말했다.

"그렇게 부르지 마!" 그녀의 손가락이 움찔했다. "그렇게 불리는 거 정말 싫어!"

"싫다는 걸 어떻게 알아?"

그녀는 턱을 앙다물고 이를 갈며 잠시 멈칫했다. 자신의 빈 상자를 더듬어보고 있군, 이렇게 결론 내린 그는 숙고할 시간을 주지 않는 것이 최선이라 판단했다.

"보아하니 우리에게 동료가 생긴 것 같은데." 그는 사다리 쪽으로 고갯짓했다. "가서 우리 소개를 해야 하지 않을까."

아래쪽에서 전보다 더 큰 목소리가 혼란스러운 웅얼거림과 겹쳐서 들리자 그녀는 움찔했다. "앞장서." 그녀가 권총을 낮추며 말했지만, 이번에는 끝까지 내리지는 않았다.

사다리는 가팔랐고 가로대를 마주 보면서 이동하도록 설계되어 있었는데, 그는 그렇게 이동할 태세가 되어 있지 않았다. 한 손으로 난간을 움켜잡고 조심스럽게 발뒤꿈치를 각 난간에 올려놓으며 내려가다가 자신이 약간 낡은 전투화를 신고 있음을 처음으로 깨달았다. 그는 권총을 뽑고 싶은 강한 충동을 느꼈지만, 뒤에서 겁에 질려 따라오는 여자를 생각하며 참았다. 아래쪽 선실의 누군가가 그에게 총을 쏘기로 작정했더라도 그가 할 수 있는 일은 별로 없었을 것이다. 다행히도 그는 모두가 다른 일에 몰두하고 있는 것을 발견했다.

"말해!" 키 큰 남자 하나가 근육질의 팔을, 그보다 상당히 작은 남자의 목에 둘러 감은 채 끙끙대며 말하고 있었다. 키 큰 남자는 지크자우어 총구를 작은 남자의 관자놀이에 대고 세게 눌렀다. 두 사람 모두 삭발한 머리에 수술 흉터가 있다는 사실은 그리 놀랍지도 않았다. 침대를 등지고 있는 두 여자도 마찬가지였는데, 둘 다 뻣뻣하게 서서 이러지도 저러지도 못하고 있었다. "네가 누군지 말해!" 키 큰 남자가 총구를 더 세게 누르자, 그의 피해자는 놀란 숨을 헐떡였다.

"그자도 몰라."

이제 모든 시선이 사다리를 반쯤 내려오다 멈춰 선 헉슬리에게 쏠렸다. 두 여자는 뒤로 물러섰고, 키 큰 남자는 예상대로 새로운 타깃을 찾았다.

"젠장, 넌 누구야?" 영국식 억양에 거칠고 퉁명스러운 목소리. 조준경 너머로 날카로운 두 눈이 빛을 뿜어내고 있었고, 목소리와 무기에서는 리스에게서 느껴지던 불안한 떨림 같은 건 찾아볼 수 없었다.

헉슬리는 웃음을 터뜨렸고, 사다리를 다 내려갈 때까지도 웃음은 그치지 않았다. 그는 침대 사이의 좁은 통로에 놓인 낮은 탁자 위에 자신의 무기를 던져놓고 웃음을 참기 위해 탁자 모서리를 세게 움켜쥐었다.

"신사 숙녀 여러분." 그가 양손을 펴서 위로 들어 올리며 말했다. "완전히 새로운 토요일 밤의 향연에 오신 것을 환영합니다. '빌어먹을 넌 누구야 쇼?'의 오늘 밤 진행을 맡은 사회자 헉슬리 인사드립니다." 그는 팔뚝을 돌려 문신을 보여주었다. "보시다시피, 오늘 밤 우리의 참가자들은 간단한 문제 하나를 맞히면 100만 달러의 상금을 차지하게 됩니다. 그 질문이 뭔지 짐작하실 수 있겠습니까?"

그는 아무 말 없이 서 있는 덩치 큰 남자를 응시했다. 다른 사람들과 마찬가지로 그의 이목구비도 심오하고 고통스러운 혼란으로 잔뜩 긴장하고 뒤틀렸다. 그가 끙 소리와 함께 작은 남자를 놓아주고 한쪽으로 밀쳐버렸다. "내 무기를 빼앗으려 했어." 덩치 큰 남자가 중얼거렸다.

"그게 현명한 예방책 같았거든." 작은 남자는 유럽 출신임을 알려주는 억양이 살짝 섞인 목소리로 말했지만, 유창한 영어에 가려져 출신은 식별할 수 없었다. "당신이 우리 중에서 가장 덩치가 크잖아." 그는 한 손으로 자신의 두개골을 조심스럽게 만져보고는 오른쪽 소매 난추를 풀기 시작했다. 소매를 위로 걷어 올리자 '골딩'이라는 이름이 새겨진 가느다란 팔뚝이 드러났다.

"플라스." 여성 중 한 명이 자기 팔뚝을 보여주며 말했다. 헉슬리가 보기에는 그녀가 무리 중 가장 젊어 보였지만, 그렇다고 아주 어린 것 같지는 않았다. 적어도 이십 대 후반은 되었을 듯했다.

"디킨슨." 다른 여자가 말했다. 가장 나이가 많아 보였지만, 마른 체형에 운동으로 다져진 근육과 각진 광대뼈가 두드러져 보였다.

"아주 문학적인 팀이군." 덩치 큰 남자가 팔을 뻗어 '핀천'이라는 이름을 보여주며 말했다.

"모두 작가들이신가?" 골딩이 눈을 가늘게 뜨고 그의 문신을 바라보며 물었다.

"맞아." 핀천은 피부에 새겨진 글자들을 손가락으로 더듬었다. 『제49호 품목의 경매』는 훌륭한 작품이야. 나는 하늘이 파랗고 물은 축축하다는 사실을 아는 것처럼 이 사실을 알아. 하지만 내가 언제 어디서 그걸 읽었는지는 모르겠어."

"이 밖에 우리가 또 무엇을 알고 있을까 궁금하게 만들잖아." 헉슬리가 말했다. 탁자 위에 놓인 권총으로 시선을 돌리자 너무도 쉽게 그 이름과 사양이 떠올랐다. 그는 또 다른 예를 찾느라 말을 더듬기 시작했지만, 리스가 먼저 입을 열었다.

"일반 성인 남성의 폐활량은 6리터야." 리스가 헉슬리 옆으로 움직이면서 말했다. 그 몸짓이 전달하고자 했던 동료 의식은 그녀가 팔짱을 끼고 근육을 조이면서 피부 아래 정맥을 훤히 드러넘으로써 보여준 팽팽한 긴장감 탓에 사라져버렸다. 디킨슨과 마찬가지로 그녀도 체육관에서 단련한 몸매였지만, 조각 같다고 표현할 정도는 아니었다. 몇 년은 아니고 그저 몇 달쯤 체육관에 드나든 정도였다. "뭔가 내가 그냥…… 알고 있는 거야." 그녀가 둘러선 사람들 쪽으로 시선을 돌리며 덧붙였다.

"북극 환경에서 인간은 하루에 3,600칼로리 이상이 필요해." 디킨슨이 말했다. "마터호른의 높이는 4,478미터이고."

뒤를 이어 골딩이 "벤저민 해리슨은 미국의 23대 대통령이었어"라고 말했지만, 그의 완고한 어조가 헉슬리를 짜증 나게 했다.

"서른네 번째는?" 헉슬리가 물었다.

"드와이트 D. 아이젠하워."

"45대는?" 플라스가 물었다.

골딩은 일그러진 미소를 지어 보였다. "아무래도 내가 예의 바른 사람들과 대화를 나누고 있는 것 같지는 않네."

핀천이 코웃음을 치더니 선실 내부를 둘러보며 여러 세부 사항에서 눈을 떼지 않고 말했다. "이건 마크 6, 라이트급 미해군 경비정이야. 트윈 5,200마력 디젤 엔진으로 구동되는 워터제트 추진 시스템을 갖추고 있어. 최고 속력은 45노트. 최대 항속거리는 750해리."

"이쯤에서 질문이 하나 떠오르네." 플라스가 천장을 바라보며 말했다. "운전은 누가 하는 거시?"

"아무도 안 해." 헉슬리가 말했다. "그게 없어…… 키. 하지만 어딘가로 가고 있다는 건 확실해."

"그래서 여기가 어디야?"

"바다 한가운데." 헉슬리는 어깨를 으쓱했다. "어쨌든 바다는 맞아. 갈매기를 봤거든."

"그렇다면 육지에서 멀지 않은 곳이군." 골딩이 말했다.

"그건 일종의 미신 같은 거야." 핀천이 말했다. "갈매기는 바다에서 수백, 수천 킬로미터를 날아갈 수 있어."

"우리가 이 모든 사실을 알고 있다는 거지." 디킨슨은 방금 정리한 생각을 정확하고 신중한 태도로 소리 내 말했다. "그런데 우리 자신의 이름은 모른다는 거고. 우리는 확실히 전문성과 지식을 가지고 있어. 따라서 우리가 이 배에 배치된 데에는 그럴 만한 이유가 있다고 결론 내리는 게 합당할 거야."

"무슨 이상한 실험 같은 건가 봐." 헉슬리가 제안했다. "기억을 지운 다음 무기를 장전한 배에 태워 무슨 일이 일어나는지 보자는 거지."

디킨슨은 고개를 저었다. "과연 무슨 목적으로 그렇게 하는 건지 짐작이 안 가."

"그리고 특정 기억을 잘라낸다는 게 그렇게 쉬운 일이 아니야." 리스가 흉터 부위로 손을 들어 올리다가 내리며 말했다. "기억이라는 게 뇌의 깔끔한 개별 영역에 은밀하게 들어앉아 있는 게 아니거든. 개인사를 기억하는 능력은 없애버리고 축적된 지식과 기술은 그대로 남겨둔다, 그건 내가 지금껏 읽은 모든

27

신경과학 저널에서 주장하는 이론을 다 뛰어넘는 거야." 그녀는 눈을 감고 한숨을 쉬었다. "아니면 내가 읽었다고 생각하는 저널이겠지. 지금은 단 한 건의 검사나 환자 상담도 기억해낼 수 없지만, 어쨌든 난 내가 그런 일을 했었다는 걸 알아."

"어쩌면 콘래드는 뭔가 낌새를 눈치챘을 수도 있어." 헉슬리가 말했다. "그럴 만한 이유가 있었을 테니까."

"콘래드가 대체 누군데?" 핀천이 물었다.

"예상되는 곳으로 정확히 들어갔다가 빠져나갔어." 리스는 쪼그리고 앉아 콘래드의 턱 밑에 너덜너덜 찢어진 구멍을 자세히 들여다보았다. "상처를 둘러싼 진피에 접촉성 화상이 있어." 그녀는 시체에서 뒤로 물러나 헉슬리의 방향으로 고개를 살짝 기울였다. "행여라도 이게 연출된 거라면 꽤나 설득력 있는 작품인걸."

"내가 그를 죽였다면." 헉슬리가 대꾸했다. "그냥 배 밖으로 던져버리지, 왜 여기다 그냥 놔뒀겠어?"

"이런 상황에서 의심은 불가피한 거야." 디킨슨이 시신을 바라보며 굳은 표정으로 말했다. "그리고 우리가 알기로는 당신이 가장 먼저 깨어났어."

"아니, 이 친구가 제일 먼저 깨어났어." 헉슬리는 콘래드 쪽으로 고갯짓했다. "하지만 이 모든 일이 시작되었을 때는 우리 모두 침상에 누워 있었다고 난 확신해." 그는 자신이 소지하고 있는 두 번째 권총, 즉 아래층 빈 침대에서 찾아낸 권총을 들어 보였다. "내 생각엔 이게 내 것 같아. 처음 깨어났을 때 침대에 그냥 두고 비틀거리면서 콘래드를 따라 이리로 올라왔을 거야. 뭐, 아닐 수도 있고. 어쨌든 기억은 전혀 안 나. 내가 아는 거라고는 내가 깨어났을 때 그는 이미 여기에 있었다는 것뿐이야."

"그렇다면 왜지?" 골딩이 물었다. 그는 공기주입식 고무보트 근처에 자리 잡고 있었고, 헉슬리는 그가 보트에 손상의 징후가 있는지 주의 깊게 살피고 있음을 알아차렸다. "자기가 누구인지 기억이 나지 않아 자살까지 했다고?"

"어쩌면 그의 반응은 우리보다 더 심했을지도 몰라." 리스가 말했다. "우리가 어떤 시술을 받았든 간에 분명한 건 그게 꽤 급진적이고 심지어 실험적이기까지 하다는 거야. 예측할 수 없는 부작용이 있을 수도 있다는 거지."

"아니면……." 헉슬리는 콘래드의 축 늘어져 핏기가 빠진 이목구비에 시선을 고정했다. 혹시라도 약간의 표정이 남아 있거나 절망을 말해주는 눈썹의 작은 주름, 혹은 입술의 뒤틀림이라도 남아 있지는 않은지 살펴봤다. 아니면 모든 시신의 얼굴은 로르샤흐 검사*와 마찬가지라서 헉슬리 자신도 콘래드의 얼굴에 실제로 존재하는 것이 아닌, 그저 자신이 보고자 하는 것만

---

*   피검자에게 좌우 대칭 잉크 무늬 카드들을 보여주고 어떻게 보이는지 말하게 해, 성격과 정신적 상태 등을 판단하는 검사.

을 보고 있는지도 모를 일이었다.

"아니면 뭐?" 리스가 물었다.

"아니면 그가 기억을 떠올렸을지도 모르지." 헉슬리가 대답했다. "수술이 실패해서 그는 우리가 이 배에 있는 이유를 기억했던 거야. 만약 그렇다고 한다면 그는 정말로 이 여행을 고대하지 않았던 것 같아."

"전부 쓸데없는 추측이야." 디킨슨이 말했다. "우리는 우리가 아는 사실에만 기초해서 결론 내릴 수 있어. 무엇보다 중요한 건 우리가 지금 어디에 있고 어디로 향하고 있는가야." 그녀는 핀천 쪽으로 돌아섰다. "지금까지는 우리 중 단 한 명만이 이 선박에 관해 자세히 알고 있는 것 같아."

핀천은 해치 통로에 서서 육중한 한쪽 팔을 틀에 편안히 기대고 집중하는 표정을 지었다. 그는 안개 낀 하늘과 난간 너머 파도 위로 떠다니는 안개층을 가리키며 말했다. "나침반도 해도도 없이 어디가 어딘지 알 수가 있나." 그는 잠시 말을 멈추고 미간에 주름을 깊게 잡으며 고개를 젓다가 나지막이 중얼거렸다. "아직도 안개가 이렇게 짙게 깔려 있다니 이상해."

"태양을 볼 수 있다면." 디킨슨이 눈을 가늘게 뜨고 짙은 안개에 가린 하늘을 바라보며 말했다. "배가 나아가는 방향을 가늠해볼 수 있을 텐데. 빛의 각도를 보면 우리는 현재 서쪽 궤도를 따라가고 있는 것 같아. 해 질 녘에 안개가 걷히면 별을 보고 지구에서 우리의 대략적인 위치를 추정해볼 수 있을 거야." 디킨슨이 상단 선실 앞쪽을 가리켰다. "조종장치는 어때?"

"와서 봐." 그들은 핀천을 따라 푹신한 좌석이 놓인 곳으로 갔고, 핀천은 좌석 사이로 손을 뻗어 계기반 중앙에 있는 회색 강철 패널을 손으로 두드렸다. "라이트급 경비정은 여기에 있는 조이스틱과 스로틀 배열로 조종해. 그런데 보시다시피 그게 없어. 이 배는 자동 조종장치로 운항되는 거야." 그는 검은 화면을 손가락으로 두드렸다. "게다가 디스플레이도 없어. GPS도 없고. 나침반도 없어. 시계도 마찬가지야. 내가 위쪽을 잠깐 살펴봤는데, 자동 조종장치가 장애물을 피하고 직진 경로를 유지할 수 있게 해주는 광파 및 거리 탐지 센서는 있지만 레이더나 무선 안테나는 없어."

"우리가 어디에 있는지 알면 안 되나 봐." 헉슬리가 결론지었다.

핀천이 이맛살을 찌푸려 침울한 동의를 표했다. "그리고 항로를 바꿀 방법도 없어."

"고무보트는 어때?" 골딩이 물었다.

"선외 모터가 없어." 헉슬리가 대답했다. "아까 선체에 구멍이 있나 살펴보고 있었잖아. 그때는 눈치 못 챘나 보군. 그리고 장담하건대 내부를 들여다보면 노도 찾을 수 없을걸. 그러니 탈수증으로 죽을 때까지 바다를 떠다니고 싶지 않다면 고무보트는 그리 좋은 탈출구가 아니야. 누군가 우리를 계속 이 배에 태워놓으려고 아주 애를 쓴 것 같아."

모두가 두려움인지 계산인지 모를 생각에 빠져드는 동안 긴 침묵이 내려앉았다. 헉슬리는 각자의 얼굴이 점차 전자가 아닌 후자 쪽에 가까워지는 모습을 지켜보면서, 일단 공포스러운 불확실성의 최초 공격이 사라지고 다들 공황에 철저한 저항력을 가진 이전의 자기 자신으로 돌아갔다고 결론지었다. 골딩조차 아무짝에도 쓸모없는 고무보트에 실망한 눈빛을 몇 번 던지기는 했을망정 스트레스보다는 집중하는 모습을 더 드러냈다. 선택된 거야. 헉슬리는 결론지었다. 선발되었겠지. 우리 모두. 다들 우연히 여기 모여 있는 게 아니야.

"디킨슨의 말에 일리가 있어." 그가 말했다. "우리는 우리가 아는 것을 명확히 정리해야만 해. 이 배뿐만 아니라 우리에 관해서도. 특히 각자가 어떤 기술을 가졌는지. 왜냐하면 우리가 이 배에 타고 있는 이유를 찾아야 한다면, 아마도 그 기술에서 찾을 수 있을 테니까."

2장

예상대로 다른 흉터를 찾아낸 것은 리스였다. 핀천이 조타실이라고 부른 곳을 점검한 지 얼마 되지 않아 날이 어두워졌다. 센서로 작동한다고 추정되는 조명이 앞뒤 갑판에서 깜빡이며 켜졌는데, 헉슬리는 그것이 고립감을 완화하기보다 오히려 더 심화시키는 듯한 느낌을 받았다. 안개는 여전히 걷히지 않아 별이나 달은 볼 수도 없었고, 바다는 깊이를 알 수 없는 위협의 먹물처럼 검게 뒤덮여 있었다. 불빛이 닿지 않는 곳에는 아무것도 없었고, 배는 익명의 무한한 공간에서 빛나는 작은 반점으로 남아 있었다.

모두 디킨슨의 제안에 동의했기에, 일단 배부터 철저히 점검해보고 각자의 기술에 관해 더 깊이 파고들기로 했다. 하지만 이러한 합의는 콘래드의 시신을 어떻게 처리할지에 관한 논의 탓에 뒷전이 돼버렸다. 처음에 우세했던 고무보트 방수포로 그를 덮어두자는 제안은 곧, 그를 파도에 맡겨버리는 게 나으리라는 좀 더 실용적인 제안에 자리를 내주었다.

"냉장 보관하지 않으면 생각보다 훨씬 빨리 부패할 거야." 리스가 말했다. "그리고 우리가 이 배 위에 얼마나 오래 있게 될지도 모르고."

그들은 콘래드의 주머니를 비웠고, 핀천과 헉슬리가 시신을 수습하기 시작했을 때 콘래드의 칙칙한 올리브색 티셔츠가 허리춤에서 풀려나왔다. 그때 무언가를 알아차린 리스가 그들을 멈추게 했다. "잠깐, 다시 내려놔."

콘래드를 다시 갑판에 내려놓자, 리스는 그를 굴려서 모로 눕히더니 셔츠를 위로 당겨 등의 흉터를 드러냈다. 갈비뼈에서 몇 센티미터 내려간 자리에 양쪽으로 하나씩 두 개의 흉터가 있었다.

"수술을 더 했던 모양이네." 헉슬리가 말하자 모두가 의미심장한 눈빛을 주고받고는 자신들의 셔츠를 잡아당겨 올렸다. 헉슬리의 흉터는 머리에 있는 흉터와 거의 비슷한 상태로, 주름이 잡혔지만 꿰맨 자국은 느껴지지 않았다. "여기는 신장이 있는 자리 아니야?" 그가 리스에게 물었다.

그녀는 삼시 뜸을 들여 자신의 흉터를 만져보다가 일어서서 그의 것을 확인했다. "별로 멀지는 않네. 신장 이식 환자의 절개 부위도 유사해. 하지만 이건 일반적인 절개 부위보다 폭이 넓은 데다 이식의 경우에는 이중 절개가 거의 없어."

"누군가 우리 신장을 빼냈다는 건가?" 자기 등을 더듬고 있던 골딩이 눈을 크게 떴다.

리스는 건조한 시선을 그의 쪽으로 슬쩍 던졌다. "아니야. 만약 그랬다면, 우리는 이미 다 죽었을 거야."

"어쨌든 우리 안에 무언가를 집어넣거나 꺼냈다는 거잖아." 헉슬리가 말하자 침울한 끄덕임이 대답으로 돌아왔다.

"엑스레이를 찍어보지 않고는 어느 쪽인지 알 방법이 없어."

"이 친구는 어때?" 핀천이 군화 발끝으로 콘래드를 슬쩍 건드렸다. "부검한다고 해서 다시 죽거나 그럴 건 아니잖아."

리스가 그를 비난하는 듯한 표정을 지었다가 이내 생각에 잠겨 미간을 찌푸렸다. "난 내가 병리학자는 아니라고 확신해. 그러니 수술의 성격이 분명한 것이 아니라면 뭔지 파악하는 게 불가능할지도 몰라."

"그래도." 핀천이 말했다. "시도해볼 만한 가치는 있지 않나?"

리스는 팔짱을 끼고 다시 인상을 찌푸렸다. 헉슬리가 느끼기에 팔짱은 그녀의 주된 스트레스 반응 같았다. "메스가 필요해." 그녀가 말했다. "아니면 아주 날카로운 칼이라도."

그들은 핀천이 승무원실 바닥 판자 아래서 찾아낸 군용 배낭 속에서 전투용 칼을 발견했다. 배낭은 총 일곱 개로 안에 든 것은 칼, LED 손전등, 야시경, 물이 가득 찬 수통, 사흘 치 건조식량, 구급상자, 각각의 권총에 맞는 탄창 세 개, M4 카빈용 탄창 다섯 개 등 모두 같은 구성이었다.

"무기는 아끼지 않고 준 것 같은데?" 헉슬리는 카빈총 하나를 들어 올리며 말했다. 권총을 잡았을 때와 마찬가지로 그의 손은 자동으로 능숙하게 움직여 볼트를 뒤로 당기고 약실이 비어 있는지 확인한 후 탄창을 꺼냈다가 재장착했다. "이게 대체 뭘 위한 건지 궁금하게 만드네."

"앞 갑판에도 25밀리 체인 건이 있어." 핀천이 말했다. 그는 상당히 철저하게 무기를 점검했는데, 총기를 탁자 위에 펼쳐놓고 주요 구성 부품으로 분해한 다음 다시 끼워서 맞추기까지 단 몇 분밖에 걸리지 않았다. "비활성 상태지만 조준 장치는 온전하고 여전히 전원을 공급받고 있어. 그들이 누구든 간에 우리에게서 레이더와 GPS는 가져가버렸지만, 이 빌어먹을 큰 총은 남겨둔 거야. 우리가 어느 시점이 되면 이걸 사용하게 되리라고 예상했다는 거지. 아니라면 남겨뒀을 리가 없을 테니까."

"이거 무전기인가?" 플라스가 배낭 안으로 손을 집어넣어 두 개의 추가 물품 중 하나를 들어 올리며 말했다. 스마트폰만 한 크기에 검은색으로 칠해진 단단한 강철 재질이었는데, 한쪽 끝에는 뭉툭한 안테나가 튀어나와 있고 다른 한쪽에는 작은 구근 렌즈가 부착되어 있었다. 헉슬리는 그 기기를 능숙하게 다루는 플라스의 솜씨와 예리하게 살펴보는 시선을 통해 그녀가 생각보다 훨씬 나이 들었을지도 모르겠다고 생각했다. 설령 그들이 인식하지 못했더라도 그녀는 기술에 능숙한 사람이 분명했다.

"표적용 비컨이야." 핀천이 말했다. "적외선과 무전, 두 가지 유형의 자동 유도 신호를 보내지. 목표물 쪽으로 공습을 유도하는 데 사용하는 거야."

"공습." 헉슬리는 그 말이 위로와는 거리가 멀다는 것을 알면서도 반복해 중얼거렸다.

핀천은 두 개의 비컨을 자기 배낭에 집어넣었다. "공중 지원이 있을지도 모른다는 걸 알게 됐으니 좋은 거네."

물품에는 두 개의 코일형 밧줄 묶음도 포함되어 있었는데, 각각 접이식 발톱이 달린 강철 갈고리에 연결되어 있었다. "50미터 길이야." 디킨슨이 훈련된 손놀림으로 각 코일을 다루며 말했다. "기본 정적(靜的) 등반 로프. 최대 하중은 1,800킬로그램이고." 그녀는 이제 텅 빈 수납공간을 바라보며 인상을 찌푸렸다. "빌레이*나 카라비너**는 없어. 앞으로 심각한 등반이 없기를 바라는 게 좋을 거야. 아니면 우리는 다 망한 거니까."

그들은 아무리 힘을 써도 아예 꿈쩍조차 하지 않는 또 다른 바닥 판 두 개를 발견했다. "여기 뭔가 들어 있는 게 틀림없어." 핀천이 이마에 맺힌 땀을 닦아내며 결론지었다. "비어 있는 곳

---

*　　등산용 자일을 고정하는 장치.
**　　밧줄 연결 등에 사용하는 금속 고리.

을 뭐하자고 이렇게 단단히 봉인해놓겠어?"

헉슬리는 바닥 판 가장자리를 군화로 찍어댔지만, 판자는 조금도 움직일 기미를 보이지 않았다. "우리가 보면 안 되는 건가봐, 어쨌든 아직은."

리스는 전혀 주저하는 기색도 없이, 헉슬리가 기대했던 손 씻기 같은 예비 절차는 건너뛰고 콘래드의 시신을 절개하는 작업에 착수했다. 뒤쪽 갑판에 시신을 엎어놓은 채 전투용 칼끝을 오른쪽 흉터 끝부분에 찔러넣고 가르기 시작했다. 헉슬리는 골딩이 가장 먼저 구역질을 하리라고 예상했지만, 놀랍게도 디킨슨이 그보다 먼저 난간으로 달려가더니 바람에 토사물이 날아갈 수 있도록 몸을 밖으로 기울였다. 잠시 후 골딩도 합류했다. 한편 플라스는 눈에 띄게 메스꺼워했지만, 핀천과 마찬가지로 서서 모든 것을 지켜보았다. 핀천은 얼굴을 몇 번 찡그릴 뿐이었다. 리스를 제외하고는 헉슬리가 가장 적게 영향받았는데, 그는 칼이 피부를 갈랐을 때 부분적으로 응고된 혈액이 느릿느릿 흘러나오는 것을 보고 약간 혐오감을 느꼈을 뿐이었다.

전에도 본 적이 있어. 그는 이 사실을 알았지만, 어떻게 알고 있는지는 몰랐다. 그는 확실히 의사가 아니었고 자신이 병리학자라고 생각지도 않았다. 하지만 시신이 잘려나가는 것을 본 게 이번이 처음이 아니라는 데는 의심의 여지가 없었다.

"실병의 명백한 징후는 없어." 리스가 열어놓은 절개 부분에서 주먹만 한 붉은 덩어리를 꺼내면서 끙끙거리며 말했다. 그녀는 수통을 집어 들더니 손에 든 신장 덩어리를 씻어서 위로 들어 올려 헉슬리의 손전등 불빛에 비춰보았다. 리스가 그것을 돌렸을 때, 헉슬리는 그녀의 이마에 주름이 잡히는 것을 보았다.

"뭐야?" 그가 물었다.

"이건." 그녀가 장기의 윗부분에 있는, 헉슬리 눈에는 청백색 연골 조각으로 보이는 곳을 칼날로 두드리며 말했다. "호르몬을 분비하는 부신이야. 일반적인 것보다 커 보이지만, 그리 많이 큰 건 아니야. 확실히 질병을 의심할 정도는 아니지." 리스는 손에 쥔 장기를 다시 한번 살펴보더니 한숨을 쉬며 옆으로 던져놓았다. "적절한 장비 없이 내가 할 수 있는 게 별로 없어. 우리에게 무슨 짓을 했든 뚜렷한 흔적을 남기지는 않았어."

"그럼 이제 어쩌지?" 골딩이 물었다.

자리에서 일어선 리스는 칼을 갑판으로 던져놓고 수통에 남은 물로 손을 씻은 후 콘래드의 축 늘어지고 해부된 시신을 마지막으로 바라보았다. "장례를 치를 준비가 된 것 같네."

아무도 의례적인 말을 하지 않았다. 헉슬리가 팔을 잡고 핀천은 다리를 잡은 다음 함께 시신을 난간 너머로 던졌다. 콘래드는 물보라를 일으키고 잠시 몸을 까닥이더니 물살에 휩쓸려 흑백의 소용돌이 사이로 빠르게 사라졌다. 감정의 부재 상황을 지켜보면서 헉슬리는 냉담한 무관심이 그들을 이 배에 오르게 한 또 다른 특성이 아닐까 싶었다.

"자, 그럼." 디킨슨이 약간 경직된 태도로 말했다. 헉슬리는 그녀가 토하는 행위로 나약함을 드러냈다고 느끼는 것이리라 짐작했다. 또한 그녀가 자제력이 강하고, 권위를 내세우려는 욕구가 뿌리 깊게 박힌 여성이라고 판단했다. "기술 얘기하던 거 마저 하지."

핀천은 군인이었다. 그 사실만큼은 분명했다. 그는 머뭇거림이나 주저함 없이 수많은 무기 관련 전문 용어를 외워댈 수 있었다. 하지만 그런 내용을 어디서 배웠는지 알려주는 정보는 물론이고 이름, 계급, 군번 같은 것도 머리에서 지워지고 없었다. 팔뚝에 새겨진 이름이 그의 유일한 문신이 아니라는 것도 밝혀졌다. 켈트와 고딕 양식의 나선무늬가 그의 상완과 어깨를 장식하고 있었는데, 군데군데 나선무늬가 끊겨 전반적으로 연결된 디자인을 망쳐놓고 있었다.

"아마 부대 휘장이었을 거야." 헉슬리가 말했다. "레이저로 여기저기 파버린 것 같아. 이 사람들 정말이지 우리가 우리 자신의 정체성에 관해 어떠한 단서도 찾아내지 못하게끔 하고 싶었나 봐."

"'이 사람들'이라는 말을 자주 하네." 골딩이 지적했다. 헉슬리가 이전에도 알아차렸던 골딩의 집중력이 또다시 발휘되었지만, 이번에는 뚜렷한 의심의 눈빛으로 강화되어 있었다. "이 사람들이 누군데?"

"이런." 헉슬리가 양손을 들어 올렸다. "들켜버렸네. 내가 자만심에 빠져 방심했나 봐. '이 사람들'이란, 화성인, 파충류, 아침으로 아리아인 아이들을 먹어 치우는 세계주의자들이 모여 만든 비밀 도당이지. 끝없이 불투명하고 그 속을 헤아릴 수 없는 어떤 음모의 일부로 우리를 이 배에 가둔 장본인들이야." 그는 골딩의 시선을 굳건히 웃음기 없는 표정으로 마주했다. "젠장, 나도 이 사람들이 누군지 몰라. 그러니 일단 자네가 누군지부터 우리가 좀 알아보면 어떨까?"

역시 이번에도 골딩의 본능은 역사 쪽으로 향했다. "1848년에 북서 항로를 찾기 위해 떠났던 불운한 프랭클린 탐험대의 선박 두 척은 모두 빅토리아 해협에서 얼음에 갇혔어. 배에서 내려 안전한 곳으로 걸어가려던 시도는 실패로 돌아갔고, 살아남은 선원들은 저체온증과 굶주림으로 사망하기 전에 식인 풍습에 의지할 수밖에 없었지." 그는 말을 멈추고는 살짝 후회하는 미소를 지어 보였다. "갑자기 왜 그런 게 생각났는지 모르겠네."

일련의 무작위 질문을 통해 일행은 골딩이 꽤나 풍부한 지식의 보고임을 알게 되었다. 그의 뇌는 사소한 것에서부터 막연하게 관련된 것에 이르기까지 상당한 사실을 저장하고 있었다. "뇌 손상이 성격에 미치는 영향을 보여주는 가장 초기의 사례 중 하나는 폭발물 사고로 인해 철로 스파이크*가 두개골을 관통한 후 성격이 급변한 피니어스 게이지라는 사람의 이야기

---

* 철로를 고정하는 강철 막대.

41

야……."

"자넨 역사가야." 헉슬리가 끼어들었다. "내 생각에 이 사람들은 자네처럼 걸어 다니면서 말도 하는 참고용 도서관을 가지고 가면 우리에게 유용할 거라고 생각했던 것 같아."

"그게 그자들이 우리에게 저지른 짓을 더 인상적으로 보이게 하네." 리스가 다시 한번 자신의 흉터에 손을 대며 말했다. "우리에게서 그렇게 많은 것을 가져가고는 이렇게 많은 걸 남겨놓다니 말이야."

"그들이 뭔가 남겨둔 게 있다면 그렇겠지." 플라스가 말했다. 처음에 헉슬리는 그녀의 억양이 핀천처럼 영국인이기는 하지만 특권층의 사다리를 몇 계단 더 올라가 있다고 생각했다. 하지만 이제는 그녀의 모음에서 남반구 특유의 울림을 감지했기에 그녀가 오랜 기간 해외에서 거주한 오스트레일리아인임을 알아차렸다. 플라스는 무리 중에서 가장 과묵했으며 신중하게 지은 멍한 표정으로 모든 것을 듣고 있었는데, 헉슬리는 그것이 가면이라고 확신했다. 그는 그녀가 두 손을 무릎 위에 가지런히 얹고, 침대 가장자리에 걸터앉아 등을 곧게 편 채 가슴을 조심스럽게 일정한 간격으로 부풀리는 모습에서 그 사실을 간파했다. 호흡 조절은 공황에 대처하는 표준 기술이었는데, 그녀에게는 기억이라기보다 본능에 가까워 보일 만큼 지나치게 체화되어 있었다.

나머지 우리와는 달라, 그는 결론 내렸다. 막판에 교체한 건가, 아마도? 아니면 지원자가 부족했을지도 모르지.

"무슨 뜻이야?" 그가 그녀에게 물었다.

플라스는 먼저 침을 꿀꺽 삼키고, 떨림을 감추기 위해 변조된 목소리로 말을 시작했는데, 헉슬리는 그 떨림이 언제든 자신을 드러내겠다고 위협하고 있음을 전혀 의심하지 않았다. "피니어스 게이지, 기억하지? 뇌 손상이 그를 바꿔서 다른 사람으로 만들었어. 우리에게도 똑같은 일이 일어나지 않았다고 어떻게 확신할 수 있지?"

침묵 속에 교환된 시선이 불편한 자기성찰의 찡그림으로 변하더니 이내 모두의 얼굴에 고통스러운 혼란이 드러났다.

"우린 몰라." 리스가 플라스에게 일그러진 미소를 지어 보이며 말했다. 그녀가 안심시키려는 의도로 미소를 지어 보인 것이라면, 그 의도는 실패였다. "알 수 없지. 우리는 이 순간 우리가 아는 것만 확인할 수 있을 뿐이야. 그러니 이번에는 우리가 당신에 관해 알아봐야겠지."

"잘 모르겠어." 플라스는 고개를 저었다. "내가 특별히 잘하는 건 없는 것 같거든."

"만약 그 말이 사실이라면 당신은 지금 이곳에 있지 않을 거라고 난 확신하는데." 헉슬리가 말했다. "우린 집중하고 과립화해야 해."

그녀가 헉슬리에게 인상을 찌푸렸다. "과립화?"

"세분화하자는 거야. 더 큰 그림을 보여주기 위한 작은 질문들. 이름을 대봐, 아무 이름이나, 머리에 가장 먼저 떠오르는 이름."

"스미스."

골딩은 어이가 없다는 듯이 투덜거렸다. "픽이나 유용하겠네." 그는 강렬하게 노려보는 핀천의 시선에 얼굴이 하얘져 입을 다물었다.

"노래." 헉슬리가 다시 플라스에게로 관심을 돌리며 말했다. "말을 해, 생각하지 말고."

"〈썸원 투 왓치 오버 미〉"

"좋은 노래지." 그러나 어떤 식으로든 드러내는 건 없지. "색깔."

"녹색."

"숫자."

"2억 9,979만 2,458." 생각이 뒤섞이면서 플라스는 눈을 깜박이며 고개를 기울였다. "진공 상태에서 초당 미터 단위의 빛의 속도."

리스는 침대에서 몸을 앞으로 숙이고는 플라스의 얼굴을 뚫어지게 응시했다. "원자의 구성 요소를 대봐."

"양성자, 중성자, 전자." 플라스는 눈을 감았다. "수소의 원자량은 1.008이야. 핵융합은 100만 켈빈 이상의 온도에서 일어나……."

"알겠어." 골딩이 말했다. "당신은 과학자야."

"물리학자야." 리스가 정정했다. "우리가 아이큐 점수를 비교했다면, 이미 우승자를 찾았을 것 같군."

"글쎄." 골딩은 헉슬리와 디킨슨 쪽을 바라보며 눈썹을 찌푸렸다. "아직 상금을 두고 겨루는 경쟁자가 두 명 더 남아 있잖아."

"나는 산악인이야." 디킨슨이 말했다. "지구상의 모든 등반 가능한 주요 산의 높이와 가장 보편적인 접근 경로는 물론이고, 대중문화에 잘 알려지지 않은 다른 산들의 높이와 경로도 다 외울 수 있어." 그녀는 억지스러운 웃음을 짧게 웃었다. "산악인을 배에 태우기로 했다는 게 좀 이상하지 않아?"

"그게 다야?" 헉슬리가 그녀에게 물었다. "단지 산만? 가족은 없어? 사람은?"

"없어. 사실과 수치뿐이야. 극한 기후, 특히 추위가 미치는 영향에 대해 다양한 지식을 가진 걸 보면, 난 단순히 산을 오르는 데 만족하지는 않았던 것 같아. 아마 극지방 탐험도 두어 번 하지 않았을까 싶어……." 그녀의 시선에 아련함이 스며들더니 고개가 아래로 떨어졌다. 헉슬리는 디킨슨의 이마에 주름이 잡히고 입술에서 부드러운 신음이 흘러나오는 것을 보았다. 다시 입을 열었을 때, 그녀의 목소리는 조금 전의 거친 음색과는 대조적으로 부드러웠다. "오로라 보레알리스, 그게 기억나."

"북극광." 리스가 말했다. "직접 보면 큰 감명을 받는 그런 거잖아."

"아니." 디킨슨은 세게 눈을 몇 번 깜박였다. 이마에는 핏줄이 뚜렷하게 불거져나와 있었다. "그냥 단순한 추억 이상의 느낌이야. 뭔가 의미심장한 순간인 것 같아." 기억 저편에서 발굴해낸 지식의 조각을 되찾으려 애쓰는 동안, 그녀의 눈은 더 많이 깜박였고, 몸에는 희미한 전율이 일었다. "힘들어. 손을 뻗어 가까이 닿으려 할수록 더 아프게 느껴져. 내가 북극광을 보았을 때, 누군가 내 곁에 있었던 것 같아. 내가 아는 누군가, 나에게 소중한 누군가가."

"남편?" 헉슬리가 밀어붙였다. "여동생? 아내?"

"나는……." 그녀가 한숨을 쉬고 고개를 저으며 대꾸했다. "모르겠어." 그들 모두 단숨에 두려워하게 된 이 구절을 입 밖으로 내뱉는 그녀의 말투는 희미하게나마 냉소적이었다.

"기억상실증은 거의 항상 일시적이야." 리스가 말했다. "수술로 유도한 것이든 아니든. 뇌는 스스로 복구하는 데 매우 능하거든. 오로라의 이미지를 계속 떠올리다 보면 연결이 강제돼서 뇌가 부분적으로 회복할 수도 있을 거야."

"부분적으로?" 핀천이 물었다. "그렇다면 나 자신이 누군지 영원히 기억 못 할 가능성도 있다는 거야?"

"내 말은 이 모든 게 완전히 뒤죽박죽이고, 대체 이 상황을 어떻게 처리하는 게 최선일지에 관해서 내가 당신들보다 쥐뿔만큼도 더 아는 게 없다는 거야." 리스는 차분하게 숨을 내쉬고는 헉슬리 쪽으로 시선을 옮겼다. "이번에는 당신 차례 같네."

"저기, 안 그래도 줄곧 궁금했는데……." 그가 말을 시작하자마자 골딩이 치고 들어왔다.

"당신은 경찰이야. 형사. FBI 수사관일 수도 있지." 그는 헉슬리가 불쾌한 듯 인상을 찌푸리자 어깨를 으쓱했다. "말하는 방식, 특히 질문하는 걸 보면 그래. 질문을 할 때 아주 절차적인 뭔가가 있거든. 그래서 너무 뻔해 보였어."

"맞아, 그래." 핀천도 동의했다.

"알았어." 헉슬리는 그들이 받은 인상이 왜 그토록 그의 심기를 건드리는지 의아해하면서 애써 짜증을 가라앉혔다. "형사." 그는 손바닥으로 가슴을 두드렸다. "산악인, 또는 극지 탐험가. 물리학자. 의사. 군인. 역사가. 모두 한배를 탔어. 그게 무슨 의미일까?"

"아주 엿 같은 장난을 치기 위한 함정?" 골딩이 말했다.

"전문가들." 핀천은 TV에서 떠드는 배경 소음을 무시하듯 그의 말을 무시하며 말했다. "전문가들로 구성된 한 팀이라. 그건 임무가 있음을 의미하는 것일 테고, 그 임무는 결국 우리에게 목표가 있음을 의미하겠지."

"우린 어딘가로 가고 있는 거야." 헉슬리의 시선은 엔진 소리가 끊임없이 울려대는 천장으로 향했다. "뭔가를 하러."

"총이 필요한 어떤 일." 리스는 탁자 위에 놓인 무기를 가리켰다. "그리고 자신이 누구인지 기억하지도 못하는 매우 똑똑하고 유능한 사람들로 가득 찬 배도 필요하고."

헉슬리는 고통스러운 혼란이 다시 그를 휩쓸고 지나가자 몸을 움찔거리며 조용히 추측을 이어갔다. "혹시 기억을 떠올리려고 하면 고통이 느껴지는 사람 있어?" 그는 디킨슨이 자신의 잠재적인 실제 경험을 끄집어내려고 할 때 불편함을 느꼈던 것을 떠올리며 물었다.

"그럼, 물론이지." 리스가 말했다. "난 그게 수술 후유증이 아닐까 생각했어. 하지만 딱히 우리 둘만 그러는 게 아니라면……." 다른 사람들이 동조의 의미로 고개를 끄덕이는 것을 보고 그녀는 인상을 찌푸렸다. "그럼 우연이 아닐지도 몰라."

"혐오 요법이야." 헉슬리가 말했다. "기억을 떠올리는 게 고통스러울수록 점점 더 기억하고 싶어지지 않는 거지."

"하지만 왜?" 디킨슨이 물었지만 아무도 답할 수 없었고, 결국 또 한 번 침묵이 더 길게 뒤따랐다.

먼저 말을 꺼낸 사람은 골딩이었다. 불안감이 커지면서 그의 목소리도 한 옥타브 높게 나왔다. "이 상황을 되돌릴 만한 방법이 있을 거라고 생각하는 사람이 나 하나만은 아닐 거라고 믿어."

"제어장치가 봉인돼 있어." 핀천이 말했다. "엔진도 살펴봤는데, 거기도 마찬가지야. 그리고 총과 칼 외에는 장비도 없고."

"엔진이 디젤 터빈인 것 같던데, 맞지?" 플라스가 물었다.

"그래, 하지만 엔진을 움직이거나 멈추는 모든 장치는 제거되거나 단단한 강철로 덮여 있어. 그러니 총 같은 거 쏴서 부수는 건 꿈도 꾸지 마."

"디젤이 작동하려면 통풍구가 있어야 해." 플라스가 또다시 스트레스를 위장하느라 기침하고 쿵쿵거리면서 자세를 바꾸었다. "그 통풍구 중 하나를 공략할 수 있을 거야."

"그러다가 표류하게 될 수도 있어." 헉슬리가 말했다. "엔진에 불이 붙을 수도 있고. 그렇다고 누가 와서 우리를 구해준다는 보장도 없잖아?"

"우리는 어떤 식으로든 감시당하고 있을 거야." 디킨슨이 말했다. "추적기, 카메라, 도청 장치."

핀천은 고개를 저었다. "이 배에 카메라가 설치돼 있을지는 잘 모르겠어. 나는 찾지 못했거든. 물론 내가 못 찾았다고 해서 그게 없다는 의미는 아니겠지. 단지 너무 잘 숨겨놔서 찾아내는 게 불가능할 수도 있다는 거야. 무선 송신기를 배에 설치해놓았을 가능성이 더 커. 여러 곳에 설치할 수 있지만 우린 그걸 절대로 볼 수 없을 테니까. 어쩌면 선체 바닥에 붙여놓았을 수도 있어."

"그러니까 이 사람들은 우리가 어디 있는지 안다는 거네." 디킨슨이 말했다. "정작 우리는 우리가 어디 있는지 모르는데 말이야."

"우리가 이미 확인한 것 이상의 것을 가정하는 건 아무래도 좋은 생각이 아닌 것 같아." 헉슬리가 말했다.

"확인한 게 그다지 많지도 않아." 골딩은 무겁게 한숨을 내쉬더니 다시 침대에 자리 잡고 누워 팔뚝으로 눈을 덮었다. "난 좀 자야겠어." 그가 말했다. "시냅스가 최대 효율로 작동하려면 규칙적인 램수면이 필요하지 않나요, 의사 선생님?"

"좋은 지적이야." 리스는 체념하듯이 어깨를 으쓱해 보였다. "모두 잠을 좀 자고 아침에 맑은 정신으로 다시 얘기하는 게 좋겠어."

"난 잘 수 없을 것 같아." 플라스가 이번에는 손가락 관절이 하얗게 되도록 양손을 꽉 맞잡은 채 말했다.

"노력해봐." 리스가 자신의 침대 위로 다리를 휘둘러 올리며 말했다. "어쩌면 자신을 놀라게 할 수도 있어."

그들은 모두, 심지어 플라스도 아주 빨리 잠들었다. 헉슬리는 머리가 베개의 얇은 패딩에 닿자마자 피로가 밀려드는 것을 느꼈지만, 한동안 깨어 있으려 애썼다. 진정한 수면을 의미하는 느리고 규칙적인 호흡과 움직임의 부재를 느끼면서도. 비록 골딩이 희미하지만 짜증 나는 쌕쌕거림을 뱉어내기는 했어도 코고는 사람은 없었다.

보초 설 사람을 정했어야 했는데, 그림자가 밀려와 눈이 완전히 감기는 동안 그는 자신을 꾸짖었다. 핀천이 그걸 제안하지 않았다는 게 더 놀라운걸…….

꿈은 기억이라는 직물로 짜여 있으므로 그들은 꿈을 꾸지 않아야 했다. 하지만 그는 꿈을 꾸었다. 색깔이 변하는 모호하고 덧없는 꿈이었다. 파란색과 금색이 중첩된 안개, 그의 시야를 가로질러 움직이는 흰색의 유령 같은 형상. 그는 바닷소리를 들었다고 생각했다. 선체에 철썩이며 부딪히는 물소리가 아닌, 바다에서 부서지는 파도 소리였다. 그리고 더 가까이서 더 생생하게 들리는 목소리, 한 여자의 목소리가 들렸다.

잠에서 깨어났을 때는 극심한 혼란이 찾아왔고, 그는 두통 때문에 침대에서 일어나 진통제를 찾기 위해 구급상자를 뒤져야 했다. "이 사람들은 우리가 고통받기를 원하는지도 몰라." 구급상자를 뒤적거려도 붕대와 반창고밖에 찾아내지 못했을 때 그가 상자를 옆으로 던져버리며 투덜댔다.

"아주 오래 잔 것 같아." 골딩이 자리에서 일어나 앉아 입을 크게 벌려 하품하면서 신음했다. "내 말은, 정말 오래. 마치 몇 주 동안 잠을 잔 것처럼 온몸이 뻣뻣해."

헉슬리는 조용히 동의하며 미간에 주름을 잡았다. 고통이 느껴지는 와중에도 대체로 피로가 줄었다는 사실은 그가 깊고 긴 잠을 잤음을 말해주었다. 또한 턱수염이 더 거칠어지고 방광도 불편할 만큼 꽉 차 있었다. 그는 이것이 자연스러운 수면이 아니었다고 결론 내릴 수밖에 없었다. 그들이 우리에게 뭔가 다른 짓도 저지른 게 분명해. 그는 손가락으로 자신의 흉터를 더듬으며 결론 내렸다. 그렇다면 핀천이 보초를 제안하지 않은 이유도 설명되지.

그의 생각은 이를 악물고 식식거려야 할 만큼 강렬하게 느껴지는 머릿속 고통으로 중단되었다. "혹시 그 안에 두통약 없었어?" 마침 리스가 승무원실 뒤편 화장실에서 나오고 있었기에 그는 물 내려가는 소리를 들으며 물었다.

"물 마셔." 그녀가 말했다. "탈수가 증상을 악화시킬 거야."

그들은 차가운 배급 식량으로 아침을 먹었다. 그래놀라 바와 말린 과일 외에 더 맛있는 것은 제공되지 않았기에 물과 함께 그것들을 씻어 내렸다.

"이것도 배급해야 하나?" 플라스가 수통을 입술로 가져가던 동작을 멈추고 물었다.

"엔진실에 10갤런 정도 쌓여 있어." 핀천이 말했다. "당분간은 괜찮을 거야."

리스는 그래놀라 바를 씹어 먹으면서 물의 양을 계산하느라 이마에 주름을 잡았다. "10갤런을 여섯 명이…… 아니, 콘래드를 포함하면 원래 일곱 명이 나누어 마셨어야 하는 거니까 사실 그렇게 많은 양은 아니네, 이 정도면." 그녀가 반쯤 먹은 그래놀라 바로 탁자 위에 흩어져 있는 포장지를 가리키며 말했다. "기껏해야 7일 정도 버틸 수 있는 칼로리와 물을 확보한 셈이야."

수통 뚜껑을 다시 닫으면서 플라스의 목소리는 속삭임으로 변해갔다. "단지 일주일만 버티면 되는 거네."

"어쩌면 우리가 가기로 되어 있는 곳에 도착하면 재배급이 있을지도 모르지……" 핀천이 말꼬리를 흐리며 천장을 향해 고개를 젖히고 눈을 크게 떴다.

"왜……?" 헉슬리가 말을 시작했지만, 핀천이 손을 흔들어 그를 제지했다. 그때쯤에는 모두가 그 소리를 들었다. 멀리서 들리는 리듬감 있는 웅웅거림, 모두가 알고 있는 소리였다.

"비행기야." 플라스가 숨을 몰아쉬며 침대에서 빠져나왔지만, 먼저 사다리를 오른 것은 핀천이었다.

그들은 모두 선미 갑판에 모여 여전히 안개로 뒤덮인 하늘을 올려다보았다. 헉슬리는 접근하는 항공기의 계속되는 굉음 때문에 방향을 가늠할 수 없었지만, 핀천은 훨씬 경험이 많았던 덕분에 곧장 고물 쪽을 가리킬 수 있었다.

"같은 항로로 가고 있어."

"그러니까 저들은 우리가 어디 있는지 아는 거네." 디킨슨이 말했다.

"만약 이게 그 사람들이라면." 헉슬리는 떠다니는 구름이 그새 새로운 분홍빛을 띠지는 않았을지 궁금증으로 눈을 가늘게 뜨고 바라봤다. "다른 사람일 수도 있으니까."

엔진 소음은 점점 커져서 오가는 대화를 잠식해버릴 정도의 굉음으로 변해갔다. 헉슬리도 이제 소리의 근원을 추적할 수 있었기에 머리 위를 통과하는 소음의 방향을 따라 고개를 돌렸다. 하지만 안개 때문에 희미한 실루엣조차 볼 수 없었다.

"4발 엔진이야." 핀천이 말했다. "C130이 확실해."

여러 대의 터보 프로펠러 엔진의 으르렁거리는 소음이 뱃머리 너머의 안개 자욱한 허공 속으로 점점 줄어들더니 실망스러울 정도로 신속하게 사라져버렸다. 그들은 계속 서서 비행의 흔적을 응시하며 되돌아오기를 애타게 기다렸지만, 아무 소리도 들을 수 없었다.

"만약 다시 돌아온다면." 골딩이 말했다. "총을 쏴야 하지 않을까?"

핀천은 그에게 역겨운 시선을 던지고 싶은 것을 꾹꾹 참으며 리스 쪽으로 고개를 돌리고 물었다. "어제 당신이 뭐라고 했더라? 이 배에 똑똑하고 유능한 사람들이 어쩌고 했었잖아."

"아, 엿 먹으셔." 골딩이 응수했다.

"우리가 예전에도 만난 적이 있는지는 모르겠지만, 한 가지 확실한 건 난 당신이 정말 싫다는 거야." 핀천이 말했다.

"이런 거 전혀 생산적이지 않아." 디킨슨이 말했다. "우린 사실을 확인해야 해, 기억하지? 아까 C130이라고 했잖아. 그럼, 화물기 아니야?"

"맞아." 핀천은 눈을 끔뻑이며 골딩에게서 몸을 돌려 뿌연 뱃머리 너머를 응시했다. "흔히 헤라클레스로 알려져 있지. 최대 항속거리는 2,200해리이지만 공중급유를 통해 더 늘릴 수 있어."

"화물." 디킨슨이 되풀이했다. "그러니까, 그건 무언가를 배달하거나 실어 가는 중이었다는 거네."

"반드시 그렇지는 않아. C130에는 전투, 해상 감시, 전자전 등 다양한 임무가 주어질 수 있어……."

핀천이 다시 군사 전문 용어를 구사하기 시작하자, 헉슬리의 주의도 흐트러졌다. 이게 그의 스트레스 반응일까, 아마도? 헉슬리의 시선이 조타실 내부로 미끄러져 들어갔을 때, 이전에는 볼 수 없던 어떤 불빛이 눈길을 끌었다.

"이봐 친구들." 그가 핀천의 말을 끊고, 이전에는 불이 들어와 있지 않던 제어판을 가리켰다. 디스플레이 화면 중 하나가 활성화되어 지도가 표시되고 있었다.

3장

핀천은 넓은 강어귀가 끼어든 것으로 보이는 해안선을 손가락으로 더듬어갔다. 지도는 색상도 밋밋하고 숫자나 글자도 없이 가느다란 선만으로 이루어진 삭막할 정도로 단순한 종류였다. "이로써." 그가 말했다. "적어도 우리가 다른 행성에 있지 않다는 건 확인한 거네."

"진심으로 우리가 다른 행성에 있을지 모른다고 생각했어?" 리스가 묻자 핀천이 어깨를 으쓱해 보였다.

"이제 더는 나를 놀라게 할 일은 없을 것 같아."

"그래서." 헉슬리가 인내심을 발휘하며 끼어들었다. "우리가 지금 보고 있는 게 뭔데?"

"보시다시피 아무 이름도 없잖아." 핀천의 손가락이 해안선을 두드렸다. "하지만 여기는 확실히 템스강 어귀야. 그리고 여기." 그의 손가락이 화면 중앙의 깜박이는 녹색 점으로 옮겨 갔다. "이게 우리 위치고. 내가 이해한 바에 따르면, 우리는 영국 남동쪽 해안에서 약 80킬로미터 정도 떨어져 있고 런던으로 바로 이어지는 템스강에 접근하는 중이야."

"저건 뭐야?" 리스가 빨간색으로 깜박이는 또 다른 점 하나를 가리켰다. 그것은 강어귀의 폭이 강과 비슷한 비율로 좁아지는 지점에 있었다.

"나도 모르겠어." 핀천이 대답했다. "하지만 현재 속도와 방향으로 한 시간 정도 더 나아가면 알 수 있을 거야."

"혹시 런던이 누구에게 의미 있는 곳인가?" 헉슬리는 모두를 마주하기 위해 돌아섰지만, 예의 그 혼란스러운 좌절감과 마주해야 했다. "고향, 아마도?"

"나는 앤 불린*이 1536년 5월 19일 런던탑에서 목이 잘렸다는 건 알아." 골딩이 말했다. "그리고 런던 로이즈**는 1686년에 처음 법인으로 설립되었고. 원래 런던의 로마식 이름은 '론디니움'이었고, 부디카***가 론디니움을 약탈한 사건은 유명……."

---

*   헨리 8세의 두 번째 왕비이자 엘리자베스 1세의 생모. 최고 권력을 누리다 정치적 음모에 휘말려 참수당함.

**   세계에서 가장 오래된 최대 보험자협회로, 근대 보험업의 역사에서 중요한 거래소이며, 오늘날에는 건축으로도 잘 알려진 명소.

*** 이케니족의 여왕으로, 그레이트브리튼섬을 정복한 로마제국의 점령군에게 대항했던 전설적인 영국 영웅.

"그래, 제기랄, 퍽이나 유용한 내용이다." 핀천이 쏘아붙이고
는 헉슬리 쪽을 돌아보았다. "무장을 해야 할 것 같아. 준비하자
고. 뭔가가 우리를 기다리고 있는 건 확실한데, 그게 좋은 건지
나쁜 건지 알 길이 없으니까."

헉슬리는 화면에서 깜빡이며 서로를 향해 조금씩 움직이는
점들을 다시 흘낏 쳐다보았다. 좋은 걸까, 나쁜 걸까, 아니면 아
무 상관 없는 것일까? 그가 확신하는 한 가지는 그 점에 도달하
면 적어도 답을 얻게 되리라는 것이었다. "좋아, 뭘 하면 돼?"

핀천은 헉슬리와 함께 전방 갑판으로 나가 날개를 접은 벌레
모양의 위협적인 체인 건 양쪽에 자리를 잡고 섰다. 둘 다 장전
된 카빈총을 들고 볼트를 뒤로 당겨 약실에 탄환을 장전했다.
개머리판은 최대길이로 조정해 어깨에 밀착했다. 한 손은 총열
에, 한 손은 손잡이에 올라가 있었다. 손가락은 방아쇠울에 올
려놓았다. 엄지손가락은 안전장치 위였다.

무기를 다루는 과정은 쉽고 익숙하게 느껴졌지만, 전투용 띠
를 착용하는 것은 그렇지 않았다. 헉슬리는 띠를 어깨에 걸치고
다양한 버클을 정밀하게 조였지만, 몸의 기억에는 거의 의지할
게 없었다. 반면에 핀천은 반사적인 빠른 속도로 캔버스 띠를
어깨에 걸치고, 탄창이 든 주머니가 잘 맞는지 확인한 후 벨크
로가 덮인 선투용 나이프를 허리에 고정했다.

디킨슨, 리스, 플라스도 역시 카빈총으로 무장하고 후미 갑판

으로 갔다. 골딩은 조타실로 가서 표시되는 지도의 변경 사항을 보고하라는 지시를 받았다. 배는 안정적인 속도로 서두르지 않고 계속 물살을 가르며 나아갔고, 엔진도 일정한 리듬을 유지했다. 헉슬리가 안개 속에서 길고 낮은 그림자를 식별하기 시작했을 무렵 엔진의 웅웅거리는 음조가 바뀌더니 배의 속도가 느려졌다.

"저게 해안선인가?" 헉슬리가 핀천에게 물었다. 둘 다 카빈총을 들어 올렸다. 배에는 쌍안경이 없었지만 각 카빈총에는 3배율의 광학 조준경이 있었다. 조준경을 통해 바라보니 그림자가 조금 더 선명해졌다. 헉슬리는 그림자 밑부분을 따라 파도가 부서지며 희미한 흰색으로 반짝이는 것을 알아봤다.

"강어귀 북쪽 제방이야." 핀천은 눈도 깜박이지 않은 채 카빈총을 오른쪽에서 왼쪽으로 천천히 움직였다.

"이 안개에 대해 어떻게 생각해?" 헉슬리는 자신의 무기를 낮추고 분홍빛 안개 쪽으로 눈을 가늘게 떴다. "내 말은, 자연스럽지 않잖아, 안 그래? 안개는 이렇게 오래 머물지 않거든. 그리고 색깔도……."

"난 기상학자가 아니라서." 핀천은 인상을 찌푸리다가 조준경에서 시선을 들어 올렸다. "어쩌면 그게 콘래드의 전문 분야였을지도 모르지. 누가 알겠어?" 그는 다시 조사작업으로 돌아갔다. "뭐가 됐든 정면에 있어야 하는데……." 그는 무기의 총구를 멈추고 총열에서 손을 뗀 후 무언가를 가리켰다. "저기, 열두 시

방향. 보여?"

헉슬리는 즉시 그것을 발견했다. 흐릿한 파도를 따라 움직이던 조준경이 잿빛 물결 사이 한 지점에서 멈추었다. 눈길을 끌기 위해 디자인된 것 같은 선명한 주황색 물체였다. 그 색상이 노란색과 검은색 줄무늬가 그려진 원뿔 주위에 구근 모양의 원통형 띠를 형성하여 파도 속에서 느리게 흔들리고 있었다.

"공중 투하된 비컨이야." 핀천이 말했다. 헉슬리는 원뿔 측면을 따라 뒤엉킨 줄들이 물속으로 쏟아져 들어가고, 그 아래 무너진 낙하산의 부푼 하얀 형체가 파도 밑으로 펼쳐진 것을 볼 수 있었다. "비행기가 결국 뭔가를 배달한 것 같군."

배가 가까이 다가가는 동안 헉슬리는 조준경으로 비컨을 주시했고 원뿔의 측면이 리벳으로 연결한 양철판이라는 것을 알아봤다. 검은색과 노란색 줄무늬 너머에는 아무런 표식도 보이지 않았지만, 직사각형 해치의 구부러진 가장자리는 식별할 수 있었다.

배의 엔진이 갑자기 꺼지는 소리와 조타실에서 골딩이 외치는 소리가 동시에 들려왔다.

"메시지야!" 역사가의 목소리는 두꺼운 유리 때문에 잘 들리지 않았지만, 광란의 몸짓만은 명확히 알아볼 수 있었다. "메시지가 떴어!"

배는 전진 추진이 없어 불안정했기에, 헉슬리와 핀천이 배의 후미로 나아가는 동안 눈에 띄게 기울었다. 다른 사람들은 이미 화면 주변에 모여 있었다. 지도는 사라지고 검은색 바탕에 평범한 흰색 글씨로 쓴 단어들이 적혀 있었다.

탐사하기
두 사람만
화물칸에 선외 모터

"짧게 요점만 전달하고 있어." 골딩이 말했다.

엔진이 우르릉대는 소리와 함께 하얀 연기를 내뿜으며 뱃머리를 우현으로 돌리자 모두가 놀란 표정을 지었다. 잠시 후 엔진이 다시 꺼졌다.

"그냥 위치를 유지하는 것뿐이야." 핀천이 사다리로 이동하면서 말했다. "일단 선외기를 찾아야지."

그들은 하부 갑판의 밀폐된 바닥 판 중 하나가 3센티미터 정도 위로 들려 있는 것을 발견했다. 핀천이 그것을 들어 올리자 선외 모터의 긴 장대와 프로펠러, 조종 레버가 드러났다.

"더 커야 하는 거 아니야?" 리스가 의심스러운 표정으로 기계를 바라보며 물었다.

"전기용이야." 핀천은 장대 꼭대기에 있는 케블러*로 덮인 상자를 두드렸다. "배터리 팩이군. 내 생각에는 우리가 고무보트

---

*   방탄조끼 소재인 고강력 섬유.

를 타고 떠나버리지 못하도록 최대 항속 범위를 제한해놓은 것 같아."

"좀 미친 짓 같지 않아?" 골딩이 말했다. 그의 얼굴은 미심쩍음으로 잔뜩 찌푸려져 있었고, 목소리는 날카로웠다. "내 말은, 저들이 우리와 의사소통할 수 있다는 건 너무도 분명하잖아. 그런데 왜 군이 우리가 가는 길에 부표를 떨어뜨리고 그걸 살펴보라고 명령하는데? 그냥 우리가 여기서 뭘 하고 있는지 말해주면 안 되는 건가?"

"이건 테스트야." 플라스가 말했다. "기본적인 추론과 인지 능력을 보려는 거지. 메시지를 읽고, 모터를 찾아서 고무보트에 고정하고, 부표까지 가게 하려는 거야. 우리가 아직 살아 있고 지시를 따를 수 있는지 확인하고 있어."

"그 말인즉슨." 리스가 끼어들었다. "저들이 우리를 처음 이 배에 태웠을 때는 이 시점까지도 우리가 계속 살아 있고, 제정신일지 확신할 수 없었다는 거야." 그녀가 유머의 기미라고는 조금도 찾아볼 수 없는 미소를 번쩍이더니 곧 명백한 사실을 이야기했다. "확실히 콘래드는 그렇지 않네."

"테스트이든 아니든 간에." 핀천이 끙끙거리며 선외기를 잡고 끌어당기며 말했다. "우린 저 비컨을 확인하기 전까지는 아무데도 못 갈 것 같아."

누가 갈 것인가에 대한 논의는 없었다. 핀천은 고무보트의 방수포를 걷어버리고 선외기를 연결한 다음 레버를 눌러 보트를 물속으로 내리는 장치를 작동시킨 다음 헉슬리 쪽으로 고개를 기울였다. "갈까?"

"만약…… 무슨 일이라도 생기면?" 리스가 물었다.

"'무슨 일'이 정확히 어떤 일을 의미하는지 정의해봐." 헉슬리는 고무보트 뱃머리에 자리 잡으며 어쩔 수 없다는 듯이 어깨를 으쓱해 보였다. 핀천이 선외기의 조종을 맡았다. "이게 폭발할 것 같아? 킬러 로봇으로 변신할 것 같다고? 뭐 그럴지도 모르지."

헉슬리는 지금까지 리스의 얼굴에서 유머를 본 적이 없었는데, 잠깐 나타났다 사라진 억지 미소가 그녀를 훨씬 젊어 보이게 한다고 느꼈다. "걱정하지 마." 그녀는 짐짓 엄숙하고 확신에 찬 듯 찡그린 표정을 지으며 말했다. "내가 장담하는데, 최악의 상황이 발생하면 우린 당신들이 죽어가도록 내버려둘 테니까."

헉슬리는 손가락을 이마에 대고 장난스럽게 경례했다. "우리 사전엔 일치단결 같은 건 없지."

핀천의 짜증 섞인 평가에 따르면, 선외 모터는 최대 속도가 3노트를 넘지 못하는 것으로 판명 났다. "저게 폭발이라도 하면, 우리는 제때 잔해에서 빠져나올 방법이 없어."

"우리가 가는 길목에 저런 걸 공중 투하할 능력이 있으면 그냥 간단하게 폭탄을 하나 떨어뜨리면 될 텐데. 왜 그걸 안 하고 이제 와서 우릴 죽이겠다고 이 모든 수고를 감수하겠어?"

핀천은 비컨의 몇 미터 이내에 보트가 들어서자 속도를 줄였다. 가까이서 보니 그것은 헉슬리가 처음 생각했던 것보다 훨씬 컸다. 높이가 3미터에 부풀려진 주황색 도넛 형태의 기저 위에는 난간과 손잡이가 설치돼 있었다. 헉슬리는 고무보트 뱃머리에 있는 고무 고리에 연결한 밧줄을 잡고 몸을 지탱한 다음 비컨을 향해 뛰어올랐다. 난간은 젖어 있었지만 미끄러지지 않도록 금속 격자로 만들어져 있었다. 그는 밧줄을 손잡이 중 하나에 묶었다. 전투용 띠를 착용하던 때와 마찬가지로 느리지만 정확한 움직임으로 단단히 매듭지었다. 이것도 역시 몸이 기억하고 있었다.

핀천이 선외 모터를 죽이고 고무보트에서 건너편으로 기어오르는 동안 헉슬리는 밧줄을 단단히 잡았다. 둘 다 카빈총을 등에 가로질러 메고 있었지만, 핀천은 자신의 총을 앞으로 돌려놓으려는 시도조차 하지 않았다. 쏠 것이 아무것도 없기 때문이었다.

"이쪽에 있었어." 헉슬리가 오른쪽으로 방향을 잡고 손잡이에서 손잡이로 옮겨 가며 말했다. 해치는 약 30센티미터 정사각형이었고 열 수 있는 확실한 수단이 없었다. 헉슬리는 몇 초 동안 그것을 빤히 바라보다가 손으로 밀어보았고, 곧 해치가 5밀리미터 정도 밀리는 것을 느꼈다. 희미하게 윙윙거리는 기계음과 함께 해치가 옆으로 미끄러지더니 바구니에 담긴 노란색 직사각형 물체가 드러났다.

"위성 전화야." 핀천이 말했다.

"혹시 기억나는 번호 있어?" 헉슬리는 위성 전화로 손을 뻗다가, 소리는 크지만 낮은 주파수의 진동음을 듣고는 그대로 멈췄다. 그의 손이 장치의 두꺼운 플라스틱 덮개 근처를 맴돌며 떨고 있었다. 흥미롭게도 핀천 역시 수화기를 집어 들려는 움직임을 보이지 않았다.

"누군가 우리와 대화를 하고 싶어 하는군." 그가 윗입술에 묻은 바닷물을 닦아내며 말했다. 헉슬리는 거기에 땀도 섞여 있음을 알았다.

왜지? 그는 떨림을 멈추기 위해 주먹을 불끈 쥐며 스스로에게 물었다. 이게 왜 이렇게 두려운 거지?

인상을 찡그리며 그는 깊이 심호흡하고 수화기를 들어 귀로 가져갔지만, 아무 말도 하지 않았다. 얘기하고 싶잖아. 그러니 말을 해.

수화기에서 흘러나오는 목소리는 여성이었고 감정이라고 부를 만한 어떤 것도 담기지 않은 굴곡 없는 무미건조한 것으로 변조되어 있었다. "이름을 말씀하십시오."

헉슬리는 침을 꿀꺽 삼키고는 투덜대듯 대꾸했다. "그쪽은 누구지?"

"이름을 말씀하십시오." 밋밋하고 단조로운 반복이었다.

핀천을 바라보자, 그가 어깨를 으쓱하더니 고개를 끄덕였다.

"내 팔에 헉슬리라는 이름이 문신으로 새겨져 있어."

"다른 일행들의 이름도 말씀하십시오."

수화기에서 흘러나오는 소리를 들을 수 있을 만큼 가까이 몸을 기댄 핀천이 다시 고개를 끄덕였다. 그가 땀 흘리고 있다는 사실을 이제 냄새로 분명히 알 수 있었다.

"핀천." 헉슬리가 말했다. "리스, 디킨슨, 플라스, 골딩."

잠깐 정적이 흐르고 스피커에서 아주 희미하게 딸깍 소리가 나더니 단조로운 음성이 돌아왔다. "콘래드는 어디 있습니까?"

"죽었어."

"어떻게요?"

"자살했어."

"시신의 상태를 설명해주십시오."

"근거리 총상으로 머리에 큰 구멍이 뚫렸고 반응이 없었어."

"다른 부상이나 질병의 징후는 없었습니까?"

이번에는 헉슬리가 말을 멈추었다. 옆에서 핀천은 천천히 무겁게 숨을 내쉬며 입술을 깨물었다. 질병? 그 단어가 전달하는 어떤 것, 비록 여전히 아무런 감정도 실리지 않은 단조로운 목소리였지만 확실히 그 단어에는 다른 무게가 실려 있었다.

"우리 모두 최근에 절개 수술에서 회복된 흔적이 있어." 헉슬리가 말했다. "하지만 그게 당신이 말하는 건 아닐 것 같은데, 그렇지?"

또다시 침묵, 이번에는 그를 도발할 만큼 긴 침묵이었다.

"내 질문에 대답하지." 전화기 케이스가 그의 손아귀에서 삐걱거렸다. "우리가 어떤 징후를 봤어야 하는 건데?"

"그건 현시점에서는 의미가 없습니다." 여전히 감정이 실리지 않은 말투였는데, 그것이 조롱 섞인 웃음과 함께 나오는 말보다 그를 더 화나게 했다.

"젠장, 그건 아니지. 대체 무슨 질병의 징후라는 거야?"

"이 대화를 통해 만족스러운 결과가 도출되지 않는 한 배는 계속 비활성 상태로 유지됩니다. 그 후 항로에 대한 추가 지침이 제공될 것입니다. 이해했습니까?"

헉슬리는 폭발하는 분노를 가까스로 눌러 참으면서 귀에서 전화기를 떼어 이마에 대고 눌렀다. 유혹적이지만 위험한 충동이 떠올랐다. 이 빌어먹을 걸 바다에 던져버릴까.

핀천이 그를 툭 건드렸고, 그제야 헉슬리는 분노를 가라앉히고 다시 전화기를 귀에 가져다 댔다. 그의 말은 앙다문 이빨 사이로 흘러나왔다. "이해했어."

"혼란스러운 생각이나 부당한 공격성의 징후를 보이는 사람은 없습니까?"

"자신이 누구인지 기억하지도 못하는 사람들이, 빌어먹을 어디로 가는지도 모를 배에 함께 갇혀 있는 것치고는 다들 기대치만큼 안정적이라고 할 수 있지."

"뭐라도 사적인 것을 기억해낸 사람이 있습니까?"

"아니……." 그는 이마를 찡그리고 다른 사람들과의 상호 작용을 정신적으로 빠르게 되감기하며 머뭇거렸다. 북극광. "잠깐. 디킨슨이 뭔가 개인적인 것에 관해 말했지만, 그냥 사소한 거였어."

"사소한 건 없습니다. 그녀가 뭐라고 했나요?"

"북극권을 여행하던 중에 본 걸 기억해냈어."

"구체적으로."

"오로라. 그걸 보았을 때 누군가, 그녀에게 중요한 누군가와 함께 있었던 것처럼 느꼈다고 했어." 짧은 침묵, 또다시 멀리서 딸각이는 소리.

"지금 그녀와 함께 있습니까?"

"아니, 핀천이 여기 있어. 디킨슨과 다른 사람들은 배에 있고."

"여러분의 생존을 보장하려면 무슨 일이 있어도 다음 지침을 준수해야 합니다. 이 전화를 가지고 보트로 돌아가서 디킨슨을 사살하십시오."

그의 눈이 핀천의 휘둥그레진 눈과 마주쳤을 때, 손아귀에서 전화기가 미끄러져 떨어질 뻔했다. "뭐라고?"

"디킨슨은 이제 여러분 모두에게 위험한 존재입니다. 생존을 보장하려면 그녀를 사살해야 합니다."

"그녀는 제기랄 산악인이고, 어쩌면 탐험가일지도 모르는데……."

"사적인 기억을 떠올리는 구성원은 무조건 위험 요소로 간주해야 합니다. 배로 돌아가 그녀를 사살하십시오."

"그럴 순 없어." 헉슬리는 전화기를 꽉 움켜쥐고 입술에 바짝 가져다 댔다. 분노가 신중함을 넘어 폭발하면서 침이 튀기 시작했다. "잘 들어, 대답을 들을 때까지는 우리 중 누구도 아무 짓도 하지 않을……."

배에서 울려 퍼진 소리는 굉음과 건조한 균열이 뒤섞여 있었지만, 그 출처만은 분명했다. 총소리였다.

"배로 돌아가십시오." 목소리가 전과 마찬가지로 단조롭게 말했다. "그녀를 사살하십시오."

핀천은 헉슬리에게 선외기를 맡게 하고는 배의 속력이 최대로 올라가는 동안 자신의 카빈총을 풀어 뱃머리에 얹어놓았다. 고무보트가 선미에 도달했을 때, 배에서 고함 지르는 소리가 들려왔다. 핀천은 어깨에 카빈총을 메고 배 위로 훌쩍 뛰어올라 조타실 안으로 사라졌다. 헉슬리는 그의 뒤를 따르기 전에 고무보트를 선미 난간에 묶어놓아야 한다는 사실을 기억해내고는 허둥대며 밧줄을 묶고 핀천을 따랐다. 그가 조타실의 어두운 공간에 들어서면서 카빈총을 어깨에서 내려 잡는 순간, 젖은 바닥을 밟고 발이 미끄러졌다. 아래를 내려다보니 갑판에 붉은 얼룩이 보였다.

"젠장 빌어먹을!" 등을 대고 누워 있는 골딩이 신음과 함께 고함을 질렀다. 그가 두 손으로 허벅지를 움켜잡자 손가락 사이로 피가 흥건하게 배어 나왔다. "저게 나를 쐈어! 저 망할 년이 날 쐈다고!"

리스가 그의 옆에 앉아 구급상자에서 꺼낸 붕대를 풀고 있었다. "가만히 있어! 조금 스친 게 분명해."

"빌어먹을 그냥 스친 정도는 아닌 것 같거든!" 골딩은 끙끙거리며 고함을 질렀고, 리스는 그의 손을 상처에서 떼어내고는 피로 물든 군복 사이로 엉망이 된 진홍색 부상 부위를 들여다봤다.

"무슨 일이야?" 조타실을 훑어봤지만 아무도 보이지 않자 헉슬리가 물었다.

"디킨슨." 리스가 수통을 꺼내 골딩의 상처에 물을 뿌리고는 자신이 발견한 것이 만족스러운지 끙 소리를 냈다. "살점이 좀 떨어져 나가기는 했지만, 관통하거나 총알이 박히지는 않은 것 같아. 운이 좋았어."

"그래?" 골딩의 얼굴이 창백해지더니, 아침 식사를 토해내기 직전에 지을 법한 표정으로 목에 경련을 일으켰다. "지금 너무 운이 좋아서……."

"디킨슨이 그랬다고?" 헉슬리가 다그쳤다.

"두 사람이 비컨에 도착했을 때 말을 하기 시작하더라고. 말이라기보다는 거의 횡설수설이었지." 골딩이 토하려고 고개를 돌리자 리스는 인상을 찌푸렸지만, 꿋꿋하게 잘 참아내며 계속해 그의 상처를 소독했다. "점점 흥분하면서 무슨 뜻인지도 모를 말을 해댔어. 우리가 진정시키려고 해봤지만, 비명을 지르기 시작했고 급기야는 갑판에 누가 있기라도 한 것처럼 총을 겨누더라고. 그러더니 방아쇠를 당겼어. 이게……." 리스는 손목을

70

능숙하게 비틀면서 붕대를 묶었다. "그때 튕겨 나온 총알에 맞은 거야."

"디킨슨은 지금 어디 있어?"

"승무원실. 저거 디킨슨이 떨어뜨린 거야." 리스는 근처 갑판에 떨어져 있는 카빈총을 향해 고갯짓했다. "플라스가 그녀와 대화를 시도하고 있어. 그거 위성 전화야?"

헉슬리는 전화기를 어깨띠의 탄약 주머니 중 하나에 집어넣어 돌아왔다. "맞아."

"그럼 누군가와 통화를 한 거네, 맞지? 그 사람들이 뭐래?"

헉슬리는 핀천을 바라봤다. 핀천은 긴장한 채 수치심을 느끼듯 눈을 내리깔았다. 비록 카빈총을 쥔 손에 떨림의 기미는 없었지만.

헉슬리는 사다리 쪽으로 걸어갔다. "디킨슨과 얘기를 좀 해봐야겠어."

"그게 뭐라고 말했는지 들었잖아." 핀천이 중얼거렸다. 헉슬리는 그를 무시하고 스쳐 지나가 사다리를 타고 승무원실로 내려갔다. 디킨슨은 웅크리고 있는 플라스 옆에 역시 웅크려 앉아 있었다. 얼굴은 죄책감으로 비참하게 일그러져 있었고, 눈은 젖어 있었으며 입술은 식식대는 찡그림과 함께 자꾸만 뒤로 젖혀져 이빨을 드러내고 있었다.

"내가 봤어……." 그녀가 손바닥을 이마에 대고 말했다.

"뭘?" 플라스가 물었다. "뭘 봤는데?"

"너도 봤잖아, 너도 분명히 봤어."

"거기엔 아무것도 없었어……."

갑판에서 헉슬리의 부츠 소리가 들리자 플라스는 입을 다물었고, 그녀와 디킨슨은 서로 다른 종류의 두려움에 찬 시선으로 그를 올려다보았다. "이제 많이 진정됐어." 플라스가 말했다. 그 어조에서 헉슬리는, 자신이 내린 줄 미처 몰랐던 결정을 그녀가 그의 눈빛으로 눈치챘을지도 모른다는 느낌을 받았다.

"그게 아직도 저 위에 있어?" 디킨슨은 간절히 애원하는 표정으로 그에게 물었다. "갔지, 그렇지? 제발 갔다고 말해줘."

헉슬리는 자신이 정신과 의사가 아니라는 것은 알았다. 하지만 본능적으로, 자신이 지금 단 30분 만에 광기에 빠진 여자의 눈을 바라보고 있다는 것을 확신할 수 있었다. 디킨슨은 이제 여러분 모두에게 위험한 존재입니다.

"갔어." 그가 말했다. "당신이 그걸 겁줘서 쫓아버린 게 확실해."

"고마워." 그녀가 눈을 감고 벙커 측면에 머리를 기대더니 속삭임을 급류처럼 쏟아냈다. "고마워, 고마워, 고마워."

헉슬리는 핀천이 갑판에 군화를 쿵쾅거리며 사다리를 내려오는 소리를 들었다. 그는 어깨 너머로 핀천을 빤히 바라보면서 고개를 저었다.

"내가 디킨슨과 얘기해볼게." 헉슬리가 한 손으로 플라스의 어깨를 가볍게 건드려 그녀를 옆으로 비켜나게 했다. 그녀는 헉슬리와 핀천 둘 다에게 긴장한 시선을 던지며 옆으로 물러났다.

"그게 어떻게 여기까지 왔는지 알아?" 헉슬리는 핀천이 카빈 총을 다시 고쳐 잡느라 팔걸이가 부드럽게 긁히는 소리를 무시하면서 디킨슨 앞에 웅크리고 앉아 물었다.

"아니!" 디킨슨이 빠르고 사납게 고개를 저었다. "내 말은, 불가능하잖아, 안 그래? 아빠가 그걸 죽였어. 나는 아빠를 지켜봤어. 아빠가 지켜보게 했거든."

"하지만 당신은 그걸 지금 여기서 봤잖아."

"어쩌면……." 디킨슨의 혀가 입술을 핥았고, 목구멍이 그르렁댔으며 눈에는 광기 서린 이해가 번뜩였다. "어쩌면 이게 그 일부일지도 몰라…… 실험. 뭐가 됐든 간에. 어쩌면 이건 사실상 실제가 아닐 수도 있어." 그녀가 손으로 침대를 두드리더니 다음에는 뒤쪽 벽을 쳤다. "시뮬레이션!" 그녀의 눈이 휘둥그레지더니, 깨달음에 숨을 헐떡였다. "물론이야! 우리는 진짜 여기 있는 게 아니야. 맞아, 그거야. 그게 유일한 가능성이야……."

"골딩의 다리에 난 총상은 꽤 진짜처럼 보여." 헉슬리가 지적했다.

"음, 그럴 거야, 그렇지?" 디킨슨은 그의 통찰력 부족에 격분한 듯 까다롭고 비판적인 표정을 지어 보였다. "그게 바로 시뮬레이션이 작동하는 방식이잖아."

헉슬리는 그녀가 자신의 진술에 '멍청이'나 '얼간이' 같은 단어를 덧붙이지 않으려고 애쓴다는 인상을 뚜렷하게 받았다. 어조를 부드럽게 바꾸면서 그는 다른 방식을 시도했다. "아까 아버지 얘기를 했잖아. 그러면 이제 아버지를 기억하는 거야?"

"아빠? 그래." 그녀가 긴장을 조금 풀더니 짧고 날카로운 웃음을 터뜨렸다. 웃음이 잦아들면서 그녀의 표정은 어두워졌고, 입은 분노로 뒤틀리더니 목소리가 점차 굵어지면서 투덜거림 같은 말들이 쏟아져 나왔다. "아빠가 생각나. 아빠가 했던 일, 아빠가 여전히 하고 싶어 하던 일이 생각나. 그래서 아빠가 그렇게 한 거야. 내 앞에서 죽이려고 나에게 강아지를 사준 거야. 왜냐하면 내가 더는 안 하려고 했으니까. 내가 엄마한테 이르겠다고 그랬더니……."

공격은 예고 없이 찾아왔다. 그녀의 자세에는 멈춤도 변화도 없었다. 그저 야수적이고 동물적인 민첩함으로 순전히 공격성만 드러내며 주저 없이 돌진해왔다. 그녀의 근육질 몸이 공성 망치의 힘으로 그를 내리치고 짓눌러왔다. 믿을 수 없을 정도로 강한 손이 그의 어깨에 손가락을 파묻었다. "아빠!" 그것은 입에서 흘러나온 침과 뒤섞인 으르렁거림이었다. 그녀는 물기 좋은 부위를 찾는 고양이처럼 이빨을 드러내고 머리를 내민 채 그의 위에 올라탔다. 핀천의 카빈총에서 발사된 총알이 그녀의 두개골을 관통하기 전에 헉슬리는 그녀의 얼굴에서 어떤 변화, 즉 근육과 뼈의 이동, 뒤틀림, 변형…… 등을 목격했다.

그는 피뿐 아니라 다른 물질, 딱딱한 동시에 부드러운 어떤 물질의 소나기 속에서 눈을 깜박였다. 총성 때문에 귀가 윙윙

울려댔다. 디킨슨의 생명 없는 몸뚱이가 그의 위로 쓰러져서 이마에 난 너덜너덜한 구멍을 통해 따뜻한 피가 뚝뚝 떨어지는 동안 구역질이 나오려는 것을 꾹꾹 눌러 참았다. 핀천이 그가 일어설 수 있도록 시체를 끌어 내렸고, 그는 얼굴에 묻은 핏덩어리를 닦어내려 했지만, 오히려 더 뭉개지기만 했다.

핀천은 코를 킁킁대며 카빈총의 안전장치를 잠그고 눈썹을 치켜올린 채 디킨슨의 시체를 살펴보다가, 헉슬리의 탄약 주머니에 꽂혀 있는 위성 전화기 쪽으로 고개를 끄덕였다. "어쨌든 그 말이 거짓말은 아니었던 것 같네."

4장

"사적인 정보를 기억하는 거." 리스는 말하는 동안에도 디킨
슨의 시신에서 눈을 떼지 않고 변형된 얼굴에 관심을 집중하고
있었다. "그게 그렇게 말했어?"

"자신에 관해 무언가를 기억하는 사람은 누구든지 다 위험하
대." 헉슬리는 고개를 숙이고 수통에 있는 물로 목덜미를 씻어
내리면서 귀 뒤로 손가락을 움직여 뼈와 살의 마지막 잔여물을
긁어냈다. "그게 콘래드의 몸에 있는 질병의 징후에 대해서도
물었어. 아주 구체적으로 묻지는 않았지만."

"왜 자꾸 '그거'라고 하는 거야?" 플라스가 물었다. "목소리가
여자라고 했잖아."

헉슬리는 어깨를 으쓱하며 그녀의 말을 무시하려다가 과학자

의 마음에 뭔가 중요한 게 떠올랐을지도 모른다는 생각이 들자 멈칫했다. "여자 목소리처럼 들렸어." 그가 말했다. "하지만 사람 같지는 않았어. 진짜 감정이 없었거든."

"기계 음성일지도 몰라." 핀천이 제안했다. "군용 항공기의 자동 음성 경고는 모두 여자 목소리야. 그게 더 많은 주의를 끌거든."

"우리 당면한 문제에 집중할 수 없을까?" 리스는 디킨슨의 시신에서 고개를 들었다. 그들은 시신을 선미 갑판에 가져다 놓았는데, 이 작업은 말 그대로 배의 내부에 피와 그 엇비슷한 색 액체를 사정없이 뿌려대는 과정이었다. 다시 한번, 폭력적인 죽음의 광경에 헉슬리는 혐오감을 느꼈지만, 구역질할 정도는 아니었다. 전에 다 봤을 거야. 그는 그 깨달음을 슬쩍 건드려 진짜 기억을 떠올리고 싶은 충동을 억눌렀고, 이제는 그 충동에 따라오는 불편한 고통에 감사했다. 어쩌면 그들은 우리를 보호하기 위해 기억을 떠올리는 게 고통스럽도록 설계한 것일지도 몰라.

"사인은 꽤 분명해 보이는데." 골딩이 말했다. 여느 때 같으면 충분히 불쾌감을 불러일으킬 수 있는 말이었지만, 그의 창백한 얼굴이 드러내는 비참함과 어조를 물들인 떨림이 그런 여지를 남겨두지 않았다. 그는 괴로운 표정으로 다리를 절뚝이며 난간을 움켜잡고 조타실 밖으로 나갔다. 보관함에서 꺼낸 배낭들을 아무리 샅샅이 뒤져봐도 진통제 종류는 찾아낼 수 없었다.

"여기는 분명 생리학적으로 변화가 일어났어." 리스는 디킨슨의 턱에 손을 대고 손가락으로 피부를 눌러 그 아래 뼈를 살폈다. "그리고 여기도." 그녀의 손이 부서진 이마 부분으로 이동해 눈썹을 쓰다듬었다. "빠르고 뚜렷한 형태적 변화."

"내 눈에는 질병의 징후인 것 같아." 헉슬리가 말했다.

리스는 동의한다는 의미로 고개를 기울였다. "맞아. 하지만 콘래드의 시신에서는 이런 걸 발견하지 못했잖아."

"그는 시간이 충분하지 않았을지도 모르지. 디킨슨은…… 전문 용어를 사용하자면, 먼저 정신적으로 매우 불안정한 상태를 겪었잖아. 그러고 나서……." 그는 시신의 일그러진 모습 쪽으로 손을 흔들었다. "어쩌면 콘래드는 무슨 일이 일어나고 있는지 알았을 거야……. 그래서 적절한 조처를 한 거지."

"어떤 질병이 이런 증상을 일으킬 수 있는지 뭐 짐작 가는 거 없어?" 핀천이 리스에게 물었다.

"여전히 내 이름은 기억 못 하지만, 일생을 통틀어 이런 건 본 적이 없을 거라고 확신해."

"누군가는 봤어." 헉슬리는 디킨슨의 피로 뒤덮인 얼굴의 일그러진 살점에 시선을 고정한 채, 핀천이 총을 쏘기 직전 그녀가 보여주었던 포식성을 떠올렸다. 디킨슨이 얼마나 위험한 존재였는지에 대해서는 조금의 의심도 없었다. 핀천을 비난하지도 않았다. 만약 살아남았다면 그녀가 모두를 죽게 했을 테니까. "그들은 이런 일이 일어나리라는 걸 이미 알고 있었잖아."

"그러니까 우리는 실험 대상인 거네." 플라스가 말했다. 헉슬리는 역설적이게도, 플라스를 지속적으로 괴롭히던 두려움이 디킨슨의 죽음으로 인해 줄어들었다고 느꼈다. 물론 그녀는 여전히 긴장한 채로 양손을 포개 잡고 있었지만, 전처럼 꽉 쥐지는 않았다. 그녀는, 거의 기도하듯 맞댄 손을 들어 입술에 대고 눈을 감은 채 생각에 잠겼다. "일곱 명 중에서 지금까지 두 명이 실패했네. 이 정도면 일부 약물 실험에서는 긍정적인 결과로 간주될 수도 있어."

골딩은 역겨운 신음을 내뱉으며, 강요하는 듯한 시선으로 헉슬리를 빤히 쳐다봤다. "그게 또 뭐라고 했어? 우리가 이 배에서 뭘 하는 거래?"

"그 점에 관해서는 답변한 게 거의 없어. 그리고 이 배를 움직이지 않을 거라고 했는데……." 위성 전화기에서 낮게 찍찍거리는 소리가 나자 그는 말꼬리를 흐렸다. 전화기가 다시 그의 가슴 주머니에서 울리기 시작했다. 호랑이도 제 말 하면 온다더니. 타이밍 죽이는군.

그가 주머니에서 전화기를 꺼내자 다른 사람들도 그를 따라 조타실 안으로 들어갔다. 조용히 하라는 의미로 한 손을 들어 올리면서 그가 녹색 버튼을 누르고 스피커가 귀를 향하도록 돌려놓자, 모두가 대화를 듣기 위해 모여들었다.

"디킨슨은 죽었습니까?" 인사말이나 서론 같은 건 없었다. 전과 같은 목소리였다.

"그래." 헉슬리가 말했다. "죽었어."

"다른 사상자는 없나요?"

"골딩이 다리에 총알이 스치는 상처를 입었어. 리스 말로는 심각하지는 않대. 그녀가 여기 의사잖아, 맞지?"

"일행 중에 혼란스러운 생각이나 부당한 공격성을 보이는 사람이 있습니까?"

그의 시선이 다른 사람들을 훑어봤다. 골딩의 얼굴은 고통으로 잿빛이었고, 질문을 쏟아내고 싶은 마음을 억누르려 애쓰는 모습이 역력했다. 핀천은 냉정하고 주의 깊었다. 플라스는 여전히 양손으로 입을 누르고 있었다. 리스는 얼굴에 드러난 두려움을 숨기려는 시도조차 없이 다시 한번 팔짱을 끼었다.

"없어."

골딩이 입을 열었지만, 그의 목소리는 고물 너머로 하얗게 일어나는 물보라와 함께 배에 생명을 불어넣는 엔진 소리에 묻혀버렸다.

"디킨슨의 시신을 처리하십시오." 위성 전화가 지시했다. "앞에 장애물이 있습니다. 계속 나아가려면 그걸 치워야 합니다. 화물칸에 잠긴 컨테이너 중 하나가 이제 열려 있을 것입니다. 거기 폭발물이 들어 있습니다. 핀천이 그걸 올바르게 사용할 기술과 지식을 보유하고 있습니다. 일을 진행해나가는 동안에는 항상 무장 상태로 있어야 함을 명심하십시오. 다른 사람을 만나면 즉시 사살하십시오. 그들은 여러분에게 위험합니다."

"내가 지금 진짜 사람과 이야기하고 있는 건가?" 헉슬리가 목소리에게 물었다. 웬일인지 그것이 그 순간 가장 적절한 질문처럼 느껴졌다. "당신…… AI야 뭐야?"

짧은 침묵 후 딸깍 소리가 들렸다. "통신은 열두 시간 후에 재개됩니다." 전화가 끊기면서 열린 회선의 쉭쉭 소리가 잦아들었다.

골딩은 알아들을 수 없는 욕설을 뱉어내며 전화기를 향해 돌진했고, 다리 때문에 비틀거리면서도 간신히 손을 뻗어 전화기를 잡고는 수화기에 대고 소리쳤다. "이 빌어먹을 배에서 우리는 대체 뭘 하고 있는 거야? 당신들은 누구고?"

"끊어졌어." 헉슬리가 그를 밀어냈고, 골딩은 좌석에 부딪힌 후 갑판으로 쓰러졌다. 그가 양손으로 얼굴을 가린 채 부들부들 떨자 흐느낌이 입술에서 새어 나왔다. 헉슬리는 그를 그 상태로 내버려두는 것이 최선이라고 생각했다.

"지도가 다시 나타났어." 핀천이 실시간 디스플레이 화면 쪽으로 고개를 끄덕이며 말했다. 화면에는 다시 한번 녹색 점이 깜빡이면서 붉은 점을 뒤에 남긴 채 강어귀로 더 깊숙이 들어가고 있었다. 그는 카빈총을 어깨에 메고 사다리로 이동했다. "새 장난감을 좀 살펴봐야겠어."

"저게 내가 생각하는 그거야?"

핀천은 헉슬리를 향해 한쪽 눈썹을 치켜세우고 화물칸에 손을 뻗어 물건을 들어 올렸다. 소총과 비슷하게 생겼지만, 탄창이 없었다. 탄창 대신에 작은 가압 탱크가 방아쇠 앞쪽에 배치되어 있었다. 총구 아래에는 작은 주둥이가 달린 삼각형 상자가 있었다.

"자네가 이걸 화염방사기라고 생각한다면." 핀천이 삼각형 상자 밑면에 있는 스위치를 눌러 손가락 크기의 파란 불을 점화했다. "맞아."

화염방사기는 모두 두 개였고, 둘 다 판지를 덮은 벽돌 모양의 받침대 위에 얹혀 있었다. "C4." 핀천이 벽돌처럼 보이는 것 중 하나를 들어 올려 포장지에 찍힌 글자를 읽었다. 화물칸을 더 뒤져보니 수십 개의 얇은 금속 막대와 깔끔하게 감긴 전선으로 가득 찬 캔버스 가방 하나가 나왔다. "기폭 장치, 타이머, 퓨즈 선." 핀천은 실제 폭발물을 다룰 때보다 더 조심스럽게 가방을 옆으로 치워두었다. 화물칸의 내용물을 살펴보는 동안 그는 굳은 표정으로 입술을 가늘게 오므렸다. "이 정도면 많은 양이기는 하지만, 해 질 녘에 우리가 맞닥뜨리게 될 대상에 구멍을 내기에는 충분치 않아."

"그럼 그게 뭔데?"

"템스강 방벽. 수년 전에 홍수로 잠길 뻔한 이 위대한 섬들의 수도 런던을 보호하기 위해 수천 톤의 강철과 콘크리트를 들이부어 만든 수문이야."

"거기서 우리 여정이 끝나는 게 아니라면."

"나는 우리가 그렇게 운이 좋지는 않을 것 같다는 느낌이 드네." 핀천은 C4 폭탄 덩어리들을 화물칸에 다시 집어넣었지만,

캔버스 가방과 화염방사기 하나는 챙겨두었다. "골딩." 그가 낮은 목소리로 말했다. "혼란스러운 생각."

"그는 방금 총에 맞았어. 그런 상황에서 스트레스 지수가 높아지는 건 당연하잖아. 게다가 나는 부당한 공격성 같은 건 눈치채지 못했어. 그리고 그는 개인적인 세부 사항 같은 걸 기억하는 징후를 보이지도 않아."

"그건 그가 우리에게 한 말이고. 이제 이 배에 타고 있는 사람들은 기억을 혼자 간직해야 할 동기를 갖게 된 것 같거든."

"이…… 질병이 무엇이든 간에, 그 영향은 다른 어떤 질병보다 즉각적인 것 같아. 디킨슨은 몇 분 만에 멀쩡한 인간에서 살인마로 변했어."

"그런 일이 다시 일어난다면 결코 주저해서는 안 된다는 뜻이기도 해. 그게 누구에게 일어나든 상관없이."

"그게 자네라도?"

핀천은 당황하면서도 불쾌한 표정을 지어 보였다. "물론이야. 내가 학창 시절 있었던 좋은 추억에 관해 얘기하기 시작하면, 자네가 바로 내 머리에 총알을 박아 넣을 거라고 기대하고 있을게. 그리고 걱정하지 마." 그가 가방과 화염방사기를 손에 들고 일어서기 전에 헉슬리의 어깨를 한 손으로 두드리며 말했다. "나도 기꺼이 자네를 위해 그렇게 할 테니까."

"난 대체 그게 무슨 용도로 쓰일 건지 생각하고 싶지도 않아."

골딩이 불쾌감과 두려움을 동시에 품은 채 화염방사기를 바라보며 말했다.

그들은 디킨슨을 배 밖으로 던진 후 조타실에 모였다. 애도사라고는 전혀 없는 또 다른 즉석 장례식이었다. 다른 할 일이 없었기에 그들은 표시되는 지도를 보면서 시간을 보냈다. "내 생각에 지금 속도는 배의 최고 속도와는 거리가 먼 것 같아." 헉슬리는 화면에 있는 두 점이 서로에게서 점점 멀어지는 것을 보며 말했다.

"최고 속력의 5분의 1 정도로 가고 있을 거야." 핀천이 몸을 앞으로 숙여 앞 유리를 들여다보며 말했다. 강어귀의 둑은 안개 속에서 부피가 큰 뿌연 그림자처럼 보였지만, 매 킬로미터를 지날 때마다 수로가 상당히 좁아지고 있다는 사실만은 분명했다. "템스강 방벽에 도달하려면 몇 시간은 걸릴……."

헉슬리는 그 소리를 듣기도 전에 섬광과 열기를 먼저 느꼈다. 강력한 진동이 선미부터 뱃머리까지 훑고 지나갔다. 그가 고개를 돌려 안개 속에서 밝은 주황색 불기둥이 피어나는 것을 보았을 때 뼛속까지 울리는 굉음이 그들에게 도달했다. 장막처럼 가리고 있던 안개가 폭발로 녹아내렸다. 폭발 아래 강물은 직경이 최소 500미터 이상 되는 반짝이는 흰색 원반으로 변했다.

"부표야." 헉슬리가 말했다. 불필요한 동시에 필요하다고 느껴지는 말이었다.

"진공 폭탄." 핀천은 전혀 놀라지 않은 표정으로 희미해져가는 주황색 불꽃을 빤히 바라보았다. "근거리에서 터뜨리면 저출력 핵탄두와 비슷한 위력을 보여줘."

"그러니까 우리가 아직도 그 주위를 맴돌고 있었다면……." 헉슬리는 숨을 후 불어 내쉬면서 웃음을 터뜨리고 싶은 충동과 걸쭉한 욕설을 내뱉고 싶은 분노를 동시에 느꼈다. "적어도 살인 로봇은 아니었네."

"왜 지금 터뜨리는 거지?" 리스가 질문을 던졌다.

"살아 있는 실험 대상자들을 끝장내버리려고." 플라스가 마침내 팔짱을 풀고 위성 전화와 다를 바 없는 감정 없는 목소리로 말했다. "실험에 실패했을 때 일반적인 대처방식이지."

"아마 타이머를 설치해뒀을 거야." 핀천이 말했다. "그들이 정해진 시간 내에 엔진을 다시 켜지 않았다면……." 깨달음으로 그의 이마에 골이 팼다. "AI와의 통화. 시간을 정해놓은 폭발. 주요 부품의 원격 활성화. 저들은 이 임무의 많은 부분을 가능한 한 자동화하고 싶어 하는 것 같아."

헉슬리는 물에서 마지막 하얀빛이 사라지면서 안개가 다시 가까워지는 것을 지켜보았다. 다음번에는 이 안개에 대해서 정말 물어봐야지, 그는 전화기에 손을 대면서 결심했다.

약속대로, 전화기는 그들이 강어귀가 진짜 강이 될 때까지 나아가는 동안 계속 침묵을 지켰다. 이제 양쪽 강둑을 더 쉽게 볼 수 있었고, 초목의 부드러운 실루엣 사이로 건물의 딱딱한 수직

선과 비스듬히 기울어진 선을 식별할 수 있었다. 몇 개의 불빛이 여기저기서 희미하게 빛났는데, 대부분 산업 현장이나 부두로 보이는 가느다란 첨탑 주변이었다. 하지만 그 불빛도 떠도는 안개 너머 세상에 관해서는 아무것도 알려주지 않았다. 해안가역시 고요하게 남아 있었는데, 비컨이 폭발한 지 약 두 시간쯤지났을 때 아주 먼 곳에서 우르르 소리가 들려왔다.

"이건 천둥이 아니야." 핀천이 고개를 기울이고 좀 더 들으려애쓰며 말했다. 그들은 첫 번째 우르르 소리가 들렸을 때 선미갑판으로 이동했다. 소리는 계속되었지만, 안개나 해안의 희미한 불빛에는 아무런 변화가 없었다.

소리의 정점과 정점 사이에서 아주 짧은 멈춤을 감지한 헉슬리는 핀천 쪽으로 고개를 돌렸다. "폭발이 더 있는 건가?"

핀천이 고개를 끄덕였다. "포성이 확실해."

"그리고 총성도." 그들이 캐묻는 듯한 시선으로 바라보자 골딩이 자신의 귀를 가리켰다. "내 귀에는 선명하게 들려. 어쩌면난 뛰어난 청력 때문에 선발되었는지도 몰라."

몇 초 더 긴장해서 귀를 기울이자 헉슬리의 귀에도 총성이 들렸다. 자동 무기가 발사되고 있음을 알려주는 반복되는 스타카토 울림이었다.

"전투가 벌어지나 봐." 리스가 결론지었다. "근데 누가 누구랑싸우는 걸까?"

"내가 기억하는 마지막 전쟁은 아프가니스탄 전쟁이야." 헉슬리가 말했다.

"영국 땅에서는 2세기 넘게 전쟁이라고는 벌어진 적이 없어." 골딩은 고개를 반쯤 기울였다. "북아일랜드를 제외하면."

"교통 소음도 없고, 조명도 최소한으로 밝혀놓았고, 이제 이 소리까지." 핀천이 인상을 찌푸렸다. "상황이 정말 엉망이 된 것 같군."

"여기만 그럴까, 아니면 다른 곳도?" 플라스가 말했다.

물론 그들 중 누구도 답을 할 수 없었기에 그 질문은 긴 침묵을 예고했다. 마침내 전투의 노래는 잦아들었지만, 얼마 지나지 않아 더한 불협화음이 그 자리를 대신했다. 소리는 해안보다는 상공에서 날아오는 것 같았고 구슬픈 불협화음으로 울부짖는 듯해 모두를 더 불안하게 했다.

"갈매기?" 골딩은 안개로 가려진 하늘을 올려다보며 의아해했다.

헉슬리는 콘래드의 권총 소리와 함께 처음으로 그를 깨웠던 꺽꺽거리는 갈매기 울음소리를 기억해냈다. 이것은 그 소리와는 매우 달랐는데, 리듬감 있는 울부짖음이 아니라 흔들리며 길게 늘어지는 소리였다. 또한 처음 깨어난 이후로 갈매기라고는 단 한 마리도 본 적이 없었다.

"이건 사람이야." 리스가 말했다. 그들 모두와 마찬가지로 그녀도 눈을 가늘게 뜨고 아무것도 보이지 않는 하늘을 올려다보고 있었다. "그런데 어디서 오는 소리지?"

핀천은 비로소 깨달았다는 듯 끙 소리를 내며 카빈총을 들어 뱃머리 너머 안개 속으로 녹아드는 거대한 회색 형체 쪽을 가리켰다. 그것은 육중한 콘크리트 다리가 뭉툭한 스파*와 연결된 채 안개 속으로 뻗어 올라가는 거대한 비율의 구조물이었다.

"다리인가?" 플라스가 말했다.

"다트포드 크로싱." 골딩이 호기심과 약간 당황한 표정을 짓더니 좀 더 부드러운 어조로 덧붙였다. "더 정확하게 말하자면 퀸 엘리자베스 다리야."

경보음이 울리는 것을 느낀 헉슬리는 카빈총을 무의식적으로 꽉 움켜쥐었다. 그는 기억의 흔적을 찾아 골딩의 얼굴을 쳐다보지 않으려고 애썼지만, 어쨌거나 역사가는 알아차렸다. "진정해." 그가 조금 물러나며 말했다. "갑자기 어울리지 않는 이름 같다는 생각이 들어서 그랬어."

"맥락이 없으면 어떤 이름, 특히 지명은 이상하게 느껴질 수도 있어." 리스가 말했다.

새로운 울부짖음이 들려왔고, 그들은 즉시 다리의 가려진 부분에 다시 주의를 돌렸다. 배는 이제 거인의 다리 밑을 지나는 느낌을 전달하면서 특징 없는 거대한 다리와 수평을 이루며 나아가고 있었다.

"그냥 비명, 비명뿐이네." 골딩은 인상을 찌푸리며 카빈총을

---

*   마스트에 쓰이는 둥근 재목.

움켜쥔 손가락을 비틀었다. 모두와 마찬가지로 그도 익숙한 자세로 무기를 쥐고 있었지만, 그의 손에 무기는 여전히 이상하고 어울리지 않아 보였다. "말소리는 전혀 들리지 않⋯⋯."

갑자기 울부짖는 소리가 더 커져 거인의 회색 다리 측면에서 메아리치자 그가 말꼬리를 흐렸다. 핀천과 다른 사람들은 카빈총을 들어 올렸지만, 헉슬리는 똑같이 하고 싶은 충동을 억눌렀다. 무슨 이유인지는 모르겠지만, 그의 본능이 여기서는 위험 신호를 감지하지 못했기 때문이었다. 결과적으로 동료들이 여전히 텅 빈 안개 속을 겨누는 동안 헉슬리만이 작고 어두운 형체가 안개를 뚫고 곤두박질치는 모습을 보았다. 그 형체가 떨어지는 동안에도 모습 없는 울부짖음은 계속되었고, 헉슬리는 그것이 허공에서 몸을 뒤틀며 허우적거리는 것을 보았다. 추락하면서 비명을 질러대는 사람이었다. 성별과 나이는 알아볼 수 없었다. 그 형체는 거의 정확하게 다리 지지대의 중간 지점에서 물에 부딪혀 커다란 물보라를 일으켰다. 헉슬리는 그 익명의 추락자가 사라짐과 동시에 울부짖음도 사라졌다고 생각했다. 물기둥이 떨어지고 파문이 번지는 것을 바라보는 동안 그의 입술 사이로 공기가 쉭쉭거리며 새어 나왔다. 저 높이에서라면 바위 위로 떨어지는 것과 같을 텐데.

"움직임은 없어." 시신을 향해 카빈총을 겨누며 핀천이 말했다. 그것은 물속에 엎드려 있었고 옷은 그 주위로 부풀었으며 팔은 벌어져 있었다. 배가 계속 앞으로 나아가는 동안 시체는 물살에 흔들리고 뒤집어졌지만, 헉슬리가 조준경으로 특징을 살펴보기도 전에 가라앉아버렸다.

"이 상황이 우리에게 말해주는 건 별로 없어." 골딩이 말했다.

"한 가지는 말해줬어." 핀천이 다시 한번 안개 자욱한 다리 꼭대기로 시선을 들어 올렸다. "다리 경간이 잘렸어. 그렇지 않았다면 저런 데서 물로 뛰어내렸을 리가 없어. 아까도 말했지만, 여긴 정말 엉망인 거야."

템스강 방벽은 초저녁쯤 시야에 들어왔다. 짙은 안개 속에 크고 꼭대기가 구부러진 실루엣이 긴 행렬을 이루었다. 배는 속도를 늦출 기미를 보이지 않았고, 곧 이 특정 방벽은 전혀 방벽 역할을 하지 못하리라는 사실이 분명해졌다.

"언제 어디서라고 확실히 말할 수는 없지만." 핀천은 방벽을 형성하는 성당 크기의 부두들을 따라 시선을 옮기다가 중간의 넓은 틈새에서 멈췄다. "내가 전에도 이런 식의 피해를 당한 모습을 본 적이 있다는 건 알겠어."

방벽 중앙에 있는 부두는 양쪽에 있는 것들보다 훨씬 더 파손되어 작아진 상태였다. 지붕의 알루미늄 아치는 사라져버렸고, 부피 대부분은 수면 위로 불과 몇 미터 돌출된 잔해 무더기로 줄어 있었다. 방벽에 목적을 제공했던 수문은 살아남은 부두 사이에서 모두 올라가 닫혀 있었지만, 파괴된 부두 주위로는 강물이 소용돌이치며 세차게 흐르고 있었다.

"공중 투하 폭탄이야." 핀천이 들고 있던 무기를 낮췄다. "레이저 유도 500파운드급 포탄이었을 거야, 아마도."

"누군가 런던을 범람시키고 싶어 했군." 헉슬리가 말했다.

"또는 강을 항해할 수 있게끔 하고 싶었을 수도 있지." 플라스가 제안했다.

"단지 우리를 통과시키려고 이걸 폭파했다고 생각하는 거야?"

헉슬리는 그녀의 시선에서 새로운 평정심을 발견하고는 충격받았다. 그를 약간 비난하는 듯한 시선이었다. "나는 우리가 경비정을 타고 총으로 무장한 채 세계에서 가장 큰 도시 한가운데로 항해해 가는 한 무리의 기억상실증 환자라고 생각해. 그리고 그 도시에서는 안개 속에서 비명을 지르며 자살하려는 미치광이들 외에는 아직 생명의 흔적을 찾아볼 수 없지. 우리가 여기 온 데는 그럴 만한 이유가 있으리라는 것엔 이미 다들 동의했잖아. 그러니 이것도 그 일부라고 가정하는 게 그리 큰 비약은 아닐 듯싶어."

"이런 상태가 된 지 얼마 안 된 것 같아." 핀천이 말했다. "며칠, 어쩌면 몇 주 정도. 이게 몰려오기 전에." 그는 대기를 잠식하고 있는 안개 쪽으로 손을 흔들었다. 헉슬리는 분홍빛 그늘이 지난 몇 시간 동안 더 깊어졌다고 느꼈지만 어쩌면 그건 해가 지고 있는 탓일지도 몰랐다.

플라스는 인정한다는 듯 고개를 기울였다. "이 임무가 광범위한 계획과 노력의 정점임을 나타내는 거겠지. 분명한 결론은 우리가 이 도시에 일어난 모든 일에 대응하기 위해 여기 왔다는 거야."

"아마도 구조 임무?" 핀천은 의심스러운 표정을 지었다. "구할 사람이 하나라도 남아 있다면."

"화물칸에 아직 열지 않은 컨테이너가 있잖아." 헉슬리가 상기시켰다. "그 사실을 우리의 궁극적인 목표와 연결하는 데 셜록 홈스가 필요하지는 않겠지."

거친 조류 탓에 방벽을 통과하는 동안 배가 심하게 흔들렸고 뱃머리가 좌우로 기울면서 격렬한 불안감을 유발했다. 하지만 신속하게 자세를 바로잡았고, 엔진의 피치가 상승했다가 하강하면서 폭발적으로 증가한 동력이 배를 요동치는 조류에서 벗어나게 했다. 얼마 지나지 않아 첫 번째 난파선이 시야에 들어왔다. 해안에서 조금 떨어진 지점에 시커먼 대형 선박의 뱃머리가 수면을 뚫고 솟아올라 있었다. 닻줄은 물속으로 곧은 대각선을 이루며 떨어져 선체에 흰색으로 쓰인 배 이름을 양분했다. 'LLIE HOLIDAY'라는 글씨였다.

"누군가 재즈 팬이었던 모양이군.*" 골딩이 말했다.

"내가 보기엔 준설선 같아." 핀천이 말했다. "큰 배잖아. 이걸 가라앉히려면 엄청난 힘이 필요했을 텐데."

---

* 전설적인 재즈 가수 빌리 홀리데이를 가리키며 한 말.

얼마 지나지 않아 배의 속도가 느려졌고, 더 많은 난파선이 나타났지만, 짙게 깔린 안개 위로 어둠까지 내려앉은 탓에 전부 추상적인 형상에 불과했다. 보이지 않는 손이 이 새로운 장애물을 피해 갈 수 있도록 항로를 조정하면서 뱃머리가 몇 분마다 방향을 바꾸었다. 강둑은 이제 더 가까워졌지만, 줄어드는 빛과 안개로 여전히 세부 모습은 알아볼 수 없었다. 헉슬리는 카빈 조준경을 통해 구조물 바닥 주변에서 그림자가 일렁이는 것을 보았고, 그것이 침수된 도시임을 알아차렸다. 강 동쪽 제방과 달리 이곳에는 불빛이 전혀 없었고 그저 텅 빈 건물의 고요한 벽들만 스쳐 지나고 있을 뿐이었다.

"어어." 잠식해오는 어둠이 강둑을 거의 다 집어삼켰을 때 핀천이 투덜거렸다. 그와 헉슬리는 체인 건 양쪽에 서서 뱃머리 너머 허공을 향해 카빈총을 겨냥하고 있었다. 핀천은 카빈총의 앞쪽 개머리판에 부착된 레이저 포인터를 작동시켜 희미한 그림자에서 다른 그림자로 붉은빛을 깜빡이며 이동해가다가 바로 앞쪽에 있는 유난히 넓은 형상에 이르러 포인터를 멈췄다.

"저게 뭐지?" 헉슬리는 조준경을 통해 바라봤지만, 그저 그림자가 드리워진 곡선과 각진 형태만 뒤섞여 있었다.

"난파선 여러 척이 한데 뭉쳐 있는 것 같은데." 핀천이 레이저 포인터를 오른쪽에서 왼쪽으로 여러 번 추적한 후에야 팔을 내렸다. "통과할 만한 길이 안 보여."

그의 판단을 뒷받침하기라도 하듯 배가 후진하기 시작하자 엔진은 더 시끄럽게 우르릉거렸고, 결국 배가 멈추더니 시동이 꺼졌다. 핀천은 무기를 내려놓았다. 조타실에서 흘러나오는 불빛이 땀에 젖은 그의 피부를 비추었다. "이제 C4를 사용할 때가 된 것 같은데."

헉슬리는 일관성 없는 그림자 벽을 훑어봤다. "이 어두운 데서?"

핀천은 반쯤 재미있어하며 콧소리를 냈다. "맙소사, 아니지." 엔진이 배의 자세를 유지하려고 짧게 포효하는 동안 그는 난간을 잡고 몸을 가누다가 후미로 움직이기 시작했다. "아침까지 기다릴 거야. 그리고 이번에는 보초를 서자고. 내가 첫 교대를 맡고, 두 시간 후에 자네를 깨울게."

"최소한 닻이라도 하나 줄 것이지." 그런 불평이 리스의 입에서 나오니 이상하게 들렸다. 평소와 달리 괴팍하게 구는 듯이 느껴졌는데, 이내 헉슬리는 자신의 정체성도 알지 못하는 사람에게 성격적인 특성을 부여하는 게 얼마나 부조리한 일인지 깨달았다. 그녀의 짜증은 배를 제자리에 떠 있게 하려고 엔진이 일정한 간격을 두고 우르릉거리는 데서 비롯되었다. 이것과 더불어 그들의 극한 상황 때문에 적어도 그녀와 헉슬리는 잠을 잘 수 없었다. 핀천은 보초 설 차례가 되어 헉슬리를 깨울 필요가 없었다. 헉슬리는 골딩의 침대 밑바닥을 바라보며 사색에 잠겼다. 역사학자는 눕자마자 거의 곧바로 깊은 잠에 빠졌고, 두 시간 동안 별다른 사건 없이 보초를 마친 핀천도 마찬가지였다. 헉슬리는 기회 있을 때마다 잠을 청하는 핀천의 능력이 군 생활에서 얻은 철저한 습관 덕분이라고 생각했다. 플라스는 가슴에 손을 얹고 침상에 누워 있었지만 잠드는 데 더 오래 걸렸다. 한동안 눈을 뜨고 있다가 눈을 감아도 자세가 변하지 않았기에 그는 그녀가 정말 잠들었는지 의심스러웠다. 사다리를 올라가자 조타실 앞쪽에 리스가 앉아 있었다.

"만약 닻이 있었다면, 우리가 그걸 강에 떨어뜨릴지도 모르잖아." 헉슬리는 눈썹을 찌푸리며 대꾸했다. "그리고 다시는 들어 올리지 않고 말이지."

리스는 입술을 살짝 비죽대 동의한 후 좌석 등받이에 머리를 기대고 침묵에 잠겼다. 두 사람은 계기반 앞에 앉아 있었고, 앞유리 너머의 세상은 변함 없는 지도 디스플레이의 빛으로 검게 물들어 있었다. 헉슬리는 그 위에 무엇인가를 덮어씌우고 싶은 유혹을 느꼈지만, 파란색 줄무늬의 중앙에서 깜박이는 빨간색 점의 모습은 거부할 수 없을 만큼 매혹적이었다.

긴 침묵 뒤, 리스는 피로와 좌절감에 지친 목소리로 다시 입을 열었다. "이번엔 달라. 잠자는 거 말이야. 내 말은, 우리가 콘래드를 배 밖으로 던진 후에 처음으로 잠을 잤던 때 기억나? 마치 혼수상태에 빠진 것 같았잖아. 그런데 이제는 그냥…… 잠 같아." 그녀는 몸을 움직여 의자 위로 다리를 끌어 올렸지만, 편치 않은지 인상을 찌푸렸다. "그리고 난 잠을 잘 수 없는 것 같

아. 아마도 불면증이 일상적이었나 봐."

"아니면 이것과 관련 있을지도 몰라." 헉슬리는 머리에 난 흉터를 손으로 만지작거렸다. "저들이 우리에게 한 짓. 아마도 첫번째 수면은 부작용이거나 절차상 필수적인 부분이었을 거야."

"어쩌면." 그녀가 중얼거리며 반복했다. "어쩌면, 어쩌면. 우리는 무한한 어쩌면의 세계에 살고 있는지도 몰라."

그는 어떤 식으로든 위로하고 싶었지만 할 수 있는 게 없었다. 떠오르는 일화가 없었다. 비극이나 재난에 직면해도 회복할수 있음을 보여줄 본보기가 없었다. 내가 진짜 경찰이라면 뭔가 있을 텐데. 산탄총을 손에 들고 약에 취한 스킨헤드를 진정시켰던 일? 아니면 칼에 찔리거나 총에 맞은 폭력 피해자를 구급대원이 올 때까지 살렸던 일? 그러나 이것들은 기억이 아니라 지어낸 이야기에 불과했다. 그가 평생 책상 뒤에서 돈세탁업자나 사기꾼을 쫓으며 서류나 뒤지고 있었을 가능성도 적지 않았다. 아니면 그는 아예 경찰이 아니었고, 그와 마찬가지로 기억을 잃은 동료들이 그에게 부여해준 역할을 연기하고 있는 것일지도 몰랐다. 그가 어떤 근본적이고 필수적인 것에서 단절되는 느낌과 함께 개인사의 부재를 어느 때보다도 뼈아프게 실감하자 고통이 돌아왔지만, 이번에는 새로운 날카로움이 함께했다.

"기억하려고 애쓰지 마." 리스가 여전히 웅크린 자세로, 하지만 훨씬 집중된 시선으로 경고했다.

"안 그래." 그가 억지로 미소 지었다. "약속할게."

그녀가 약간 긴장을 풀고 끌어안은 무릎에 턱을 얹었다. "고통에 대해 생각해봤는데, 부작용은 아닌 것 같아."

"그래, 나도 그렇게 생각했어. 기억하려고 애쓰면 고통스러워. 부정적인 강화 같은 건가 봐. 그래도 어떻게 한 건지는 궁금해."

"임플란트. 뭔가 심어놓았을 거야. 그게 분명해. 단기 기억 상실 환자를 치료하는 데 사용하는 션트라는 장치가 있는데 뇌의 특정 부위를 통해 전기 신호를 보내서 기억을 자극하는 거야. 그러니 그 반대의 일을 상상하는 것도 어렵지 않겠지."

"디킨슨이나 콘래드에게는 효과가 없었던 거겠지?"

그녀가 눈썹을 치켜올리며 단호하게 동의했다. "그래, 하지만 아직 초기 단계인 기술에서는 예상할 수 있는 일이지. 그거 알아? 플라스의 말이 맞을 수도 있다는 거. 이 모두가 실험일 수도 있어."

헉슬리는 앞 유리 너머의 어둠 쪽으로 고개를 기울였다. "만약 그렇다면, 이 사람들 꽤 극단까지 나아간 거네."

"나는 저 밖에서 일어나는 일을 의미하는 게 아니라, 우리를 의미하는 거야. 무슨 일이 일어났든 간에 우리가 그에 대한 대응책으로 여기에 있다는 건 분명해. 하지만 그렇다고 해서 우리가 실험, 그러니까 진짜 시도를 위한 테스트 베드가 아니라는 걸 의미하지는 않는다는 거야."

"아니면 우리가 진짜 시도일 수도 있지." 그는 다시 자리에 등을 기대고 앉아 지도 화면의 깜박이는 점을 빤히 바라보았다. "이 모든 자동화에는 분명히 이유가 있을 거야. 우리가 유일하게 남은 생존자일지도 모른다는 생각 안 해봤어?"

"인류의 마지막 희망." 그녀가 웃음을 터뜨리려다가 실패한 듯 길게 떨리는 숨을 내쉬었다. "아마도 그게 가장 우울한 생각일 거야."

그녀는 고개를 기울여 무릎에 뺨을 가져다 대고 또 침묵에 빠졌다. 다시 입을 열었을 때, 그녀의 말은 부드럽게 떨려 나왔다. "내 몸에는 튼살과 제왕 절개 흉터가 있어. 흉터가 별로 안 큰 걸로 봐서는 아이를 하나만 낳았던 것 같아. 아들보다 딸이 있다고 생각하고 싶어. 나 끔찍하게도 성차별적이지 않아?" 그 질문은 명백히 수사학적이어서 그는 아무 답도 하지 않았고, 리스는 거의 멈춤 없이 말을 이었다. "그 애가 몇 살일까? 바비 인형을 가지고 놀까, 액션 피겨를 가지고 놀까? 어떤 브랜드의 시리얼을 먹을까? 날 그리워할까? 아프지만, 그쪽으로 손을 뻗지 않을 수가 없어."

고개를 돌리면 우는 모습을 보게 될 걸 알았기에 헉슬리는 그녀를 쳐다보지 않았다. 쳐다보지 않는 건 비겁한 짓이었지만 고개를 돌려 그 눈물을 본다면 그것이 그를 두렵게 하는 연결고리를 불러올 터였다. 그녀가 딸이 좋아하는 시리얼 브랜드를 기억한다면 나는 그녀를 쏴야만 해.

그때, 반가우면서도 두려움을 불러일으키는 소리가 그들의 주의를 흩뜨리며 강 북쪽 제방에서 날카로운 비명의 합창 형태로 다가왔다. 조타실 안에서는 벽에 가려 선명하지 않았지만, 그래도 여전히 들을 수 있었다.

"갈매기가 돌아왔어." 헉슬리가 카빈총을 들고 선미 갑판으로 향하며 중얼거렸다.

안개 탓에 밤을 들여다보려는 시도는 헛수고였다. 주변 물 위로 짙게 드리워진 안개는 배에서 흘러나오는 희미한 빛을 받아 창백하고 뚫을 수 없는 벽을 형성하고 있었다. 헉슬리는 인간의 목구멍에서 나오는 소리치고는 너무 크게 들리는 그 비명이 어떤 식으로든 증폭된 것이 아닐지 의심스러웠다. 그것은 웃음소리와 횡설수설하는 와글거림이 여러 층으로 뒤섞인 듯한 웅얼거림으로 시작되었다. 헉슬리는 오직 두 가지 결론을 도출할 수 있었는데, 하나는 이 소음이 한 사람이 아닌 집단에서 나온다는 사실이고, 다른 하나는 그 집단의 명백한 광기였다.

"지옥의 파티라도 하는 것 같군." 이렇게 투덜거리며 그는 카빈총의 개머리판을 어깨에 바짝 붙였지만 아직은 쏠 것이 없었기에 무기를 들어 올리지는 않았다.

"우리한테 소리 지르는 걸까?" 리스는 골딩과 플라스가 보여주었던 익숙함과 불편함이 동시에 느껴지는 모습으로 자신의 무기를 들고 안개 속을 응시했다. 뺨이 급하게 닦아내느라 빨개져 있었다.

"여기서는 아무도 안 보이지?"

"이런 안개 속에서 저들이라고 우리를 볼 수 있겠어?"

"빛은 방해받지 않으면 꽤 멀리까지 퍼져 나가잖아."

웅얼거리던 합창이 갑작스럽게 바뀌면서, 비명으로 질러대던 횡설수설이 하나의 큰 외침으로 합쳐지자 헉슬리는 카빈을 들어 올렸다. 외침 속에서 그는 분노와 엄청난 고통, 그리고 무엇보다도 공포, 즉 공포에 질린 집단의 고함 소리를 들었다. 우리를 위협하는 걸까, 아니면 경고를 보내는 걸까?

집단의 비명은 빠르게 사라졌지만, 고요가 뒤따르지는 않았다. 이제 한 남성의 목소리가 들려왔다. 여전히 비명이었지만, 이번에는 단어를 형성했다. 처음에는 부정확하게 들렸고, 장애가 있는 입으로 말하는 것처럼 왜곡된 소리였다.

"난…… 알아……." 보이지 않는 남자가 그들에게 비명을 질렀고, 헉슬리는 물속으로 사람이 뛰어들며 물보라 튀는 소리를 들었다. 더 많은 첨벙거림이 뒤따랐고, 비명을 지르는 사람이 그들을 향해 돌진해오는 동안 목소리는 점점 더 커졌다. "난 알아…… 네가 누군지 알아!"

헉슬리는 조준경에 눈을 가져다 대고 안개 속을 살폈지만, 아무것도 보이지 않았다.

"난 네가 누군지 알아!" 이제 더 가까워졌지만, 아직도 총격을 가할 대상은 보이지 않았다.

"우리가 모르는 뭔가를 알고 있는 것 같은데." 리스는 억지로 유머를 섞어 넣은 듯 날카로운 쉰 목소리로 말했다. 헉슬리는 왼쪽을 흘낏 바라보며 그녀가 카빈총을 들어 올려 안전장치를 해제하고, 발사 선택기를 반자동으로 설정하는 것을 확인했다. 리스가 기침하고 나서 말을 이었다. "저자에게 몇 가지 질문을 해보자."

"난 네가 누군지 알아."

그때 헉슬리는 그것을 보았다. 붉은 기가 도는 회색 강물 속에서 하얗게 흩어져 있는, 물살에 허우적대는 몸뚱어리. 그의 손가락이 방아쇠울에서 방아쇠로 옮겨 갔지만, 그것을 당기지는 않았다. 그는 비명 지르는 자의 얼굴을 보고 싶었고, 그 얼굴에서 디킨슨이 그를 죽이려 했을 때의 얼굴과 어떤 식으로든 닮은 점이 있는지 확인하고 싶었다. 그러나 리스는 그의 호기심을 공유하지 않았다.

그녀의 카빈총이 두 번 폭발했고, 총구가 어둠 속에서 거대한 섬광을 내뿜자 안개 속에서 강물이 하얀 못처럼 높이 솟아올랐다. 헉슬리는 탄피가 목을 때리자 뜨거운 통증에 본능적으로 움찔했다. 다시 고개를 돌렸을 때 눈에 보이는 거라고는 잔물결뿐이었다. 머나먼 강변은 다시 한번 고요해졌고, 비명 지르던 자들의 합창은 두려움 탓인지 무관심 탓인지는 몰라도 잠잠해졌다.

"뭔가 알아낼 수도 있었을……." 그가 말을 시작했지만, 리스는 이미 카빈총의 안전장치를 제자리에 돌려놓고 돌아서는 중이었다.

그녀가 조타실로 사라지기 전에 중얼거리는 소리가 들렸다.

"그 애를 기억하려면 난 살아 있어야만 해."

5장

해가 뜨기 전 두 시간 남짓 불안한 잠을 자는 동안 그 꿈이 다시 찾아왔다. 이번 꿈은 좀 더 선명했다. 역시 푸르스름한 금빛 안개가 바다와 해변으로 녹아들었고 파도는 만조의 모래사장을 철썩이며 두드렸다. 성긴 구름이 깨끗한 푸른 하늘에 점점이 흩어져 있었고, 그는 피부에 스치는 바람을 느끼며 차가운 기운이 주는 신선함을 즐겼다. 이전에 그의 시야를 가로질러 떠돌던 하얀 유령 같은 존재가 이제는 온전한 사람의 모습이었다. 흘러내린 곱슬머리 위에 쓴 밀짚모자를 한 손으로 누르고 무명 치마를 펄럭이면서 모래사장 위에 한 발로 서서 빙글빙글 돌고 있었다. 그리고 그 목소리, 여전히 불분명하지만 놀랍도록 친숙한 목소리……

고통은 무자비한 집요함으로 그를 움켜잡아 꿈에서 끌어냈다. 마치 얼음처럼 차가운 강철 손가락이 뇌 한가운데로 파고드는 느낌이었다. 잠에서 깨어났을 때 그는 고통스러운 헐떡임을 참을 수 없었고, 너무도 심한 경련 탓에 침대에서 거의 떨어질 뻔했다. 꿈은 기억이 아니야, 그는 스스로에게 말했다. 가슴이 두방망이질 쳤지만, 자신이 승무원실에 혼자 있다는 사실을 깨달았을 때는 안도감이 홍수처럼 밀려들었다. 꿈과 기억은 달라.

그는 마음이 진정되기를 기다리면서 한동안 그곳에 누워 있었다. 점차 맥박이 느려졌지만 두려운 추측을 하기 시작하자 다시 빨라졌다. 기분이 달라졌을까? 자해하고 싶은 걸까? 다른 사람들을 해치고 싶은 걸까? 그는 골딩을 싫어했고 플라스에 대한 혐오감도 커져만 갔다. 하지만 그게 친분이 쌓이면서 생겨난 감정일까, 아니면 기억 때문일까? 게다가 그는 아무도 죽이고 싶지 않았다. 그러나 한 가지 질문이 다른 모든 질문보다 그를 더 걱정시켰다. 해변의 그 여자는 누구일까?

쿵쿵대고 사다리를 내려오며 소리치는 핀천의 목소리가 생각에 잠겨 있던 그를 깨어나게 했다. "일어나, 경찰 아저씨. 다시 여행 떠날 시간이라고."

새벽이 밝아오자 그들의 임무 규모가 의욕을 꺾어버릴 정도로 상세하게 드러났다. 장애물은 상이한 수준의 손상을 입은 배들이 서로 뒤죽박죽 뒤얽혀 생겨난 것이었다. 레저용 보트와 유람선 같은 소형 배들이 훨씬 더 큰 선박들과 충돌해 쪼개진 채로 새롭게 결합해서 장애물 대부분을 형성하고 있었다. 4분의 3이 물에 잠긴 예인선이 무질서한 장애물의 오른쪽 방벽 역할을 했다. 왼쪽에는 '퀸 오브 진-팰리스'라는 이름이 적힌 요트 크기의 유람용 모터보트가 기울어져 통과할 수 없는 벽을 형성했다. 그러나 주요 장애물이자 핀천이 목표물로 선택한 것은 중앙에 있는 긴 유리 지붕이 덮인 강 바지선이었다. 눈앞에 흉물스러운 건물 하나가 통째로 버티고 선 듯했다. 수많은 해치와 선체에 난 구멍들로 인해 불길함과 볼썽사나움이 더해진 그 건물의 그늘지고 웅장한 입구는 안개 탓에 더 어두웠다. 헉슬리의 예상과 달리 아침 해가 솟아오른 후에도 안개는 여전히 버티고 있었다. 게다가 전날보다 더 뚜렷해진 붉은 색조는 명백한 결론으로 헉슬리를 이끌어갔다.

"이건 진짜 안개가 아닌 거지?" 그가 플라스를 돌아보며 말했다.

경계하면서 약간은 유감을 표하는 듯한 그녀의 눈썹 모양을 통해, 그는 플라스도 이미 같은 결론에 도달했지만, 그 사실을 혼자만 간직하기로 한 모양이라고 추측했다. "아닌 것 같아, 그래. 아니야."

"그럼 뭘까?"

그녀의 대답에는 교사가 열등생에게 말하듯 귀에 거슬리는 비하의 태도가 배어 있었다. "혹시 휴대용 질량 분석계 가지고 있어? 없어? 그럼 그게 뭔지 말해줄 수 없어."

"가설을 제시해봐." 헉슬리는 그녀의 시선에 담긴 분노를 단호한 눈초리로 마주하며 말했다. 플라스의 짜증스러워하는 입꼬리를 보니 다른 사람들의 기대에 찬 시선만 아니었다면 그를 무시했을지도 모르겠다는 생각이 들었다.

"일종의 가스야." 그녀가 불쾌할 정도로 또박또박 말했다. "햇빛이 이런 붉은색으로 굴절된다는 건 대기를 구성하는 가스보다 이게 밀도가 더 높다는 걸 의미해. 냄새나 호흡 곤란이 없다는 건 독성이 없거나 최소한 효과가 느리게 작용한다는 거지. 그게 아니라면, 이 임무를 계획한 사람들이 산소 호흡기를 제공했을 거라는 게 내 생각이야. 그 외에는 내릴 수 있는 결론이 없어."

"그냥 우연일 리가 없어." 리스가 말했다. "런던이 재난 지역이고, 우연히도 붉은 안개가 런던을 온통 뒤덮고 있다고? 말도 안 돼."

"혹시 화학무기 공격을 생각하고 있는 거야?" 골딩이 말했다. 그들은 골딩을 밤샘 보초 근무에서 빼주었다. 하지만 오랫동안 잠을 잤음에도 불구하고 그의 얼굴은 수척했고 눈은 움푹 꺼져 있었다. 헉슬리는 그것이 총상의 고통 때문이라고 판단했지만, 핀천이 그 역사가를 면밀하게 살피는 것을 보면 모두가 헉슬리의 생각에 동조하는 것은 아닌 듯했다.

"나는 연관 가능성이 높다고 생각해." 플라스가 말했다. "하지만 추가적인 데이터 없이 더 이상의 추측은 의미가 없어."

"맞아." 핀천은 C4가 담긴 배낭의 벨크로를 단단히 조였다. 그는 허리를 펴고 배낭을 어깨에 걸친 채 뱃머리 너머에 뒤엉켜 있는 난파선 쪽으로 고개를 끄덕였다. "저기로 올라가야 해." 그는 기폭 장치가 들어 있는 가방을 헉슬리에게, 탄약이 가득 찬 어깨띠는 리스에게 건넸다. "세 사람이 해야 할 작업이야. 두 명은 폭탄을 설치하고, 한 명은 망을 봐야 해."

"자원할 기회를 줘서 고맙군." 리스는 인상을 찌푸리면서도 불평 없이 무기 띠를 착용했다.

"만약 무슨 일이 생기면……." 헉슬리가 플라스와 골딩 쪽을 바라보며 말하다가 끝을 흐렸다. 무슨 일이 생긴다면, 배는 아무 데도 가지 않을 테니 그들 모두 끝장이었다. "어쩌면 다시 전화가 올지도 몰라." 그가 군복 주머니에서 위성 전화기를 꺼내 플라스에게 던지며 말했다.

바지선은 난파선 벽에 단단히 끼어 있어 그들이 올라탔을 때도 거의 기울어지지 않았다. 핀천은 고무보트를 바지선의 선미로 조종해갔다. 선미의 일부는 보트가 넉넉히 진입할 수 있을 만큼 돌출되어 있었다. 헉슬리가 들고 있는 카빈총으로 갑판의 어두운 해치 문을 겨냥하면서 난간 위로 몸을 던지자 전투화가 깨진 유리를 밟아 으깨는 소리가 났다.

"먼저 확인해보는 게 좋겠어." 핀천이 두 번째로 올라가서 리스가 오르는 것을 돕기 위해 한 손을 내밀었다. 하지만 그녀는 이를 무시하고 카빈총을 등 쪽으로 넘긴 후 두 손으로 난간을 잡고 민첩하게 옆으로 뛰어올랐다. 핀천은 투덜거리면서도 고개를 돌려 주변을 예리하게 살폈다. 바지선의 우측 난간에 기대 몸을 앞으로 기울이던 핀천은 이내 몸을 뻣뻣하게 굳히고는 두 사람에게 옆으로 오라고 손짓했다.

핀천의 손가락이 가리키는 방향을 따라 몸을 앞으로 기울인 헉슬리는 장벽 너머 또 다른 잔해 층이 있는 것을 보았다. 더 많은 배와 바지선이 뒤죽박죽으로 엉켜 있었다. "뭘 보라는 거야?"

"저기." 핀천이 다시 가리켰다. 그의 손가락은 바지선의 선미에 밀착된 예인선의 선체를 향했다. 자세히 보니 선체 측면에 너덜너덜한 구멍이 나 있었다. 구멍은 선체 위쪽에 덮인 두꺼운 고무 덮개에서 아래쪽 강판과 흘수선까지 뻗어 있었다. 구멍의 가장자리는 뒤틀린 철제 꽃잎처럼 보였고, 안쪽이 아닌 바깥쪽으로 피어오른 형태였다. "선체 내부에서 폭발이 일어난 거야." 핀천이 말했다. "금속이 아직도 그을린 채로 있어."

"무슨 뜻이야?" 리스가 물었다.

핀천은 뒤로 물러서서 이 뜻밖의 방해물 너머 안개 자욱한 강으로 시선을 옮겼다. "누군가가 이미 길을 내기 위해 폭파했다는 뜻이지."

"그런데 이 쓰레기들은 왜 아직도 여기 있는 거지?"

"조류. 강은 멈추지 않고 흐르니까. 며칠 또는 몇 주 전에 일어난 일일 거야. 더 많은 난파선이 떠밀려와서 그 틈을 메우고 예인선을 수면 위로 밀어 올렸겠지."

"우리가 처음이 아니라는 거군." 헉슬리가 말했다. "어쩌면 두 번째도 아닐 수 있어. 이 모든 일이 언제부터 벌어지고 있는 걸까?"

"여기서 뭉그적거려봐야 아무 대답도 얻지 못해." 핀천이 코를 킁킁대며 바지선의 위쪽 선실로 향하면서, 어깨띠에 매달아 놓은 LED 손전등을 켰다. "이제부터 항상 다 함께 붙어 있어야 해. 더 많은 구역을 커버하겠다고 흩어지면 안 돼."

"정말?" 리스는 평소 훈련받은 대로 총을 잡고 자세를 취하며 카빈총을 어깨에 멨다. "내가 지구 최후의 여자가 되는 상상을 하고 있었는데."

헉슬리는 유머라기보다는 의무감으로 웃음을 터뜨렸다. 핀천은 웃지 않았다. "그리고 꼭 필요할 때까지 더는 대화도 나누지 마." 그가 헉슬리 쪽으로 고개를 끄덕이며 해치 통로 쪽으로 무기를 겨눴다. "경관님, 앞장서주시죠."

"소모품으로 쓰기에는 내가 최적이라서?"

"법 집행관은 잠재적 위협이 있는 낯선 장소의 내부를 탐색해본 경험이 있을 테니까 그러는 거야." 핀천의 얼굴에 보기 드문 미소가 살짝 스쳤다. "그리고 맞아. 좋은 의사를 잃느니, 자네를 잃는 게 나을 것 같기도 해."

"내가 진짜 경찰인지도 모르겠어." 헉슬리가 툴툴거리며 손전등을 켜고 몸을 웅크린 채 선실로 들어갔다. 바지선의 유리 지붕은 여기저기 깨져 있었지만, 기이하게도 선실 내부의 좌석과 탁자는 온전하게 배열되어 있었다. 사방에 깨진 유리가 널려 있어 LED 빛이 비칠 때마다 반짝거렸다. 더 깊숙이 들어가 크롬 재질의 난간에 도착할 때까지 그는 흩어진 식기류와 깨진 그릇 외에 특별히 흥미로운 것은 발견하지 못했다. 난간은 아치형으로 갑판까지 이어져 내려가 나머지 장식과 어울리지 않는 튼튼한 목제 해치 속으로 사라져갔다.

"견고해 보여." 헉슬리가 웅크린 채 해치를 세게 밀어 테스트하며 말했다. "하지만 자물쇠는 안 보이는데."

"반대편에서 잠가놓은 것 같아." 핀천이 군홧발로 있는 힘을 다해 해치 한가운데를 쿵 소리 나게 밟았다. 해치가 우르르 떨리기는 했지만 열리지는 않았다. "이건 폐목재야." 그가 말했다. "아마도 다른 난파선에서 가져왔을 테지."

"누군가 무언가를 막으려고 했던 것 같아." 리스가 말했다.

"그렇다면 방문객을 환영하지는 않겠는데." 헉슬리가 덧붙였다.

"환영하든 말든." 핀천은 해치를 마지막으로 한 번 더 살펴보고는 카빈총의 발사 선택기를 전자동으로 전환했다. "우리는 들어갈 거라는 거지. 뒤로 물러서. 눈들 가리고."

그는 해치의 두 부분이 만나는 가운데를 겨냥했다. 헉슬리는 카빈총이 포효하며 발사될 때 팔뚝을 들어 얼굴을 가리고 고개를 돌렸다. 두 번의 쇼트 버스트*에 이어 잠깐 정적이 흐른 후 세 번째 굉음이 울렸다. 팔을 내리면서 그는 핀천이 다시 한번 해치를 내리밟는 것을 보았다. 고속으로 발사된 탄환으로 나무가 산산조각 났기에 이번 발길질은 훨씬 성공적이었다. 이어서 몇 번 더 걷어차자 양손을 집어넣어 잡을 수 있을 만큼 큰 구멍이 생겼다. 핀천은 해치를 비틀어 벌린 다음 뒤로 물러나, 드러난 계단 쪽으로 총을 겨누었다.

헉슬리는 그의 옆으로 다가갔다. 먼지와 나무 조각이 손전등 불빛 속을 떠다녔다. 비틀리고 부서진 자물쇠 파편이 계단에 어지럽게 흩어져 있었고, 그 아래에는 찰랑거리는 물이 어슴푸레 빛을 발했다.

"침수됐네. 적어도 가라앉히는 게 힘들지는 않겠어." 핀천이 헉슬리 쪽으로 고갯짓하고는 옆으로 물러섰다.

헉슬리는 카빈을 어깨에 메고 손전등 빛을 따라 총을 조준하며 웅크린 자세로 계단을 내려갔다. 계단 밑에 이르니 물은 발목 위까지 차 있었고 어지럽게 널린 탁자와 의자, 진흙탕에서 출렁이는 와인잔이 눈앞에 혼란스럽게 펼쳐졌다. 물을 헤치며 걸어가자 군화 속으로 물이 스며들었다. 몇 걸음 걸어가다가 손전등 불빛에 뭔가 어둡고 붉은, 이상한 부유물 조각이 포착되

---

*   짧은 간격의 연속 발사.

111

자 멈춰 섰다. 쥐야. 그는 설치류의 사체를 자세히 살펴보기 위해 몸을 구부렸다. 쥐는 입을 쩍 벌린 채 작고 날카로운 이빨을 죽음의 일그러진 미소 속에 드러내고 있었다. 더 걱정되는 것은 사체의 상태였다. 검은 털과 살점이 뼈 아래까지 뜯겨나가 흉곽과 척추가 드러나 있었고, 꼬리는 연약하고 창백한 애벌레처럼 잔물결에 부드럽게 휘감겨 있었다.

"어쨌든 병으로 죽은 건 아니야." 리스가 그의 옆으로 다가가 쥐의 꼬리를 잡으며 말했다. 그녀는 물속에서 쥐를 건져내 손전등 불빛 가까이 가져다 대고 살펴보았다. "이 작은 녀석은 잡아먹혔어. 그리고 누군지는 몰라도 익혀 먹을 생각조차 하지 않은 것 같네."

"게다가 이 녀석이 우리가 발견한 첫 번째 동물이라는 거지." 헉슬리가 지적했다.

"여기서 더는 정신 팔고 있을 겨를이 없어, 제군들." 핀천이 여전히 카빈총을 어깨에 메고 쥐에게 잠시 눈길을 주며 지나쳐 갔다. "다들 할 일이 있다는 거 기억하라고."

리스가 쥐를 멀리 던져버렸고, 헉슬리는 카빈총을 들어 올리고 다시 선실을 살피기 시작했다. 그의 손전등 빛이 갑판 저편에 있는 바를 비추다가 다시 멈추더니 대리석 카운터 위에, 뚜껑 닫힌 온전한 술병이 놓인 기묘한 광경에 한참 머물렀다. 주변을 경계하라는 본능의 경고에도 아랑곳하지 않고, 그는 LED 빛줄기 속에서 황금빛으로 손짓하는 그 유혹으로 곧장 이끌려

갔다. 묵직한 직사각형에 너무도 친숙한 느낌의 그 병이 차폐된 기억 속에 되살아나며 고통이 머리를 관통해 지나갔다. 병에 붙은 검은색 라벨은 습기 탓에 손상돼 있었지만 몇몇 단어는 아직 알아볼 수 있었는데, 그중에서도 '테네시(Tennessee)'와 '다니엘스(Daniel's)'라는 글자가 유난히 눈에 띄었다. 병을 들어 올리자 안에 든 호박색 액체가 유리 감옥 안에서 기분 좋게 출렁였다. 헉슬리는 자신도 모르게 입술을 굳게 다물었고 손이 떨리는 것을 막기 위해 팔에 힘을 주어야 했다. 위스키를 마셨던 기억 같은 건 하나도 떠올릴 수 없었지만, 그럼에도 위스키의 맛을 음미할 수 있었다. 혀에 닿는 그 느낌, 타는 듯한 목 넘김, 그리고 그에 수반되는 망각으로의 초대…….

"내가 만약 불청객을 유인해 함정에 빠뜨리고 싶다면 말이야." 그의 귓가에 리스의 거슬리는 속삭임이 들려왔다. "아주 고약한 것을 섞어 넣은 매혹적인 술 한 병만큼 좋은 게 또 있을까 싶거든." 그녀는 이미 뜯어져 있는 병뚜껑의 봉인을 손가락으로 톡톡 두드렸다. "정말 그런 위험을 감수하고 싶어?"

더 많은 고통이 느껴졌지만, 이번에는 머리에서만 느껴지는 게 아니었다. 갈증이나 허기를 훨씬 넘어서는 뭔가 초조하면서도 절박한 욕구가 내장 속에서도 꿈틀거렸다. 병을 다시 내려놓는 동안 그는 손이 떨리는 것을 어떻게든 감춰보려 했지만, 핀천은 그것을 알아보았다. 게다가 경계와 경멸이 뒤섞인 표정으로 헉슬리 가까이 다가갔을 때, 그는 또 다른 사실도 알아차렸다.

"아무래도 우리가 자네의 또 다른 면모를 발견한 것 같은데, 경찰 아저씨." 그가 눈썹을 치켜올리고는 거의 사과하는 듯한 미소로 입꼬리를 말아 올리며 말했다. "자넨 빌어먹을 주정뱅이야, 친구."

헉슬리는 다시 병을 집어 들어 병목을 움켜쥐고 대리석 상판 가장자리에 대고 내리쳤다. 호박색 물방울과 수정 파편이 폭발했다. 그것은 한심하다 못해 천박한 분노와 반항의 표출이었고, 그 친숙함 때문에 고통스럽기까지 했지만, 그럼에도 그가 억제할 수 없는 감정이었다. "엿 먹어." 그가 핀천을 향해 으르렁대듯이 소리쳤다.

군인은 고개를 기울인 채 흔들리지 않는 시선으로 꿈쩍임도 없이 헉슬리를 바라봤지만, 입술만은 재미있다는 듯 뒤틀렸다.

"시시비비는 나중에 가리자고, 제군들." 리스가 피곤하다는 듯 짜증스럽게 말하면서 손전등 빛을 받아 반짝거리는 또 다른 난간이 있는 갑판의 먼 끄트머리를 향해 걸어갔다. "다들 할 일이 있다는 걸 기억하라고."

핀천은 헉슬리의 시선을 잠시 더 붙잡고 있다가 돌아서서 리스를 따라갔다. 헉슬리는 자신이 부서진 병목을 여전히 주먹으로 움켜쥔 채 핀천의 무방비한 등을 넘어 나간 듯 노려보고 있다는 사실을 문득 깨달았다. 자책과 혐오의 경련이 그의 손을 벌려 병목을 떨어뜨렸다. 술주정뱅이나 할 법한 일이잖아. 그는 기억도 나지 않는 과거에 대한 부끄러움과 수치심을 동시에 느끼며 멍하니 생각했다. 비겁한 주정뱅이 같으니.

바지선의 최하층 갑판으로 내려가는 계단 통에는 해치가 없었다. 손전등을 비추자 파편이 흩뿌려진 채 물에 잠긴 똑같은 계단 통이 드러났고, 그 아래 공간은 완전히 어둠에 잠겨 있었다. "아무래도 헤엄쳐서 가야 할 것 같네." 핀천이 배낭 멘 어깨를 으쓱하며 말했다.

"꼭 이렇게까지 해야 할 필요가 있을까?" 리스는 강렬한 두려움을 느끼며 물에 잠긴 계단 통을 바라보았다. "여기다 폭탄을 설치하면 안 돼?"

"선체와 예인선이 만나는 흘수선 아래에 설치해야 해. 그러지 않으면 배가 가라앉지 않을 거야." 그는 일행에게 손짓하고는 물을 철벅이며 카운터로 돌아가서 가방을 바에 얹어놓고 C4 덩어리 두 개를 꺼냈다. "기폭 장치." 그가 헉슬리에게 손을 내밀며 말했다.

"자석이나 테이프 같은 게 필요하지 않을까?" 그는 가방을 건네며 물었다. "내 말은, 그걸 붙여놓으려면 말이야."

"그냥 선체에 기대놓으면 돼. 나머지는 수압이 알아서 할 테니까." 핀천은 C4 블록을 나란히 놓고 펜 크기의 기폭 장치를 각각의 블록에 천천히 찔러 넣었다. 그러고는 도화선을 연결하고 각각의 플라스틱 타이머 스위치를 엄지손가락으로 세심하게 조작했다. "15분. 이 정도면 빠져나가기에 충분할 거야."

그는 군화와 군복 재킷을 벗고 C4를 다시 배낭에 집어넣은 후 한 손에는 손전등을 들고 침수된 계단 통으로 움직여갔다. "최대 2분쯤 걸릴 거야." 그가 말했다. "그 이상 걸리면 익사해 죽은 줄 알아. 따라 내려오고 싶으면 마음대로 해, 어디까지나 결정은 각자 하는 거니까."

그는 짧고 얕은 숨을 몇 번 들이마신 후 마지막으로 입을 크게 벌려 긴 숨을 들이마시고는 계단 통으로 뛰어들었다. 그들은 핀천이 어둠 속에서 한 바퀴 회전하더니 시야에서 사라지는 것을 지켜보았다. 손전등 불빛도 빠르게 어두워졌다.

"일 초, 이 초." 리스는 집중해서 정확하게 초를 세기 시작했지만, 헉슬리는 그런 행동이 무의미하다고 느꼈다. 초를 세든 말든 핀천은 돌아오거나 돌아오지 못하거나 둘 중 하나였다. 위스키병과 관련해서 여전히 분이 풀리지 않은 까닭일지도 몰랐지만, 그는 곧 그녀의 리듬감 있는 중얼거림이 꽤나 성가시게 느껴진다는 것을 깨달았다. 어쨌거나 그는 이제 그만하라고 심술궂게 말하려다가 그대로 멈췄다. 무언가가 그들 뒤쪽의 수면을 어지럽히고 있었다.

두 사람이 몸을 돌리자 들고 있는 손전등 빛도 춤을 추었다. 그들은 어깨에 메고 있는 카빈총의 안전장치를 풀었다. 손전등 빛이 잔물결 이는 수면과 흔들리는 부유물을 따라갔다. "또 쥐새끼야?" 리스가 물음을 던졌다.

"제발 그러길 바라." 헉슬리는 그것이 쥐 소리가 아니라는 것을 참담할 정도로 확신했다. 이 도시에 남은 것이 무엇이든 간

116

에 그 모든 게 해충이나 쥐만으로 구성된 것은 아닐 터였다.

또다시 철썩 소리, 오른쪽이었다. 손전등 빛이 선실 구석으로 수렴되었다. 그곳에 웅크리고 앉아 있는 형체는 미동조차 없었기에 처음에 헉슬리의 손전등 빛은 멈추지 않고 그것을 스치고 지나갔다. 하지만 그의 눈이 인간 형태의 윤곽을 포착했을 때 순간적으로 빛이 되돌아갔다. 그는 시커멓고 끈적끈적한 무언가로 얼룩진 얼굴에서 반짝이는 한 쌍의 눈을 보았다. 깜박임도 없이 빤히 바라보는 눈.

"움직이지 마!" 헉슬리는 스스로 경찰의 반사작용이라고 생각하며 소리 질렀다. 그 소리에 구석의 형체가 깜짝 놀라 거의 짐승의 으르렁 소리에 가까운 짧은 헐떡임을 내뱉었다. 다른 사람을 만나면 즉시 사살하십시오. 그의 머릿속에서 위성 전화 목소리가 크고 무감정하게 울렸다. 그들은 여러분에게 위험합니다.

"헉슬리……." 리스가 손가락을 방아쇠 쪽으로 옮겨놓으며 말했다.

그는 카빈총의 총열에서 손을 떼고 그녀에게 조용히 하라고 손짓했다. "기다려." 그는 손을 들고 손가락을 쫙 펼친 채 길고 느린 걸음을 내디뎠다. "우린 당신을 해치러 온 게 아니에요." 그가 구석의 형체를 향해 외쳤다. 그 말이 끝나기가 무섭게 또 다른 헐떡임이 들려왔고, 시커먼 형체가 처음으로 눈을 깜박이더니 몸을 더 작게 웅크렸다. "나는 헉슬리라고 해요. 이쪽은 리스. 당신 이름을 알려줄래요?"

구석의 형체가 몸을 떨었다. 헉슬리는 턱에서 응고된 물질이 뚝뚝 떨어지는 것을 알아봤다. 인간이라고 하기에는 너무도 일그러지고 이상한 모습이어서 그 형체가 말을 했을 때, 그 명료함은 거의 충격적일 정도였다. "난 집에 안 가." 젊고 겁에 질렸지만, 도전적인 여성의 목소리였다.

헉슬리는 걸음을 멈추고 고개를 끄덕이며 대답했다. "알았어요. 그게 당신이 원하는 거라면……."

"난 집에 안 가." 젊은 여자가 되풀이했다. 얼굴에서 또다시 끈적끈적한 점액이 흘러내렸고, 더 많은 말들이 급류처럼 쏟아져 나왔다. "당신은 날 집에 가게 만들 수 없어. 빌어먹을 당신 책이 뭐라고 하든 상관없어."

"알았어요." 그는 미소를 지으려 했지만, 여자는 점점 더 동요하며 몸을 좌우로 흔들었다. 그의 손전등 빛이 여자의 손이 벽에 남긴 얼룩을 비추었다. "어떻게 하든 당신이 원하는 대로……."

"그건 당신 책이야." 처음 숨을 헐떡일 때 들었던 으르렁 소리가 다시 들려왔다. 이제 여자의 눈은 이글이글 타올랐고, 적어도 3센티미터쯤 더 길어 보이는 목 위에서 고개가 앞으로 홱 튀어나왔다. 입술이 뒤로 말리면서 이빨이 드러났다. 진물이 흐르는 가면 한가운데서 믿을 수 없을 정도로 새하얀 이빨이었다. 이제 그녀의 말에는 일종의 의기양양한 거부감이 담겨 있었고, 마치 오랫동안 키워온 맹렬한 비난을 전하듯 자부심도 묻어났다. "당신 경전. 난 그게 뭐라고 하든 관심 없어. 왜 그런지 알아? 나는 한 번도……."

그의 뒤에서 물을 첨벙이는 소리가 들려왔다. 리스가 좀 더 정확한 조준을 위해 위치를 바꾸느라 내는 소리였다. "젠장 저리 비켜!" 헉슬리가 사선으로 끼어들어 탄도를 막아서자 리스가 소리 질렀다.

"우리는 대답이 필요해." 그가 식식거리며 받아쳤다.

헉슬리는 오물에 뒤덮인 여자 쪽으로 고개를 돌렸다. 그녀는 몸을 위아래로 까닥이며 돌진하기 위해 몸을 긴장하고 있었다. 너무 긴 목에 얹힌 머리가 목의 움직임에 따라 흔들렸다. "우리를 두려워할 필요 없어요." 그가 말했지만, 그저 대담하고 적나라한 거짓말에 불과했다. "우리는 그저 돕고 싶을 뿐이에요……."

만약 그때, 핀천이 팔을 허우적거리며 계단 통에서 솟아오르지 않았더라면 상황은 다르게 전개되었을지도 몰랐다. 헉슬리가 이 기형적이고 광기 어린 여자에게서 뭔가 쓸모 있는 정보를 뽑아냈을지도 모르지만, 성공 여부가 의심스러운 가정이기는 했다.

핀천의 등장은 그녀에게 공격의 신호탄이 되어주었다. 발톱을 세운 뒤틀린 그림자 덩어리 한가운데서 그녀의 새하얀 치아와 이글거리는 눈동자가 타올랐다. 여자는 몇 센티미터만 더 가까이 서 있었더라면 헉슬리를 잡아챘을 만큼 재빠르게 튀어 올랐다. 그러나 하얀 이빨을 드러내며 쩍 벌린 여자의 입으로 그는 카빈총을 겨누었고, 그녀가 팔다리를 휘둘러 회심의 일격을 가할 수 있을 만큼 바짝 다가오기 직전 탄환 네 발을 빠르게 발사했다. 여자가 경련을 일으키며 물속으로 무너져 들어가기 전에 반짝이는 그림자 속에서 붉은 꽃이 피어나는 것이 보였다. 헉슬리는 빠르게 뒤로 물러났지만, 카빈총은 여전히 경련하며 뒤틀리는 덩어리를 겨누었다. 더는 위험을 감수하고 싶지 않았던 리스는 시신에 대고 탄창을 모두 비워버렸다. 세 번의 긴 폭발이 이어졌고, 총구에서는 섬광이 타올랐으며 탄피가 반짝이는 폭포수처럼 호를 그리며 쏟아져 나왔다.

그녀가 재장전을 멈추고 나서도 헉슬리의 귀에서 윙윙거리는 소리가 가라앉기까지는 몇 초가 더 걸렸다. 잠시 후에야 핀천이 그에게 무언가 외치고 있다는 사실을 알아차렸다. 핀천은 바에서 카빈총을 집어 들더니 어두컴컴한 선실 한 귀퉁이에서 다른 귀퉁이로 총구를 움직였다. 흠뻑 젖은 피부와 옷에서 물방울이 흩날렸다. "더 있는 거야? 정신 차려, 경찰 아저씨!" 그는 잠시 말을 멈추고 헉슬리의 어깨를 세게 밀었다. "더 있냐고?"

헉슬리는 고개를 저었다. "더는 못 봤어."

"다행이네." 핀천은 서둘러 나머지 장비를 챙겼다. "폭탄은 설치했어. 당장 여기서 꺼져버려야 할 때가 된 것 같은데, 안 그래?"

리스는 즉시 첨벙거리며 계단 통을 향해 나아갔고, 핀천이 그 뒤를 바짝 따랐다. 헉슬리도 따라가기 시작했지만, 시선은 선실 중앙에 떠 있는 축 늘어진 검은 형체 쪽으로 쏠렸다. 그의 LED가 검은색이 뒤섞인 진홍색 물 위를 따라가다가 기형적인 시체의 표면에서 반짝거렸다. 그의 시선이 머무는 동안 빛줄기가 부드러운 덩어리들 사이에서 뭔가 일직선으로 강조돼 보이는 것을 비추었다.

"젠장, 빌어먹을!" 핀천이 계단을 오르던 중에 말했다.

헉슬리는 그를 무시하고 시체 쪽으로 다가가 빛으로 강조된 물체 쪽으로 머뭇머뭇 손을 뻗었다. 더 가까이 몸을 기울여보니 그것은 배낭의 덮개가 분명한, 점액질로 뒤덮인 천에서 삐죽 튀어나와 있었다. 배낭은 젤리 덩어리 같은 끈적한 물질에 완전히 뒤덮여 있었지만, 인공물이 분명한 이 딱딱한 물건은 그렇지 않았다. 순간적으로 그것이 온전한 노트북의 모서리라는 사실을 알아챈 헉슬리는 흥분에 휩싸였다.

"헉슬리!" 리스가 외쳤다. 화가 난 외침이었지만, 의외로 걱정이 담긴 어조였다.

"1분만!" 그는 손가락을 휘둘러 노트북을 움켜잡으며 소리쳤다. 배낭에서 노트북을 꺼내는 순간 피부에 주변 점액질이 닿자 혐오감으로 순식간에 구역질이 올라왔다. 구역질을 억누르며 그는 가방에서 장치를 꺼냈다. '애플 맥북 에어.' 로고는 놀라울 정도로 깨끗하고 선명했다. 전리품을 손에 쥐고 허리를 펴면서 그는 죽은 여자가 여전히 눈을 번쩍 뜬 채로 검은 점액질의 가면을 쓰고 그를 빤히 응시하고 있다는 것을 알아차렸다. 아니, 가면이 아니야. 다시 시신의 눈을 쳐다보았을 때 비로소 끔찍한 깨달음이 찾아왔다. 눈꺼풀이 온통 그 물질로 이루어져 있었다. 피부야. 저건 그녀의 피부야……

바지선 너머에서 들려오는 총소리에 헉슬리는 더 이상 지체할 수 없음을 깨닫고 고개를 돌려 핀천과 리스 쪽을 바라보았다. 두 사람은 해치 바로 밑에 웅크리고 있었다. "우리가 무언가를 휘저은 것 같아." 핀천이 말했고, 순간 계단 통으로 다시 총성이 울려 퍼졌다. 그는 카빈총을 어깨에 걸고 계속 나아가라는 의미로 리스를 향해 고개를 끄덕이고는 심각한 표정으로 헉슬리에게 마지막 경고의 말을 던졌다. "갈 거야 말 거야? 더는 못 기다려."

리스와 핀천이 해치를 통해 사라지자 헉슬리는 물을 첨벙이며 계단으로 향했고, 거의 동시에 총성이 폭발했다. 그는 잠시 멈춰서 기폭 장치 가방에 노트북을 집어넣고 가방을 벨트에 묶은 다음 두 사람을 뒤따랐다. 카빈총이 또다시 발사되는 소리와 함께 유리 깨지는 소리가 들려와 그는 상갑판에 도달하자마자 몸을 피해야 했다. 두 탁자 사이에 웅크린 그는 유리 지붕에서 미끄러져 내려오는 시커먼 형체가 시뻘건 얼룩을 남기며 강물 속으로 굴러떨어지는 것을 목격했다.

"이동한다!" 핀천이 소리 지르며 카빈 총구로 정면을 조준하면서 바지선 고물을 향해 움직였다. "리스, 측면을 맡아. 헉슬리,

후방을 주시하고."

헉슬리는 비틀거리며 몸을 일으켜 세우고 리스의 뒤편에 자리 잡았다. 그가 지붕을 겨냥한 채 후방으로 이동하는 동안 리스는 카빈총으로 좌우를 조준하며 경계했다. 헉슬리는 그들이 자동으로 정확하게 대열을 형성하는 것이 머리가 아닌 몸이 기억하는 행동임을 이해했다. 몇 주나 심지어 몇 달에 걸쳐 훈련된 것이자, 그들이 기억할 수 있도록 허용된 것이 분명했다.

그들이 선미에 등장하자 더 많은 총성이 환영 인사를 해왔고, 헉슬리는 경비정 쪽으로 즉시 초점을 옮겼다. 플라스와 골딩이 카빈총을 들고 사격 중이었다. 플라스는 우현으로, 골딩은 좌현으로 한 번에 두 발씩 조준 사격을 하는 중이었다. 첨벙 소리가 들려왔고, 헉슬리는 핀천의 웅크린 몸 너머 난파선으로 시선을 돌렸다. 안개 탓에 자세히 볼 수는 없었지만, 시신 한 구가 물살에 휩쓸려 너울거리다가 시야에서 사라졌다. 플라스가 두 발을 더 쐈고, 마찬가지로 알아보기 힘든 두 번째 형체 역시 장애물에서 떨어져 내리며 구슬픈 비명을 질렀다.

"구명정으로 가." 핀천이 장벽의 남쪽을 조준하기 위해 자리에서 일어서며 지시했다. 그는 길게 울리는 세 번의 사격 후에 반사적으로 민첩하게 손을 움직여 탄창을 교체했다. 리스는 이미 밧줄을 당겨 고무보트를 가까이 끌어오는 중이었고, 보트가 바지선 가까이 닿자 헉슬리에게 어서 승선하라는 의미로 다급하게 손을 흔들었다. 그는 난간을 뛰어넘어 한 발은 고무보트에, 다른 한 발은 강에 착지했다. 몸을 돌려 선외기 측면에 등을 대고 주저앉아 재빨리 키 손잡이를 잡고 배터리를 작동시켰다. 리스는 핀천이 올라타는 동안 밧줄을 잡아주었고, 그는 자리를 잡자마자 포격을 재개했다. 이제는 좌우로 방향을 바꾸며 쏘는 단발 조준 사격이었다. 리스가 뱃머리로 뛰어오르자 보트가 들썩였고 측면으로 물이 차오르기는 했지만, 배를 뒤집어 가라앉힐 정도는 아니었다.

"가, 어서 가!" 핀천은 고함을 지르며 다 쓴 탄창을 빼내고 다른 탄창을 장전했다. 헉슬리는 이미 배를 움직이기 위해 스로틀을 열고 키 손잡이를 좌현으로 세게 밀고 있었다. 그는 배의 선미만 바라보고 싶은 충동과 싸우며 계속되는 총소리를 무시했다. 고무보트가 선체 우현을 돌아가는 동안 난간에서 총을 쏘아대는 플라스의 모습이 보였다. 총구의 섬광이, 거의 미소처럼 보이는 야생동물의 표정으로 이를 드러낸 그녀의 얼굴을 환하게 밝히고 있었다. 골딩은 사격을 중단하고 선미 갑판으로 서둘러 가서 리스가 던진 밧줄을 잡았다.

"설치했어?" 그들이 고무보트에서 후미 갑판 뒤쪽의 낮은 난간으로 뛰어내리자 골딩이 물었다. "총소리가 들리더니 난데없이 이 떼거리가 기어 나오기 시작했어."

"8분 정도 남았어." 핀천이 대답하고는 고무보트를 배에 싣는 헉슬리를 돕기 위해 몸을 돌렸다. "어쩌면 더 짧을 수도 있어."

"저것들이 계속 나온다면 그렇게 오래 버틸 수 있을지 모르겠네."

　이제 고무보트 조종 의무에서 해방된 헉슬리는 장벽에 온 신경을 집중했다. 장벽을 끝에서 끝까지 가득 메운 형체들이 물결치는 덩어리를 이루어 몰려들고 있었다. 하지만 짙은 안개 탓에 인간들이 뒤엉켜 몰려들고 있다는 전반적인 인상 외의 세부 사항은 아무리 애를 써도 알아볼 수 없었다. 플라스가 다시 총을 발사했고, 헉슬리는 몰려드는 익명의 실루엣에서 또 한 구의 시체가 분리되더니 큰 물보라를 일으키며 물속으로 곤두박질치는 것을 보았다. 잠시 후, 무리의 일부가 바지선에 도착하면서 좀 더 선명하게 모습을 볼 수 있게 되었고, 헉슬리는 그들의 외모가 균일하지 않음을 알아차렸다. 한 형체는 언뜻 담요처럼 보이는 것을 덮고 네발로 기어 다니는 듯 보였는데, 움직임은 인간이라기보다는 게에 가까웠다. 다른 존재들은 웅크린 자세로 몸을 내밀고 위험을 완전히 인지한 듯 엄폐물에서 엄폐물로 돌진해 다녔다. 또 어떤 존재는 떠다니는 안개 속에 무심하고 조용한 파수꾼처럼 똑바로 서 있었다. 헉슬리는 그들 사이에서 옷을 입지 않은 맨살과 다채로우면서도 빛바랜 너덜너덜한 옷 색깔을 알아볼 수 있었다. 그들이 뱉어내는 소음도 마찬가지로 균일하지 않았는데, 언뜻 들으면 차분한 대화처럼 느껴지는 낮은 웅얼거림 가운데 고함과 비명이 뒤섞여 있었다. 잠시 살펴본 후에 헉슬리가 내린 유일한 결론은 그들 모두가 물에 들어갈 의향이 전혀 없다는 것이었다.

"잠깐." 플라스가 다시 사격을 가하자 그가 말했다. "다들 멈췄어."

그녀는 마지막으로 한 발 더 발사했고, 총알은 큰 키에 창백한 존재의 머리에 가서 박혔다. 그가 몸을 획 젖히며 경련하더니 이내 시야에서 사라졌다. 총을 내려놓는 플라스의 얼굴에 만족스러운 표정이 번지는 것을 보면서 헉슬리는 그것이 원초적인 악의의 발현이라고 판단했다. 그가 내린 다음 결론은 좀 더 경찰 본능에 의존한 것이었다. 플라스는 이전에도 살인을 해본 게 분명해. 자기가 그런 짓을 한 것까지는 기억 못 할 수도 있지만, 그걸 즐기는 방법은 기억하는 거야. 대체 어떤 과학자가 살인자일 수 있을까?

"이제 어쩌지?" 골딩이 눈을 크게 뜨고 장벽을 끝에서 끝까지 뒤덮은, 몸을 비틀거나 고함 지르거나 침묵하는 형체들을 훑어보며 물었다.

"장전하고 기다리자. 더는 우리가 할 수 있는 게 없어." 눈을 가늘게 뜨고 조타실 앞 유리를 통해 비활성 상태로 놓인 체인건을 바라보는 핀천의 얼굴은 걱정과 짜증으로 잔뜩 찌푸려 있었다. "저것만 쓸 수 있으면 당장 끝장내버릴 수 있을 텐데."

"뭔가 더 끔찍한 상황을 위해 아껴두는 걸지도 모르지." 헉슬리가 제안했다.

"오, 그거 다행이네." 골딩이 이마에서 땀을 훔쳐내며 말했고, 헉슬리는 그의 손이 더는 떨리지 않는다는 것을 알아차렸다.

"알려줘서 고마워."

"당신들……." 크지만 애처로운 목소리가 장벽에서 메아리쳤고, 헉슬리의 시선은 소리를 내는 대상에 즉각 고정되었다. 그것은 서 있는 형체 중 하나였다. 안개에 거의 가려져 있었지만, 헉슬리는 그가 얼굴에 수염이 났고 팔을 뻗어 강 하류 쪽을 가리키고 있다는 인상을 받았다. "당신들……." 그 형체가 다시 불렀고, 헉슬리는 그가 엄청난 집중력을 발휘해 단어들을 골라 발음하느라 애쓰고 있다는 것을 알았다. "당신들은…… 돌아가야 해……." 잠시 멈췄다가 다시 시작된 말은 훨씬 단호하고 덜 더듬거렸으며, 이제 화자는 자신의 단어들이 의미를 갖추었다고 확신하는 듯했다. "당신들은 돌아가야 해……."

바지선이 폭발하면서 노란색 화염과 검은 파편의 광풍이 강을 가리키던 남자를 순식간에 삼켜버렸다. 동시에 나무와 금속 파편이 사방으로 날아갔고, 헉슬리는 다른 사람들과 함께 갑판으로 뛰어들었다. 배의 엔진이 갑작스레 요동치는 물살 속에서 정박 상태를 유지하기 위해 다시 한번 끙음과 함께 돌아갔다.

"8분?" 배의 파편과 살점 조각이 비처럼 쏟아져 내리는 동안 헉슬리는 이를 악물고 양손으로 머리를 가린 채 움찔거리면서 핀천에게 물었다.

핀천은 미안한 듯 찌푸린 얼굴로 대답했다. "아무래도 암산은 내 특기가 아닌 것 같네."

바지선이 가라앉으면서 함께 묶여 있던 견인선도 침몰해 들어가는 동안 물거품이 하얗게 일어났고 폭발의 굉음도 점차 잦아들었다. 몸뚱이들이 소용돌이치는 물살에 휩쓸려 흔들리고 뒤집히며 일부는 몸부림치고 일부는 비명을 질러댔다. 바지선이 시야에서 완전히 사라지기 전에 헉슬리는 선미에서 몇 걸음 떨어진 곳에서 형체 하나를 뚜렷하게 포착했다. 그것은 몸통이 갈기갈기 찢겨 부력의 흔적조차 찾아볼 수 없을 만큼 빠르게 수면 아래로 미끄러져 내려갔다. 헉슬리는 물살이 그것의 얼굴에 철썩이는 동안, 튀어나온 주둥이와 치켜 올라간 귀, 털은 없지만 명백히 개의 얼굴, 그것도 못생긴 개의 얼굴이 분명한 형상을 알아보았다.

가면이야, 그는 말도 안 된다는 걸 알면서도 스스로에게 말했다. 그 얼굴은 일그러지고 늘어진 피부, 즉 인간의 피부였다. 하나는 끈적이는 점액질로 만들어졌고, 이번에는 개로 변했다고? 어떤 질병도 사람을 그렇게 만들지는 않아.

엔진 소리가 더 깊어지고 배가 기울어지며 움직이더니 장벽의 새로 생긴 틈으로 그들을 데리고 갔다. 배가 틈새로 지나갈 때, 폭발로도 파괴되지 않은 존재들은 서거나 웅크리거나 안절부절못하면서 계속 그들을 지켜봤지만, 이번에는 완전히 침묵했다. 곧 안개가 다시 짙어졌고, 침묵의 목격자들은 붉은 안개 속으로 영원히 자취를 감추었다.

6장

장벽 너머에서 배는 잔해로 뒤덮인 강을 헤쳐가느라 거의 빙하가 흘러가는 정도로 속도를 늦추었다. 이따금 광기의 비명인지 절망의 외침인지 모를 소리가 강둑에 메아리쳤지만, 점진적이기는 해도 꾸준한 그들의 항해를 막아설 만한 것은 전혀 보이지 않았다. 핀천은 난파선 잔해와 강에서 떠내려온 쓰레기가 타워브리지 아래 모여 또 다른 장애물을 만들어놓았을지 모른다고 우려를 약간 표했지만, 그들은 두 갈래로 갈라지고 융기된 교각 밑을 아무런 문제 없이 통과해 지나갔다.

"사람들은 대부분 이게 튜더왕조 시대까지 거슬러 올라간다고 생각해." 골딩은 마치 내면의 독백을 들려주듯이 무심한 방식으로 말했다. 그는 위로 우뚝 솟아 있는 쌍둥이 성을 멍하니

처다보고 있었다. 어두운 창문은 군데군데 깨지고, 돌로 마감된 성벽은 그을음으로 뒤덮여 있었다. "아니면 그보다 더 이전까지. 하지만 1890년대 말까지도 지어지지 않았었어……."

"내가 모두를 대표해서 한마디 하자면, 우린 그런 거 쥐뿔만큼도 관심 없어." 핀천이 이렇게 말하고는 헉슬리 쪽으로 고개를 돌리고는 기대에 찬 표정으로, 그가 들고 있는 노트북을 향해 고개를 끄덕여 보였다. "괜히 긴장감 조성하지 말라고, 경찰 아저씨."

그들은 헉슬리의 전리품을 살펴보기 위해 조타실에 모였다. 헉슬리는 의자 하나에 노트북을 올려놓고 무릎을 꿇고 앉았고, 나머지는 그의 머리 너머로 노트북을 처다보았다. 화면을 들어 올리자 가장 먼저 눈에 들어온 것은 배터리 잔량 표시였다. '4퍼센트.' 핀천은 이 배에서는 충전할 방법이 없다고 장담했다. 헉슬리는 기기의 전원이 아무 문제 없이 계속 켜져 있는 것을 안도하며 지켜보았다. 산 풍경 배경 화면에 수많은 앱 아이콘이 흩어져 있는 표준 데스크톱 화면이었다. 약간 흐릿한 화질과 전경에서 포즈를 취한 두 젊은 여성의 모습을 통해 배경 화면이 표준 라이브러리 제공 사진이 아닌 개인 소유의 사진임을 알 수 있었다. 둘 다 퀼트 재킷과 등산화를 신고 환한 미소를 띤 채 손가락으로는 승리 또는 평화를 상징하는 V를 그리고 있었다.

"저거 로키산맥인가?" 골딩은 궁금해하며 스크린을 더 가까이 들여다보았다.

"안데스." 리스가 말했다. "아마도 잉카 트레일일 거야. 여행을 많이 다니는 여자였나 봐."

"비밀번호 입력 화면이 없어." 플라스가 말했다. "아마도 컴퓨터 주인은 이 안에 들어 있는 정보를 사람들이 찾아내길 원했던 것 같아."

"동영상은 메모리를 많이 사용해." 헉슬리는 '나를 시청해줘'라는 이름이 붙은 바탕 화면의 폴더를 손가락으로 두드리며 생각에 잠겼다. 그것을 클릭하자 생성 날짜에 따라 번호가 붙은 순서대로 태그가 지정된 MP4 동영상 파일 목록이 나타났다. "비디오 일기네." 그는 결론 내렸다. "마지막이 한 달 전에 만든 거고, 첫 번째 것은……." 그가 말꼬리를 흐리며 놀라움에 눈을 끔뻑였다. "14개월 전이야."

"시간 낭비하지 말자고." 핀천이 말했다. "배터리."

"그래." 헉슬리는 손가락 패드를 두드려 첫 번째 파일을 열었다. 영상은 서문도, 타이틀 카드도 없이 시작되었고, 머리를 밝은 분홍색으로 염색한 젊은 여성이 카메라를 뚫어지게 응시하고 있었다. 눈은 푹 꺼져 들어가고 표정에는 단순한 걱정을 넘어서는 두려움과 피로가 뒤섞여 있었다. 배경은 판타지와 공상과학 소설, 그리고 생물학과 관련이 있을 것으로 짐작되는 몇 권의 학술 서적 등으로 가득한 책장이 온통 차지하고 있었다. 서재 곳곳에는 다양한 도자기 인형과 장르 관련 장식품이 진열돼 있었다.

"내 이름은……." 젊은 여자가 입을 열었지만, 좌절의 한숨이 입술에서 새어 나오자 고개를 한쪽으로 기울이고는 즉시 입을 다물어버렸다. "젠장." 점프 컷 후에 여자는 다시 한번 카메라를 응시하며 애써 침착함을 유지한 채 또박또박 말했다. "제 이름은 애비게일 툴루즈입니다. 이건 제가 직접 지은 저의 진짜 이름입니다. 제 정체성에 가장 적합하다고 생각하는 이름이며, 따라서 누군가 이걸…… 이 기록을 발견하게 된다면, 그 사람에게 알려지길 바라는 이름이기도 합니다. 그러니 당신이 누구든 부디 이 요청을 존중해주셨으면 합니다."

그녀는 다시 말을 멈추고 입술을 다물더니 가슴을 부풀리며 깊게 심호흡했다. 입고 있는 칙칙한 올리브색 방수 작업복의 열린 지퍼를 통해 마일라처럼 보이는 반짝이는 검은색 안감이 들여다보였다. "맨 처음부터 시작해야 할지 고민을 좀 했어요." 애비게일이 말했다. "하지만 당신이 이걸 보고 있다면, 언제 어디서 보고 있든, 이제는 모든 게 과거의 일이겠죠. 최근 일이든 그렇지 않든 간에요."

"사실 그렇지 않잖아." 골딩이 퉁명스럽게 중얼거리다가 핀천이 눈을 부라리자 입을 다물었다.

"그러니까." 애비게일이 말을 이었다. "약 6개월 전부터 모든 게 제대로 지옥을 향해 가기 시작했어요. 정확한 날짜를 생각해보고 있는데, 확실히 꼭 집어 얘기할 수가 없네요." 그녀는 오로라에 관해 이야기하던 디킨슨의 모습을 연상시키는 섬뜩한 몸짓으로 고개를 저으며 인상을 찌푸렸다. "아마 6월 말에서 7월 초쯤이었던 것 같아요. 적어도 그때부터 우리가 알아채기 시작했으니까요. 복도 저편에 사는 헤일 부인이 우리가 아는 사람 중에 가장 먼저…… 그러니까…… 위험하게 변한 첫 번째 사람이었어요. 하지만 우리는 뉴스에서 계속 보고 있었어요. 무작위 공격, 무작위 살인, 일반적으로 가족 내에서 그런 일들이 일어났어요. 넷플릭스를 보면서 둘러앉아 있던 사람들이 엔딩 크레디트가 올라갈 때쯤 느닷없이 칼을 들고 서로를 난도질했죠. 그런 다음 폭동이 일어나기 시작했지만 사실상 그건 진짜 폭동도 아니었어요. 시위도 없고 플래카드도 없고 이해될 만한 어떤 이유도 없이 그저 끔찍한 일을 저지르는 폭도들만 있었죠. 뉴스에 출연했던 어떤 의사인지 정신과 상담의인지 하는 사람은 기후 불확실성으로 인한 집단 히스테리라고 했었어요. 당시 줄리는 그가 헛소리하는 거라고 말했었는데, 사실 그녀의 말이 틀린 게 아니었죠."

애비게일은 말을 멈추고 눈을 감더니 자책의 한숨을 쉬었다. "그들은 이 모든 걸 알고 있어요." 그녀가 중얼거렸다. "하긴 그들이 모르는 게 있긴 하겠어요." 그녀는 다시 한번 숨을 고르더니 눈을 뜨고 카메라를 응시했다. "헤일 부인이 전형적인 사례일 수도, 아닐 수도 있죠, 누가 알겠어요? 그분은 이따금 컵케이크를 구워서 나눠주곤 했던 두 집 건너에 사는 상냥한 노부인이었어요. 물론 주로 이야기 나눌 핑계가 필요했기 때문이었지만, 우리는 개의치 않았죠. 그러던 어느 날 헤일 부인이 우리 집 문을 두드렸고 줄리가 문을 열어주자, 이 상냥했던 노부인이 그 애를 더러운 시궁창 같은 창녀라고 부르면서 밀대로 머리를 내리치려고 하더군요. 그때 그녀의 얼굴은……." 애비게일이 먼 곳을 응시하며 입술을 굳게 다물었다. "그건 노부인의 얼굴이 아니라 다른 사람의 얼굴이었어요. 난 표정을 의미하는 게 아니에요. 얼굴이 갑자기 심술궂고 추악해졌다고 말하는 것도 아니에요. 얼굴이 아예 변해 있었어요. 일부는 여전히 알아볼 수 있었지만, 물리적으로 변해 있었죠. 만약 그게 여전히 헤일 부인이었다면, 난 그렇게 할 수 없었을 거예요. 난 내가 그녀를 죽인 게 아니라고 확신해요. 내 말은, 그건 내가 이베이에서 산 장식용 일본도였고 별로 날카롭지도 않았어요. 싸구려 금속에 불과해서, 내가 부인을 내리치자 칼날이 구부러졌죠. 다음 날 아침 우리가 문을 살짝 열어봤을 때 복도에는 시체가 없었어요. 피는 조금 보였지만, 시체는 없었어요. 그러니까, 예, 맞아요, 나는 확실히 그녀를 죽이지 않았어요."

애비게일은 기침을 하고 눈을 깜빡이더니 말을 이었다. "그 일이 있고 난 뒤, 우리는 여기에 숨어 있었어요. 건물에서 다른 소리도 들려왔어요. 벽을 두드리는 소리, 위층에서 비명을 지르는 소리…… 울부짖는 소리. 뉴스에서 들려오는 소식이 점차 심각해지면서 우리는 약간의 식료품을 비축해두기 시작했어요. 통조림처럼 요리할 필요가 없는 음식들이었죠. 줄리의 생각이었어요. 그녀는 항상 실용적인 쪽이거든요. 그래서 적어도 우리는 먹을 수 있었어요. 그동안 전기는 계속 들어왔는데, 그거야말로 놀라운 일이었죠. 그리고 약 6주 전에 군대가 나타났을 때, 우리는 이제 됐다고, 이제 다 해결된 거라고 생각했어요." 그녀는 입고 있던 칙칙한 올리브색 재킷을 만지작거렸다. "그들이 옷과 식량, 의약품 같은 걸 나눠줬어요. 장교가 보안과 질서에 대해 연설하면서 더 많은 지원이 오고 있으니 우리는 그저 침착하게 기다리면서 지시를 따르기만 하면 된다고, 혹은 그의 말을 그대로 옮기자면 '이성적인 지침'을 따르기만 하면 된다고 했어요." 그녀는 짧게 쓴웃음을 지었다. "우리 집 발코니 창에 총알구멍이 있어요. 한 군인이 쏜 총알이었죠. 그 군인이 장교와 다른 세 명의 군인을 죽였고 나머지 분대가 그를 쏘아서 산산조각내버렸어요. 이상한 건 그와 다른 사람들은 거의 내내 방독면을 쓰고 있었다는 거예요. 그게 무엇이든 간에 확산하는 걸 멈추지 못했다는 의미겠죠. 며칠 후 공원에서 수많은 총성과 폭발하는 소리가 들렸어요. 아침이 되자 군인들은 모두 사라졌고, 남은 이들은 죽은 채로 누워 있었죠. 믿기 어렵겠지만, 탱크를 두고 갔더군요. 지금도 두고 간 자리에 그대로 남아 있어요."

"3퍼센트." 핀천이 배터리 잔량 표시를 가리키며 말했다.

헉슬리는 애석한 마음으로 일시 중지 버튼을 눌렀다. 파일을 닫는 것이 배신처럼 느껴졌다. 이 젊은 여성은 트라우마와 싸우며 자신의 경험을 기록해놓았지만, 그것은 그저 다른 자료들과 마찬가지로 클럽 라이브러리 취급을 받고 있지 않은가. 하지만 이 영상은 아직 시간이 10분이나 남았고, 그는 배터리가 그렇게까지 오래갈지 의구심이 들었다. "앞으로 건너뛰어야겠어. 얼마나 갈까?"

"중간으로 가자." 플라스가 말했다. "그런 다음에 배터리가 버틸 수 있으면 마지막으로. 그러면 최소한의 서사는 제공해줄 테니까."

다음 영상에서는 배경이 달라져 습기로 길게 줄무늬 얼룩이 생긴 맨 콘크리트 벽이 책장들을 대신하고 있었다. 애비게일도 달라졌다. 분홍색 머리카락은 옅은 갈색으로 물이 빠졌고, 눈은 더 움푹 꺼져 있었으며 이마에는 보기 흉한 딱지가 생겨 있었다. 군에서 배급해준 작업복은 그대로였지만 얼룩이 지고 군데군데 찢겨 있었다. 그런 모습에도 불구하고 애비게일은 머뭇거림 없이 활기차게 말했다. 하지만 이제 목소리의 억양은 거의 사라지고 위험과 궁핍에 이골이 난 사람의 단조로운 말투였다.

"시간이 별로 없어요." 그녀는 계속 화면 밖으로 시선을 흘끗거리며 말했다. "살던 건물을 떠난 지 이제 겨우 여드레째네요. 먹을 것을 계속 찾아내고 있어서 식량은 부족하지 않아요. 감염자들은 먹는 것에는 신경 쓰지 않는 것 같고, 케빈은 쓸 만한 걸 찾아내는 데 진짜 뛰어난 재능이 있어요." 그녀는 왼쪽을 흘끗 바라보며 입술을 뒤틀어 억지 미소를 지어 보였다. "심지어 어제는 마스 바도 먹었는데 그걸 마지막으로 먹어본 게 언제였는지 기억도 안 나더라고요." 유머의 기미가 사라지더니 애비게일의 얼굴에 그림자가 스쳐 지나갔다. "줄리는 항상 그걸 자신의 크립토나이트*라고 불렀었죠. '세상에 마스 바가 있는데 내가 어떻게 복근을 만들 수 있겠어?'" 애비게일이 눈을 감고 천천히 숨을 들이쉬었다. 아직 날 것 그대로 남아 있는, 최근에 겪은 슬픔과 싸우고 있음이 역력했다.

잠시 후 그녀가 침을 꿀꺽 삼키고 눈을 깜빡였다. "어쨌든 올리버를 제외하고는 모두 강을 따라가자고 의견을 모았는데, 솔직히 그가 무슨 생각을 하든 누가 신경이나 쓰나요? 주요 도로가 다 차단됐다는 걸 모두 알고 있잖아요. 이틀 전에 다른 그룹을 만났는데, 그 사람들 말로는 군대가 M25**에서 100미터 이내로 접근하는 모든 사람에게 무차별 사격을 가하고 있대요. 우리가 여기서 배를 타고 빠져나갈 수는 없다고 하더라도, 배에 타고 있는 게 어느 정도 안전하기는 할 거예요. 우리와 감염자들 사이를 강이 가로막게 하는 건 정말 좋은 생각인 것 같아요……."

"1퍼센트." 핀천이 말했다.

헉슬리는 파일을 닫고 폴더에 있는 마지막 클립으로 커서를 옮겼다. 하지만 파일의 세부 사항을 살펴보고는 그것이 세 시

---

*   슈퍼맨 이야기에 등장하는 우주의 방사능물질로, 슈퍼맨의 유일한 약점.
**   런던을 에워싼 주요 도로.

간이 넘는 가장 긴 동영상이라는 사실에 당황했다. 운이 좋아야 몇 분이라도 돌려볼 수 있을 듯했다. "여자가 말을 멈출 때마다 앞으로 건너뛰어." 골딩이 조언했지만, 헉슬리는 그럴 수 없다는 것을 알았다. 자신이 이 여자를 죽이지 않았던가. 당시에는 두려움만 불러일으켰던 그 행위가 지금은 그의 속을 휘저어 메스껍게 만들었다. 그녀는 살아 있었어. 진짜였어. 인간이었어. 괴물이 아니었다고. 그리고 내가 그녀를 죽였어. 그제야 그는 깨달았다. 자신이 오늘 이전에는 아무도 죽인 적이 없다는 사실을. 그것은 기억이 아니라 그냥 알고 있는 것이었다. 그의 정신 깊숙이 암호화된 어떤 것이었다. 핀천이나 플라스, 또는 리스와 그가 공유하지 않은 어떤 것.

영상은 닳아빠진 끈으로 헝클어진 머리칼을 올려 묶은 애비게일의 무표정한 얼굴에서 시작했다. 그는 배경이, 가라앉은 바지선의 하부 갑판임을 알아봤다. 애비게일의 이마에 있던 딱지는 더 커졌고 목에도 흉측한 딱지가 생겨 있었다. 헉슬리는 딱지가 빛을 받아 반짝이는 모습에서 그것들이 부상의 결과가 아님을 알아차렸다. 머지않아 그 딱지들이 합쳐지면 지금의 애비게일은 사실상 더는 존재하지 않게 될 터였다. 이전 비디오에서 그녀가 보여주었던 부단히 집중하려 애쓰던 모습은 거의 무기력해 보이는 단조로운 체념으로 대체되어 있었다.

"올리버가 오늘 아침에 자살했어요. 사실 그가 저를 놀라게 했어요. 지금껏 제가 본 그의 행동 중에 유일하게 이타적인 행위였거든요. 마침내 자신도 그것에 발목이 잡혔다는 걸 알아차린 거죠. 그가 자기 손목에 면도날을 대고 서서 '그 꿈이었어'라고 하더군요. '모두 그 꿈에서 시작됐어'라고요." 그녀가 몸을 살짝 움직였고, 뭐가 즐거운지 얼굴에는 아주 옅은 미소가 번졌다. "마지막엔 그와 나 둘만 남게 되었다는 게 이상해요. 내가 기대했던 결말은 아니거든요. 그건 확실해요. 그래도 그가 일종의 영웅이 되어 떠났다고 말할 수는 있을 것 같아요. 하지만 나는 아니에요." 수치심으로 그녀의 이마에 주름이 잡혔고, 얼굴은 스스로를 향한 분노로 더욱 생기를 띠었다. "정말이지 너무 무서워요. 물론 이것도 오래가지 않으리라는 건 알아요. 그가 옳았어요, 아시겠어요? 꿈에 대한 거 말이에요."

그녀는 몇 초간 침묵을 지켰고, 헉슬리는 다른 사람들의 동요와 실망을 무시한 채 영상이 그대로 재생되어 결국 배터리 표시기가 깜빡거리며 0으로 넘어가도록 내버려두었다. 하지만 영상은 계속 재생되었고, 애비게일은 담담하게 체념한 태도로 다시 말을 이었다. "제가 꾸는 꿈은 항상 엄마에게서 받은 마지막 전화예요. 엄마는 내가 하는 말은 하나도 듣지 않고 성경 구절만 끝없이 읊어대죠. 물론 꿈이니까 실제 일어났던 일 그대로 일어나지는 않아요. 꿈에서 저는 그냥 전화를 끊고 엄마의 번호를 차단한 다음 줄리의 무릎에 웅크린 채 엉엉 울어대요. 그걸, 그러니까 그 웅얼대는 성경 구절을 계속해서 듣다 보면 그 말들이 마치 독약처럼 내게 스며드는 것 같아요. 그래서 속이 썩어들어

가는 것 같은 기분⋯⋯."

노트북 화면이 꺼지면서 그것을 응시하는 다섯 사람의 어두운 반사상이 화면에 나타났다. 헉슬리는 다른 이들의 침묵이 자신과 같은 이유에서 온 것인지 궁금했다. 그들 모두가 같은 비밀을 공유하고 있는 것일까? 그는 해변의 여인에 관한 꿈을 꾸었다. 그들은 무슨 꿈을 꾸고 있을까? 모두 그 꿈에서 시작됐어⋯⋯.

위성 전화가 울렸다. 이전보다 소리가 큰 것은 아니었지만, 여전히 노트북 화면을 조용히 들여다보고 있던 그들의 주의를 깨뜨려 놀라게 할 정도는 되었다.

"잠깐만." 플라스가 군복 주머니에서 전화기를 꺼내자 골딩이 말했다. "우리끼리 먼저 의논할 일이 있지 않아?"

"뭐에 관해서?" 핀천이 물었다.

"방금 본 것에 관해서. 우리는 전염병이 창궐한 지역 한가운데로 보내진 거야."

"그래서 요점이 뭔데?"

"글쎄, 뭐라고 해야 할까? 이건 어때, 우리 모두 다 뒈지기 일보 직전이다?"

핀천의 시선이 불길할 정도로 딱딱하게 굳는 것을 보고 헉슬리는 자리에서 일어나 두 사람 사이로 들어가 서서 말했다. "골딩 말이 맞아. 우린 이 모든 상황에 관해 얘기해볼 필요가 있어. 하지만 저들이 뭐라고 하는지 먼저 들어볼 필요도 있지. 우리가

140

다음에는 무엇을 하길 원하는지 알아내고 나서 결정을 내려도 늦지 않을 거야." 그는 플라스 쪽을 돌아봤다. "노트북에 관해서는 얘기하지 마. 저들이 아는 한 우리는 그다지 행복하지 않은 무지 속에 여전히 살고 있는 거야."

그녀는 고개를 끄덕이며 녹색 버튼을 눌렀다. 단조로운 여성의 목소리가 즉시 흘러나왔다. "헉슬리?"

"플라스야."

아주 짧은 침묵. "헉슬리는 죽었거나 무력화된 건가요?"

"아니, 여기 있어."

"그에게 위성 전화를 건네주세요. 그하고만 대화하겠습니다."

헉슬리에게 전화를 건네는 플라스의 얼굴에는 당혹감과 짜증이 뒤섞인 표정이 드러났고, 그것을 본 헉슬리는 자존감도, 인간의 목숨을 빼앗는 것과 거의 같은 방식으로 그녀에게 각인된 것은 아닐지 궁금했다.

"헉슬리야." 그는 나머지 사람이 통화 내용을 들을 수 있도록 장치를 내밀며 스피커에 대고 말했다.

"사상자가 있습니까?" 목소리가 물었다.

"아니."

"혼란스러운 생각이나 부당한 공격성의 징후를 보이는 사람은 없나요?"

플라스는 살인적 소시오패스가 분명하지만, 그 사실은 당신들도 이미 알고 있을 테지. "아니."

또 한 번의 아주 짧은 침묵. "승무원 객실에 있는 컨테이너 하나가 열렸습니다. 피하주사기가 들어 있을 것입니다. 그것들에는 여러분의 이름이 표시되어 있으니 각자 할당된 양을 전부 주사하십시오."

모두의 시선이 서로 오갔다. "무슨 주사인데?"

"지속적인 생존에 결정적인 역할을 할 화합물입니다. 지금쯤이면 여러분도 이미 도시의 몇몇 주민과 접촉했을 것입니다. 그들이 폭력적인 망상과 심각한 신체적 기형을 일으키는 병원균에 감염되었다는 명백한 사실도 깨달았을 테고요. 여러분은 이미 피하 주사제 내용물의 변종을 투여받았습니다. 앞으로 투여할 피하 물질에는 이 병원균으로부터 여러분을 계속 보호해줄 부스터가 포함되어 있습니다. 이 명령을 따르지 않으면 보트가 비활성화되고 뒤이어 감염과 사망이 뒤따를 것입니다. 통신은 세 시간 후에 재개됩니다."

일련의 익숙한 딸깍거림이 들리더니 전화기가 조용해졌다.

새로 열린 상자 속에는 20센티미터쯤 되는 가는 알루미늄 실린더 주사기 일곱 개가 크기에 딱 맞춰진 폼 쿠션 위에 놓여 있었다. 각각의 주사기에는 검은색 글씨로 이름이 찍혀 있었다.

"우리가 주사를 안 맞는다고 해도 저들이 어떻게 알겠어?" 골딩이 헉슬리의 마음 최전선에 있는 생각을 반향하며 말했다.

"아마 마이크로 송신기 같은 걸 장착해뒀을 거야." 핀천이 말했다. "활성화되면 신호를 보내겠지."

"그냥 쏟아버릴 수도 있잖아."

"저들도 거기까지 생각해뒀을 거라고 내 촉이 말하는데."

"게다가 저들의 말이 진실이라면, 약을 버리는 건 별로 좋은 생각이 아닐 거야." 플라스가 말했다. "살아남으려면 내용물을 주입해야 하니까."

"만약에 저들이 진실을 말하고 있는 거라면 그렇겠지." 리스가 덧붙였다.

헉슬리는 상자로 손을 뻗어 자신의 주사기를 꺼냈다. "이 안에 뭐가 들어 있는지 알아낼 다른 방법이 없을까?" 그는 '콘래드'와 '디킨슨'이라고 적힌 실린더를 손으로 가리키며 리스에게 물었다. "어쨌든 여분이 두 개 있잖아."

"현미경 없이는 안 돼. 그리고 현미경이 있다손 쳐도 난 생화학자가 아니라 의사야."

"당신이 아는 한은 그렇겠지."

"왜 개별적으로 라벨을 붙여놓았을까?" 골딩이 물었다. "백신 접종량은 보편적이지 않나?"

"이건 확실히 아닌 것 같군. 접종 용량이 주사 맞는 사람에 맞춰져 있을 거야." 리스는 까슬까슬한 머리 위에 한 손을 올리고 손가락으로 흉터를 더듬다가 억지로 손가락을 거두었다. "다른 생체 인식 때문일 수 있어. 키나 몸무게, 혈액형 같은."

그녀의 말에서 무언의 생각을 감지한 헉슬리가 재촉했다. "그게 아니라면?"

"아니면 질병과 접종제에 유전적인 요소가 있을 수 있지. 유전병에는 일종의 유전자 치료가 필요할 테니까."

"이러나저러나 다 상관없어." 핀천이 헉슬리 옆에 웅크려 앉더니 자신의 주사기를 집어 들었다. "그냥 주사를 맞는 게 속 편할 것 같아."

"나더러 지나치게 예민하다고 할지 모르겠지만." 골딩이 말했다. "대체 뭐에 필요한 건지 확실히 알지도 못하면서 내 몸에 화학물질을 주입하는 건 별로 내키지 않아."

"이 질병이 무슨 짓을 하는지 자네도 봤잖아. 이 물질이 우리가 그것들로 변하는 걸 막아준다면, 난 얼마든지 맞을 수 있어." 핀천은 주사기를 군복 주머니에 넣고 소매를 걷어 올리기 시작했다.

"저들이 하라고 하는 모든 빌어먹을 짓을 안 하는 것도 나름 고려해볼 만한 가치가 있어." 헉슬리가 말했다. "이젠 큰 어려움 없이 강둑으로 나가볼 수 있잖아. 무기도 있고 식량도 있으니까. 짐을 싣고 우리만의 길을 개척해가는 거지."

핀천이 웃기는 소리 하지 말라는 듯 코웃음을 쳤다. "아까 동영상 봤잖아. 우린 저 밖에 뭐가 있는지 알고 있어."

"우리를 이 배에 태운 게 누구든 간에 그들이 우리를 사랑해서 태운 건 아니야. 우리는 지금 뭔가를 향해 가고 있어. 저들이 우리가 해주길 바라는 어떤 일을 하러 말이지. 그걸 하려면 이 빌어먹을 물질을 스스로 주입해야 한다는 거고. 그게 뭐든 간에."

"전화 목소리는 아직 우리에게 거짓말을 하지 않았어." 리스가 지적했다.

"사실 한 말도 거의 없어. 우리가 지침을 받기는 했지만, 실제적인 정보라고 할 만한 건 거의, 전혀 없었잖아. 그리고 뭐가 됐든 우리가 하기로 되어 있는 일을 마치고 나면 그때는 우리가 기쁘게 제 갈 길을 가게 될 거라고 진심으로 생각하는 사람 있어?"

"아니." 리스가 허리를 굽혀 자신의 주사기를 집어 들며 말했다. "하지만 우리가 이 모든 걸 막거나, 최소한 확산하는 거라도 멈추게끔 하는 임무를 맡아 파견된 것은 분명해. 난 그런 일이라면 할 만한 가치가 있다고 생각해. 어쩌면 우리가 자원했을 수도 있어."

골딩은 미간을 찌푸리며 고개를 저었다. "글쎄, 그건 잘 모르겠네. 난 자원봉사 같은 걸 할 부류는 아닌 것 같거든."

"그리고 배를 떠나는 건 자살행위야." 핀천은 주머니에서 주사기를 꺼내 납작한 끝부분을 팔의 노출된 피부에 대고 엄지손가락을 버튼 위에 올려놓았다. "배에 그대로 남아 있는 것도 마찬가지라는 건 인정하지만, 적어도 지금은 내 임무가 뭔지 조금은 알 것 같거든. 난 돌아가지 않을 거야. 도망쳐서 폐허 속에 숨어 저런 것들로 변하기를 기다리고 있지도 않을 거야. 모두에게 선택의 여지가 있잖아. 남기로 한 건 내 선택이야. 원하는 사람은 가도 돼. 말리지 않을 테니까."

그는 이를 악물고 버튼을 눌렀고, 주사기가 딸깍인 뒤 쉭 소리를 내는 동안 살짝 끙 소리를 냈다. 헉슬리는 핀천의 팔뚝 정맥이 부풀어 올랐다가 이완되는 것을 지켜보았다. "하지만 여기 남기로 선택하면 직접 주사를 놔야 해." 핀천이 자신의 주사기를 상자 속에 던져 넣으며 덧붙였다. "안 놓은 사람은 누구든 쏴버릴 거야."

7장

결국 골딩을 포함해 모두가 주사기를 가져갔다. 역사가가 피하주사기를 손에 들고 절뚝이며 선미 갑판을 서성일 때 남쪽 제방에서 새로운 비명이 메아리쳤다. 헉슬리는 그 소리만 아니었다면 골딩이 자신을 강가에 내려달라고 했을지도 모른다고 생각했다. "60초 남았어." 핀천이 경고했다. 헉슬리는 카빈총을 옆구리에 끼고 조타실 해치 통로에 몸을 기댔다. "내가 시간 재고 있어. 이제 결심할 시간이라고, 역사가 양반."

"꺼져." 골딩이 여전히 앞뒤로 서성이며 되받아쳤다.

핀천이 놀랍도록 상냥한 미소를 지으며 대답했다. "이제 45초. 여기서부터 걸어가고 싶다면 내가 기꺼이 뭍으로 데려다줄게." 그는 강둑을 손으로 가리켰다. 일부가 침수된 흉측한 모습의 콘크리트 강둑은 평소보다 짙게 내려앉은 안개 덕에 추상적인 조각품처럼 보였다. 골딩은 멈춰서, 스쳐 지나는 각진 그림자의 행렬을 응시했다. 그의 완고하던 고집은 비명이 들려오기 시작하자 체념으로 무너져갔다. 지금까지 들었던 비명 중에 가장 격렬한 불협화음으로 해독이 불가능했다. 적어도 십여 개의 목구멍에서 쏟아져 나오는, 말이라고 할 수 없는 길게 늘어진 단어들이 혼란과 고통과 불가사의한 황홀경에 이르기까지 모든 고조된 감정과 공명하며 울려 퍼졌다. 불협화음임에도 불구하고 혁슬리는 그 소리에 기묘한 통일성이 깃들어 있음을 느꼈다. 물론 음색에 일관성이라고는 없었다. 하지만 각 음량은 마치 합창단이 각자 다른 노래를 부르고 있음에도 같은 지휘자를 따르는 것처럼 조화를 이루면서 상승과 하강을 반복했다.

이 불협화음의 기원이나 목적이 무엇이든 간에, 이 도시를 홀로 탐험하는 것은 결코 권할 만한 일이 아니라는 사실을 골딩이 확신하게 되기엔 충분했다. "개자식." 피하주사기를 자기 팔뚝에 대고 누르며 그가 내뱉듯이 말했다. "빌어먹을 개자식. 빌어먹을 주사. 빌어먹을 보트. 이 빌어먹을 강. 빌어먹을 도시. 빌어먹을 감염자 새끼들." 바늘이 피부를 찌를 때 그는 순간적인 고통으로 인상을 찌푸리더니 주사기를 옆으로 던져버렸다. "다 엿 먹으라고."

"아주 배운 사람처럼 말하는군." 핀천이 조타실로 사라지며 말했다.

배는 꾸준히 보행 속도를 유지하며 10분 정도 더 나아가다가 다시 한번 엔진이 조용해지며 멈춰 섰다. 그 이유가 삭막한 폐허의 모습으로 눈앞에 솟아올라 있었다.

"저게 관광 산업에 큰 타격을 입혔다고 내가 장담하지." 골딩이 말했다. 한번 감정을 폭발한 이후로 조금 차분해지기는 했지만, 긴장된 목소리로 빠르게 내뱉는 그의 농담은 억지스러웠다.

"워털루 다리인가?" 헉슬리가 그에게 물었다.

그가 고개를 저었다. "웨스트민스터 다리."

"누군가 어느 시점에서 이걸 날려버리기로 했던 것 같네." 핀천은 카빈 조준경에 눈을 가져다 대고 제방에서 제방으로 가는 길을 가로막고 있는 콘크리트와 철제 잔해 너머를 훑어보았다. "여기에 어떤 식이든 구멍을 내려면 지금 가지고 있는 C4보다 열 배쯤 많은 양이 필요할 거야."

헉슬리의 시선은 어쩔 수 없이 다리 잔해 너머로 우뚝 솟은 높다란 고딕 양식의 실루엣으로 향했다. 너무도 친숙한 모습이어서 행여라도 그것이 기억을 불러일으키면 어쩌나 걱정했지만, 고통이 느껴지지 않았기에 자신이 빅벤 탑을 직접 본 것은 이번이 처음일지도 모른다고 결론 내렸다. 조금 전에 그들은 골딩이 '런던 아이'라고 이름을 알려준, 엽서에 등장하는 또 다른 상징물인 거대한 관람차를 지나쳐 왔다. 그것의 위쪽 곡선은 안개에 덮여 보이지 않았고, 눈에 보이는 구조물은 약간 손상되어 있었다. 버스 크기만 한 캡슐의 유리 벽에는 들쭉날쭉 구멍이

나 있었고, 그을린 자국은 깨끗한 흰색의 위엄을 훼손하고 있었다. 헉슬리는 이러한 기념물이나 타워브리지가 파괴에 면역력을 갖고 온전하게 생존한 것이 광기로 인한 인간들의 무관심에서 비롯된 것인지, 아니면 감염자들 사이에 아직도 경외심이라는 게 남아 있기 때문인지 생각해보았다. 또한 애비게일이 사용했던 감염자라는 용어를 그들 모두 얼마나 빠르게 받아들였는가 하는 점도 헉슬리에게는 놀라움이었다. 플라스는 그것이 인간의 타고난 호칭 경향에서 기인한다고 했다.

"그건 선천적인 생존 특성이야." 그녀가 설명했다. "스밀로돈의 사냥터를 피해 다니라고 자기 부족원에게 경고하려면 그걸 어떻게 부르는지 알아야 하잖아. 또한 그게 적을 얼굴 없는 하나의 덩어리, 비인간적인 존재로 집단화하는 역할도 하지. 그러니 우리가 '감염자들'이라고 부르는 순간부터 그들은 더 이상 사람이 아닌 게 되는 거야."

"그렇다면." 골딩이 한 손을 뻗어 폐허가 된 다리를 가리키며 말했다. "난 저걸 '이 길의 끝'이라고 이름 짓겠어."

이번에는 위성 전화가 낮은 소리로 울리는 것을 듣고도 헉슬리는 놀라지 않았다. "앞쪽 장애물을 제거하려면 공중에서 폭탄을 투하해야 합니다." 전화 목소리는 이번에도 역시 거두절미하고 본론으로 들어갔다. "정확도가 필수인데, 배에 탑재된 시스템은 정밀 조준을 위한 해상도가 부족합니다. 화물칸에 있는 비컨 중 하나를 가져와 장애물 중앙에 놓아두십시오. 감염된 생존자들은 특히 이 지역에서 활동적이므로 보안을 제공하고 성공을 보장하기 위해서는 모든 인원이 이 임무에 참여해야 합니다. 비컨을 활성화하고 돌아오면, 배가 안전한 거리로 물러날 것입니다." 이번에도 전화가 끊겨졌다는 신호는 한 번의 딸깍임과 침묵뿐이었다.

"결국 짧은 여행을 다녀와야 하겠군." 핀천이 무기를 어깨에 둘러메고, 사다리 쪽으로 가며 말했다. "화염방사기를 꺼낼 적기가 온 것 같아."

그들이 탄 배와 파괴된 다리 대부분을 나누고 있는 강 구간에는 급류에 떠밀린 쪼개진 콘크리트가 빙하처럼 들쭉날쭉 솟아올라 있어 마치 북극 바다 풍경의 축소판처럼 보였다. 그 사이의 물길은 강철 케이블과 뒤엉킨 대들보 잔해가 빽빽하게 채우고 있어 배로 그곳을 헤쳐 나가는 일은 불가피하긴 해도 영 달갑지 않은 전망을 제공했다. 헉슬리는 무너진 다리의 잔해가 만들어놓은 인공 능선까지 모두 가려면 고무보트로 두 번 오가야 하리라고 짐작했지만, 그 작은 보트는 놀랄 만큼 여유롭게 전원의 무게를 감당해냈다. 핀천은 화염방사기 중 하나는 자신이 맡고 다른 하나는 플라스에게 주었는데, 아마도 그녀가 그것을 사용하는 데 주저할 가능성이 가장 적다고 판단한 듯했다. 강의 북쪽과 남쪽 기슭 모두 비교적 장애물 없이 물에 잠겨 있었지만, 핀천은 간접적인 접근 방식에 반대했다.

"우린 저기에 뭐가 있는지 몰라." 그가 말했다. "그냥 가서, 끝내고 돌아가는 거야. 단순함이 언제나 최고의 전술이야."

헉슬리는 뱃머리에 위치를 잡고 콘크리트와 강철로 뒤덮인 정글을 유심히 살폈고, 핀천은 걱정스러울 만치 좁은 수로 사이로 신중하게 보트를 조종해갔다. 목표지점까지 절반 거리를 이동하는 데도 터무니없이 오랜 시간이 걸리는 듯했다. 헉슬리는 카빈총을 움켜잡은 손에서 느껴지는 통증을 해결하기 위해 손가락을 폈다 구부려야 했다. 다시 무기를 집어 들었을 때, 그는 수면 아래서 섬광을 포착했다. 소용돌이 아래서 흐리게 반짝이는 주황빛이었다. 깜빡이던 빛이 빠르게 더 깊이 미끄러져 들어가서는 순식간에 사라졌다.

"저거 보여?" 그가 몸을 일으키고는 카빈총으로 수면을 가리키며 물어봤다. "어쩌면 감염자들이 돌연변이를 일으켜서 수생 같은 것으로 바뀐 걸 수도 있어."

"문어였어." 골딩은 목소리에서 기쁨을 감추지도 않고 말했다. 그는 폐허가 된 다리 남쪽의 거의 다 파괴된 에드워드 왕조 시대 건물 쪽으로 고개를 기울였다. "한때 지방 정부의 소재지였던 카운티 홀은 나중에 런던 아쿠아리움의 본거지가 됐어. 내 생각에는 강물이 둑을 무너뜨렸을 때 수족관에 있던 생물들이 자유로워질 기회를 잡은 것 같아. 운이 좋으면 다음번에는 상어를 볼 수도 있겠네."

역사가의 어조에 헉슬리는 불쾌감을 느꼈지만, 그의 얼굴을 보자 사그라들었다. 골딩은 크게 뜬 눈을 거의 깜빡이지도 않고 지나가는 그림자 하나하나를 응시했는데, 얼굴은 두려움이라기보다 끔찍한 공포로 뻣뻣하게 굳어 있었다. 보트가 움직이는 동안 더는 문어나 상어를 보지 못했지만, 헉슬리는 형형색색으로 빠르게 헤엄쳐 가는 물고기 떼를 몇 번인가 흘끗 보았다. 전염병이 도시를 황폐화하면서 수면 위의 동물을 샅샅이 찾아냈을지 모르지만, 수중 생물은 계속 살아가고 있다는 사실에서 헉슬리는 한 조각 위안을 얻었다.

그는 우연히 시신 한 구를 보았는데, 몸통을 감싼 붉은 셔츠가 아니었다면 시야에서 놓쳐버릴 뻔했다. 카빈총의 광학 조준경에 눈을 가져다 댔을 때, 철근을 교차시켜 만든 격자판 위에 한 남자가 옆으로 쓰러져 있는 것을 알아보았다. 다리가 폭파되었을 때 죽었군, 그는 판단했다. 아니면 어떤 이유로든 나중에 이곳으로 헤엄쳐 왔을지도 모르지. 시체로 가득 찬 도시에서 목격한 또 하나의 이상한 죽음이었다. 수천, 어쩌면 수백만 개의 이야기가 광대하고 영원히 답을 알 수 없는 공포의 행렬로 이곳을 찾아와 끝을 맞이했을 수 있다. 그는 카빈총을 움직여 조준경으로 다른 곳을 살펴보려다가 아까의 시체에서 뭔가 알아차리고 잠시 멈추었다.

"잠깐." 그가 어깨 너머로 핀천에게 소리쳤다. "확인해야 할 게 있어."

핀천은 키 손잡이에 올려놓은 손을 같은 각도로 유지한 채 고개를 저었다. "그냥 들어갔다가 나올 거라니까."

"중요한 일이야." 헉슬리는 끈질기게 그를 노려보았지만, 돌아온 것은 무심한 시선뿐이었다.

"더 많이 알아낼수록 성공할 확률도 높아질 테니까." 플라스가 말했다. "최소한 제대로 살펴볼 수 있을 만큼만이라도 속도를 늦춰봐."

핀천의 턱이 긴장했지만, 그래도 스로틀을 약간 닫는 데 동의했다. 헉슬리의 관심 대상이 시야에 완전히 들어오자, 핀천은 그들이 시체 가까이로 갈 수 있도록 망설임 없이 배의 동력을 차단했다.

"저건 새로운 거네." 리스가 카빈총의 레이저 포인트를 시체에서 덩굴손처럼 자라 나온 성장물로 보이는 것 위에 올려놓으며 말했다. 시체는 금속 격자에 얼굴이 눌린 채 누워 있었고, 성장물은 목 아랫부분에서 돋아나 있었다. 붉은빛은 시체의 체액이 얼룩져 생겨난 결과라고 하기에는 너무 어두웠다. 반쯤 꼬인 코일 형태로 뻗어나가던 그것은 강철 격자와 만나는 지점에서 갑자기 양분되어 잔가지를 형성하더니 녹슨 금속 격자 주위에 뒤엉킨 뿌리 모양의 덩굴손 그물망을 만들어냈다.

"질병의 일부 증상이 분명해." 플라스가 말했다. "그게 형태를 바꾼다는 걸 우리도 알고 있잖아."

"살아 있을 때는 그렇지." 리스는 자세히 들여다보기 위해 눈을 가늘게 뜨고 몸을 앞으로 기울이면서 말했다. "이건 사후에 생긴 것 같아. 몸에서 자라 나온 지점 주변에 회복의 흔적이나 흉터가 보이지는 않거든."

"이런 증상을 보이는 질병에 관해 아는 바가 있어?" 헉슬리가 그녀에게 물었다.

"일부 병원균은 숙주가 죽은 뒤에도 계속 몸에서 살아가지만, 이건⋯⋯." 그녀는 고개를 저으며 말꼬리를 흐렸다. "만약 같은 감염에 의한 거라고 한다면, 이건 다단계 유기체인 게 분명해. 아마도 번식 과정의 일부일 거야. 질병보다는 기생충에 더 가까울 테고."

"그렇다면 너무 가까이 다가가서는 안 될 것 같은데." 골딩이 말했다.

"우리는 이 도시에 들어온 이후로 계속 이 병원체에 노출됐어. 어쩌면 그 이전부터 그랬는지도 모르지. 이 안개는 진짜 안개가 아니라는 걸 기억하라고."

"그리고 우리는 예방 접종을 했잖아." 핀천이 상기시켰다. "죄송합니다, 의사 선생님. 이 모든 게 흥미진진하고 그렇기는 하지만, 우린 계속 가야만 해."

그는 선외기를 다시 작동시키고 일부가 물에 잠긴 다리의 잔해를 통과해 움직이기 시작했다. "이쯤이면 되겠네." 그가 가장 두껍게 쌓인 잔해의 대략적인 중심부까지, 가파르기는 해도 그럭저럭 기어오를 만한 경사를 제공하는 거대한 콘크리트 덩어리 밑에서 배를 멈추며 말했다. "경찰 아저씨. 역사가 양반. 두 사람 차례야."

"여전히 내가 소모품으로 쓰기에 가장 적당한가?" 헉슬리가
물었다.

"두 번째야." 핀천의 시선이 골딩에게로 옮겨 가더니 거짓임
이 명백해 보이는 사과의 미소를 지었다. "둘이 가면 성공할 확
률도 두 배가 될 테니까. 만에 하나 무슨 일이라도 생기면 우리
가 지원군 기지가 되는 거지."

놀랍게도 골딩은 아무런 이의도 제기하지 않은 채 그저 체념
한 듯 짜증 섞인 한숨을 내쉬더니 카빈총을 챙겨 들고 고무보트
에서 뛰어내릴 준비를 했다. 다리 부상에도 불구하고 그는 헉슬
리가 따라잡을 수 없는 민첩한 몸놀림으로 콘크리트 경사면을
뛰어오르는 묘기를 선보였다. 헉슬리의 시도는 그다지 인상적
이지 않았다. 신발이 경사면에서 미끄러지면서 그는 거의 물속
에 빠질 뻔했지만, 마침 골딩이 든든한 손을 내밀어주었다.

"이걸 어디에 둘까?" 핀천이 표적용 비컨을 던져주자 헉슬리
가 물었다.

"전화에서 말한 것처럼 중앙에 둬." 핀천이 다른 비컨을 들
어 올렸다. "이건 예비용이야. 만에 하나라도 자네들 둘이……
음…… 말 안 해도 알겠지. 측면의 큰 버튼을 두 번 눌러서 활성
화해. 전원이 켜지면 삐 소리가 날 거야. 뭔가로 덮거나 어디 밑
에 넣어두지 말고 공중에서 볼 수 있도록 잔해 위에 올려놓아야
해." 이번에도 싱거운 거짓 미소가 그의 얼굴에 떠올랐다. "서둘

러, 시간 없어."

"저 자식은 이 상황이 아주 재미있나 봐." 골딩이 콘크리트 경사면을 올라가기 시작하며 낮게 중얼거렸다. "나는 여전히 내가 이 일에 자원하지 않았다고 확신하지만, 저 자식은 자원했을 가능성이 커."

그들은 빠르게 꼭대기까지 올랐고, 뒤틀린 날카로운 철근이 들쭉날쭉 박힌 잔해의 좁은 정상을 발견했다. 빠르게 주변을 살펴본 후, 그들은 오른쪽으로 수십 미터쯤 떨어진 좀 더 평평한 잔해 쪽을 향해 갔다. "내 말은." 골딩이 힘겹게 잔해를 헤치고 나아가느라 끙끙대면서 계속 말을 이었다. "기억이 사라지면 그와 관련된 인격도 사라지거나 최소한 변하기라도 할 거라고 생각하겠지들. 하지만 저 군인 녀석은 아직도 여전히 군인이야. 나는 여전히 역사가고. 리스는 여전히 의사지. 자네는 여전히 경찰이고."

"그러면 플라스는?"

골딩은 고개를 살짝 기울이더니 콧방귀를 뀌었다. "솔직히 플라스가 과학자라는 건 다들 아직 확신하지 못하잖아, 안 그래? 아까 저쪽에서 그 불쌍한 놈들을 쏘아댈 때 정말 재미있어하는 눈치더라고."

"자네도 알아차렸군."

"나는 그게 내가 하는 일이라고 생각해. 뭔가를 알아차리는 거. 역사가에게 유용한 특성이지. 탐정의 두뇌를 가진 자네와 약간 비슷하다고나 할까."

그들은 두 개 이상의 콘크리트 덩어리가 함께 부딪쳐 뭉개지면서 좁고 울퉁불퉁한 통로를 만들어낸 곳에 도달했다. 골딩이 앞장섰지만, 몇 걸음 가지 못해 발밑에 있는 것을 보고는 멈춰 서더니 그대로 꼼짝도 하지 않았다. 그의 시선을 따라간 헉슬리는 콘크리트 틈새에서 쭉 뻗어 나와 굳어버린 동물의 앞발 같은 손을 보았다. 그는 가까이 다가가서 어둡게 움푹 팬, 갈라진 콘크리트 틈새를 들여다보았다. 너무 어두워서 손의 주인을 알아볼 수는 없었지만, 손과 손가락의 상태를 보면 감염자인 것이 확실했다. 뼈는 너무 컸고 손가락은 너무 길었으며, 각 손가락은 사악하게 구부러진 갈고리 모양으로 변형돼 있었다.

"마치 발톱을 세우고 지하 세계에서 기어 나오는 악마 같군." 발톱을 살펴보기 위해 고개를 기울인 골딩의 이마에는 사색의 고랑이 패었다. "모든 곳은 지옥이 되리라."

"뭐라고?"

골딩이 어깨를 으쓱했다. "말로*의 작품 어딘가에서 나왔던 대사 중 하나야. '온 세상이 용해되고 모든 피조물이 정화될 때 천국이 아닌 모든 곳은 지옥이 되리라.'"

"이게 그거라고 생각해? 지옥이 현실이 된 거라고?"

"나도 모르겠어. 모두가 고통받고 있다는 건 알지만, 그들이

---

*   16세기 영국의 극작가.

우리 머릿속에 심어놓은 게 뭐든 그걸 의미하는 건 아니야. 내가 누구인지 모른다는 건 그저 혼란스럽기만 한 게 아니라, 고통스러워. 기억이 없다면 우린 대체 뭔데? 아무도 아니야. 아무것도 아니라고. 우린 기원도 없고 어디에도 속하지 않아. 이유가 무엇이든 계속 숨을 쉬고 있다는 사실만 제외하면 우리는 죽은 거나 다름없어. 그냥 고통받게끔 되어 있어. 그거야말로 지옥이 아니면 뭐지? 이유를 모른다는 게 모든 걸 더 악화시켜. 어쩌면 내가 이런 일을 당해도 싼 사람일 수 있어. 내가 몹시 나쁜 사람일 수도 있고 자네도 마찬가지일지 몰라. 이 빌어먹을 악몽이 전부 다 합당한 처벌일 수도 있는 거야. 왜냐하면, 만약 그런 게 아니라면, 우리는 모두 아주 역겨운 게임의 희생자에 불과할 테니까."

헉슬리는 그를 지나쳐 장벽의 다음 부분을 형성하는 높은 철구조물 위로 올라갔다. "우리가 아는 바에 따르면, 난 리스의 말이 맞는다고 생각할 수밖에 없어. 우리는 이 일을 끝내기 위해 파견된 거야." 그가 웅크리고 앉아 골딩에게 손을 내밀었다. "그리고 내가 한 가지 더 확신하는 건 우리는 돌아갈 수 없다는 거지. 이 임무에서 달아날 수 없어. 지금 우리가 지옥에 있는 거라면, 그들은 이 일이 끝날 때까지 우리가 빠져나가지 못하도록 확실히 해뒀을 거야."

"구원." 골딩은 그의 손을 잡고 몸을 끌어 올렸다. "고전적으로는 그게 저주로부터의 유일한 탈출구지. 이 강의 끄트머리에서 우릴 기다리고 있는 게 정말 그거라고 생각해?"

"난 우리 중 누구라도 구원받을 수 있다면 애초에 그 사람은 여기 오게끔 선택되지도 않았을 거라는 생각이 들기 시작했어."

그들은 다리가 붕괴하는 그 혼돈의 상황 속에서도 거의 손상되지 않은 채 살아남아 똑바로 서 있는 주춧돌 위에 비컨을 올려놓았다. "우리가 이걸 활성화하는 순간 그들이 즉시 폭탄을 떨어뜨리지 않으리라는 걸 어떻게 알 수 있지?" 헉슬리의 손가락이 버튼 위를 맴돌자 골딩이 물었다.

"우리가 그럴 정도로 소모품이라고는 생각지 않아." 헉슬리는 버튼을 두 번 누르고는 삐 소리가 나자 뒤로 물러나서 하늘을 올려다보았다. "게다가 비행기 소음도 없어. 아직은 시간이 좀 있는 것 같아."

그들은 지체하지 않고 길을 되돌아가 재빨리 고무보트에 올라 카빈총을 바로 집어 들었다.

"얼마나 걸릴 것 같아?" 헉슬리가 핀천에게 물었다. 군인은 보트를 후진시킨 다음 키를 돌려 180도 회전시키는 중이었다. 놀랍게도 핀천의 얼굴에는 미심쩍음으로 인한 경련이 스쳐 갔고, 턱과 목은 고통으로 긴장했다. "저게 뭔가 떠오르게 한 거야?" 헉슬리는 방아쇠를 손에 더 가깝게 두기 위해 세심한 움직임으로 카빈총을 고쳐 잡았다. 하지만 핀천은 속지 않았다.

"정말 이럴래?" 그가 눈썹을 치켜올리며 살짝 웃었다. "그냥 전에도 이걸 해본 듯한 느낌이 들었지만, 구체적으로 떠오르는 건 없어. 자네 질문에 답하자면, 비컨의 배터리 수명이 꽤 길어서 한 시간이나 그 이상 걸릴 수 있어."

"저거 봐." 보트가 속도를 내기 시작했을 때, 골딩이 말했다. 헉슬리가 돌아봤을 때, 고개를 숙이고 물속을 들여다보는 역사가의 입가에 미소가 번지고 있었다. "또 문어야⋯⋯."

고무보트가 가르는 물살에서 튀어나온 부속지는 촉수가 아니었다. 그것은 부드럽기보다는 단단했고, 좁고 관절 있는 길이를 따라 간격을 두고 울룩불룩했으며, 골딩의 목을 꿰는 데 아무 어려움이 없을 만큼 날카롭고 끝은 살짝 휘어져 있었다. 헉슬리는 역사가를 죽이고 배에서 끌어 내린 그 괴물의 존재보다 그의 피투성이가 된 절망적인 얼굴을 먼저 보았다. 풍덩 소리와 함께 물보라가 튀더니 흐느적거리며 빠르게 사라지는 다리, 그렇게 그는 갔다.

8장

헉슬리와 리스가 동시에 총을 쏘자 고무보트 주위로 높은 물줄기가 솟아올랐다. 총격은 핀천의 외침과 함께 조용해졌다. "탄환 아껴! 이미 죽었어!"

"빌어먹을 문어가 아니야!" 헉슬리는 숨도 쉴 수 없는 무력감으로 헐떡였다. 그는 격렬한 복수욕에 사로잡혀 다시 총을 쏘지 않으면 미칠 지경이었다. 하지만 그동안 받은 뼛속 깊이 각인된 훈련 탓인지 방아쇠울에 놓여 있던 손가락을 이내 거두어 안전장치로 옮겼다.

"강물을 주시해." 핀천이 잔해의 미로 속으로 고무보트를 계속 조종해가며 말했다. "하나가 있다면 더 있을 수도 있으니까."

"그 하나가 뭔데?" 리스가 가까스로 목소리를 낮추어 웅얼대

듯이 물었다.

"극단적인 돌연변이." 플라스가 말했다. 그녀의 목소리에는 헉슬리와 리스가 패닉 상태에서 느낀 두려움 같은 건 없었다. 그녀는 들고 있는 화염방사기의 가스 분사구에 불을 붙이고 안정적인 시선으로 탐색하듯 물 위를 바라봤다. "아까 본 시신의 덩굴 같은 기형하고 비슷해 보이지 않았어?"

"그건 사후에 생긴 거라니까." 리스가 말했다.

"그렇다면 이 질병이 100퍼센트 치명적이지는 않다고 가정하는 게 합리적일 것 같은데." 헉슬리는 플라스의 입이 실룩이는 것을 보고 그녀가 웃음을 참고 있다는 것을 알았다. "당신을 죽이지 않는 게, 당신을 더욱 강하게 만든다."

그는 닥치라고 소리치고 싶었다. 뭐라도 쏘고 싶었다. 그는 골딩이 죽지 않기를 바랐고, 무엇보다 고무보트 선체에 묻어 반짝이는 그 역사가의 핏자국을 닦아버리고 싶었다. 대신 그는 카빈총의 개머리판을 어깨에 더 바짝 당겨 붙이고 물 위를 주시했다. 규율. 훈련. 외상에 대한 저항력. 헉슬리는 자신의 학습된 기술이 더 선천적인 무엇과 결합된 게 분명하다고 생각했다.

다음 공격이 왔을 때 그들은 잔해의 중간쯤에 있었나. 전과 마찬가지로 아무런 경고도 없었다. 다리가 여러 개 달린 생물체가 보트가 지나가는 경로에서 곧장 몸부림치며 폭발하듯 솟구쳐 나왔다. 핀천의 반사 신경이 그들을 구했다. 그의 손이 키 손잡이를 직각으로 꺾어 제때 배를 돌림으로써 사악하게 날카로운 가시가 돋친 팔다리가 위에서부터 그들을 내리찍는 것을 피할 수 있었다.

헉슬리는 빠르게 움직이는 어두운 형체의 모습을 자세히 볼 수 없었다. 하지만 그 기형적인 덩어리 속 어딘가에 있는 입에서 흘러나오는, 거칠고 귀에 거슬리지만, 완전히 인간적인 목소리는 들을 수 있었다. "나쁜 년! 이 거짓말쟁이 망할 년!" 핀천이 넓은 호를 그리며 보트를 운전하자 그것이 요동치며 보트를 쫓았다. 헉슬리는 뾰족뾰족한 그림자 속에서 증오로 이빨을 드러내며 입을 벌린 그것의 얼굴을 흘낏 보았다. "거짓말쟁이 창녀!" 그것이 비명을 지르고 물을 휘저으며 추격을 계속했다. "넌 내게서 모든 걸 빼앗아 갔어……."

헉슬리는 증오로 가득 찬 얼굴을 보았다고 여겨진 위치를 겨냥해 두 발을 발사했다. 그것이 충격으로 몸을 움찔했지만, 불안감에 더 빠른 속도로 보트의 항적을 따라 다가왔다. 헉슬리와 리스는 위치를 바꾸고 다시 총을 쏘았다. 추격자는 탄환의 채찍질에 몸서리쳤지만, 속도를 늦출 기미는 보이지 않았다.

"배를 왼쪽으로 꺾어." 플라스가 단호하고 퉁명스러운 목소리로 말했다. 가늘어진 눈은 감염자에 고정돼 있었다. "그리고 엔진 꺼."

핀천이 눈살을 찌푸렸지만, 그녀의 의도를 알아차린 듯 시키는 대로 했다. 플라스는 보트가 회전하며 속도를 늦추자 한쪽 무릎을 세워 몸을 일으켰다. 감염자는 하얗게 일어나는 거센 물결 속에서 거리를 좁혀오며 여전히 불만을 터뜨렸다.

"죽일 년! 매춘부! 더러운 년……!"

화염방사기에서 뿜어져 나오는 세찬 폭발음이 그 단어들을 익사시켰고, 헉슬리는 열기를 피해 얼굴을 가렸지만, 이어지는 광경에 도저히 눈을 감을 수가 없었다. 플라스의 무기에서 노란색과 주황색 혓바닥이 뿜어져 나와 증기와 불타는 물질의 봉오리로 감염자를 집어삼켜버렸다. 가느다란 팔다리가 경련을 일으키며 할퀴어댔고, 처절한 고통에서 내지르는 선명한 울부짖음은 심지어 그것을 삼키는 맹렬한 불길의 포효 위에서도 들려왔다. 그것이 몸에 붙은 불을 끄려고 잠시 수면 아래로 미끄러져 들어갔지만, 두려움 때문인지 광기 때문인지는 몰라도 곧 물 밖으로 다시 모습을 드러냈다. 플라스는 타오르는 불길을 유지하면서 잔해더미로 허둥지둥 달아나는 감염자를 추적했다. 쌓여 있는 잔해더미에 가느다란 팔다리를 걸치면서, 그것은 말할 수 없는 고통으로 비명을 질러대며 헛되이 지옥에서 기어 나오려 발버둥 쳤다. 마침내 불길이 목구멍을 삼켜버리자 비명이 잦아들었다. 헉슬리는 그것이 물속으로 가라앉아 떠다니는 검게 그을린 폐허의 섬이 되어버리는 동안에도 사신이 여전히 그 모양을 완전히 식별할 수 없다는 사실을 깨달았다. 소비된 연료와 너무 익어버린 고기 냄새가 뒤섞인 악취의 무게로 내장이 뒤틀렸다.

"별로 예의 바른 녀석은 아니었어, 그렇지?" 플라스는 연기

나는 감염자의 시체를 비판적인 시선으로 바라보았다. 다시 자리에 앉은 그녀는 핀천을 향해 나른하게 손을 흔들었다. "집으로, 그리고 전속력으로."

핀천은 탁 트인 곳으로 나오자마자 스로틀을 최대 출력으로 열었지만, 헉슬리는 구명정의 속도가 짜증 날 정도로 느리다는 사실을 알았다. 경비정으로 돌아가는 데 채 15분도 안 걸렸지만, 체감상 몇 시간쯤 걸린 듯했다. 구명정이 그다지 인상적일 것 없는 경로를 꾸준히 나아가는 동안 모두의 눈은 또 다른 공격에 대비해 물 위에 고정되어 있었으나, 플라스는 예외였다. 그녀는 거의 모성애를 연상케 하는 태도로 화염방사기를 품에 안고 평온히 휴식을 취했다.

배로 돌아오자마자 그들은 구명정을 고정용 줄에 다시 연결했고, 즉시 경비정의 엔진이 살아났다. 헉슬리는 배가 180도 회전하며 뱃머리가 무너진 다리에서 멀어지는 동안, 후미 갑판을 가로질러 활주했다. 처음으로 엔진이 최대 출력으로 포효하며 강을 따라 속도를 내자 배의 항적을 따라 두 개의 물줄기가 포물선을 그리며 뿜어져 나왔다. 배는 웨스트민스터 다리의 잔해가 안개 속으로 사라질 때까지 같은 속도를 유지했다.

"이 정도면 될 거야." 엔진의 출력이 바뀌고 배가 다시 한번 선회하자 핀천이 말했다. 그들이 눈으로는 보이지 않는 하늘을 훑어보고, 귀로는 접근하는 비행기 소리를 듣기 위해 애쓰며 기다리는 동안 고요가 그들 위로 내려앉았다.

"어쩌면 우리가 그 소리를 듣지 못할 수도 있어." 핀천이 말했다. "고공 낙하라면……."

동에서 서로 휩쓸고 지나가는 제트기의 신음하듯 쉭쉭거리는 굉음이 그의 말소리를 집어삼켜버렸다. 그들은 아무것도 보지 못했다. 붉은 안개 속에서 그림자 한 조각도 볼 수 없었다. 폭탄이 터지는 순간 핀천이 양손으로 귀를 막는 것을 보고 헉슬리도 따라 했다. 다음에 일어난 일을 단지 폭발이라고 표현하는 건 한심할 정도로 부족했다. 그것은 들린다기보다는 느껴지는 소리였고 감각을 압도할 정도로 광대한 소리였다. 헉슬리는 보이지 않는 사악한 악령의 팔이 자신을 휩쓸고 지나간 느낌에 몸서리쳤다.

폭발의 여파가 상당한 규모로 불어닥치면서 배가 요동쳤고 옅어진 안개 덕분에 주변 환경이 좀 더 드러났다. 헉슬리의 눈은 한 줌이라도 푸른색을 보려는 충동에 즉시 하늘로 향했지만, 그가 본 것이라고는 살짝 옅어진 분홍빛뿐이었고, 곧 붉은 안개가 다시 덮쳐왔다. 귀에서 손을 떼자 빗소리 같은 것이 들렸다. 지금까지 그들의 여정에 없던 또 다른 자연의 요소였다. 그러나 수차례의 철벅임이 그의 눈앞에 드러낸 것은 물 위로 떨어지는 폭발의 잔해들이었다.

마지막 잔해 덩어리가 뱃머리 몇 미터 앞쪽 강으로 첨벙 떨어졌을 때, 보트의 엔진은 여정 내내 들려주었던 안정적이고 특이

할 것 없는 칙칙 소리를 다시 울리기 시작했다. 폭발 현장에 가까이 다가가자, 웨스트민스터 다리의 폐허가 부분적으로 댐을 형성한 것이 분명해 보였다. 폭발로 생긴 틈새로 밀려드는 물살의 힘을 고려해봤을 때 폭발이 방벽에 12미터 너비의 구멍을 뚫어 거품이 이는 수로를 만들었고 덕분에 보트는 흔들리기는 해도 전혀 손상을 입지 않은 채 방벽을 통과할 수 있었다. 배가 비교적 잔잔한 물에 도달하자, 헉슬리는 새로 침수된 국회 의사당 경내를 바라보았다. 남쪽 제방에는 반쯤 물에 잠긴 나무들이 새롭게 밀려드는 거센 물살에 흔들리고 있었다.

"이게 우리의 임무였던 거야? 어떻게 생각해?" 리스가 물음을 던졌다. "도시의 나머지 구역을 침수시키는 거?"

"무슨 목적으로?" 플라스가 말했다. "이미 다 죽어 있는데, 왜 침수까지 시켜야 하지?"

그들은 다음 30분 동안 두 개의 다리 밑을 더 지나갔는데, 둘 다 중간 부분이 파괴되어 있었다. 핀천은 그것이 공습 탓이라고 판단했다. "사람들이 건너는 걸 막으려고 했던 것 같아." 리스가 말했다. "하지만 어느 방향으로?"

"시간이 지나면서 과연 그게 중요하기는 했을지 의심스러워." 핀천이 말했다. "노트북에 있던 여자의 말을 떠올려보면 그들은 도시를 포기하고 M25 고속도로에 방어선을 구축한 것 같거든. 틀림없이 대규모 작전이었을 거야. 성공하려면 수만 명의 병력이 투입되어야 했을 테니까."

"만약 성공하지 못했다면?" 헉슬리가 물었다. "우리가 아는 바에 따르면, 그 지역이 이미 장악되었을 수도 있잖아. 그럼 어떻게 되는 거지?"

"그렇다면 우리는 한 도시가 아니라 전 세계가 지옥으로 변한 세상에 살고 있는 거겠지."

다음번에 만난 다리는 세 가지 이유로 주목할 만했다. 첫째는 그것이 폭격을 피해 전혀 손상되지 않은 채로 남아 있다는 점이었는데, 헉슬리는 언젠가 그 이유를 알게 될지 의심스러웠다. 두 번째 주목할 만한 점은 다리의 디자인이었다. 그것은 그들이 본 첫 번째 현수교로 세 개의 경간과 두 세트의 높은 흰색 기둥으로 이루어져 있었다. 이들은 서로 호를 그리며 연결되는 강철 케이블의 앵커 역할을 하는 동시에 다리의 세 번째 주목할 만한 특징이라 할 지지대 역할도 했다. 50구 이상의 시신이 케이블의 각기 다른 높이에 매달려 미풍에 흔들리고 있었다. 카빈 조준경으로 매달려 있는 시신들을 자세히 살펴본 결과, 헉슬리는 많은 시신에 명백한 감염의 징후가 없다는 것, 감염된 시신은 얼굴이며 팔다리가 심하게 일그러지고 찢겨 있다는 것을 발견했다. 완선히 벌거벗은 시신이 있는가 하면, 완선히 옷을 다 입은 시신도 있었다. 일부는 노인, 일부는 젊은이, 그리고 또 일부는 어린이였다. 몇몇 경우에 사형집행인들은 희생자에 표식을 붙여놓을 필요성을 느낀 모양이었다. 한 노파의 몸에는 **'계급 배신자'** 라고 쓰여 있었고, 왼쪽으로 몇 미터 떨어진 한 아이의 몸에는

'이주자 쓰레기'라는 말이 쓰여 있었다. 죽음만이 그들을 하나로 묶는 유일한 요소처럼 보였다.

"서로에게 등을 돌렸어." 리스가 먹먹한 목소리로 말했다.

"그게 바로 인간이 하는 짓이지." 플라스가 말했다. "상황이 나빠지고 두려움이 다른 모든 걸 압도하는 감정이 되면. 아마 모든 건 감염자를 처치하는 데서 시작했을 거야. 그러다가 감염되었다고 생각되는 사람은 누구라도 죽이기 시작했겠지. 그러고 나서는……." 그녀가 어깨를 으쓱했다. "손에 닿는, 살아 있는 모든 영혼을 죽였을 테고. 그때쯤은 자기들도 모두 감염되어 있었을 테지만, 그 사실은 깨닫지 못했을 거야. 저쪽에 있는 저 어린 소녀를 매달면서도 자기들이 좋은 일을 하고 있다고 생각했을걸."

플라스의 범상한 어조에도 불구하고 헉슬리는 그녀의 얼굴에서 뭔가 새로운 것을 보았다. 혐오감이었다. 자신은 다 알고 있다는 표정. 습관적으로 짓는 게 분명한 표정. 처음으로 그는 이 임무의 진정한 목적에 대한 자신의 판단에 의문을 제기하고픈 충동을 느꼈다. 만약 그녀가 인류를 그런 식으로 혐오한다면, 왜 인류를 구하라고 그녀를 보낸 거지?

그는 플라스에게 던질 질문을 신중하게 생각해보기 시작했다. 이미 문제가 많은 그녀의 성격을 좀 더 드러낼 방법에 뭐가 있을지 궁리했다. 겨우 이틀에 불과한 삶의 이력을 가진 누군가에게서 정보를 끌어내기란 결코 쉬운 일이 아니었다. 본인의 주장대로 플라스에게 정말 건망증이 있다면 어쩌겠어. 그 생각은 그의 경찰 두뇌에서 나온 것이 분명했다. 제2의 천성으로 굳어져버린 직업적 의심의 산물인 것이다. 핀천을 포함해 그들 모두를 통틀어 이제는 플라스가 가장 침착하고 자신에 대해 가장 확신하는 사람으로 보였다. 그러한 확신이, 다른 사람들을 부정하는 깊은 자의식에서 비롯되었다고 생각하는 것이 지나친 망상은 아니었다.

기어와 전자 장비의 윙윙거리는 소리와 함께 체인 건이 활성화되었을 때, 점점 늘어나던 그의 질문 목록은 빠르게 사라졌다.

"뭐야 젠장!" 모두가 조타실 앞 유리창으로 그 엄청난 덩치의 무기를 바라보는 동안 리스는 카빈총으로 손을 뻗었다. 체인 건은 긴 총신을 오른쪽, 왼쪽, 위아래로 움직일 뿐 발사되지는 않았다. 헉슬리는 공이 울리기 전에 팔을 뻗으며 몸을 푸는 권투 선수를 떠올렸다. 계기반 오른쪽의 화면이 켜졌을 때, 모두가 다시 한번 흠칫 놀랐다. 화면이 잠시 깜박이더니 체인 건의 움직임에 맞추어 앞에 있는 강물의 단색 이미지로 바뀌었다. 화면 아래 패널이 옆으로 미끄러지더니 작은 조이스틱과 키패드가 나타났다.

"컨트롤이 활성화됐어." 화면 앞 좌석에 자리 잡고 앉는 핀천의 목소리에는 안도감과 기대감이 섞여 있었다. 그의 손가락이 버튼과 조이스틱을 만지작거리다가 조이스틱을 단단히 움켜잡았다. 그가 조작하는 동안 체인 건이 그에 맞게 각도를 변경했고, 헉슬리는 그 움직임이 로봇식의 덜컥거림 없이 당황스러울 정도로 유연한 것을 발견했다.

"탄약도 가득 차 있어." 핀천은 화면의 수치 판독 값을 손으로 두드렸다. "고속 25밀리미터 포탄이야. 코끼리에게 발사하면 한 마리만 쓰러뜨리는 게 아니라 전체 무리를 다진 고기로 만들어 놓을 수 있어."

"왜 이걸 지금 활성화했을까?" 리스가 물었다.

"왜냐하면." 플라스가 입가에 씁쓸한 미소를 지으며 말했다. "우리 앞에 있는 게 뒤에 남겨두고 온 것보다 훨씬 끔찍할 거라는 거지."

다음 다리가 시야에 들어오자 배는 속도를 늦추기 시작했다. 다리는 앞서 보았던 현수교처럼 온전했지만, 다행히도 매달린 시체는 없었다. 다리의 지지대는 외관상 덜 고무적이었는데, 난 파된 소형 선박의 잔해가 사방을 가로막고 있었기에 다시 한번 폭파해서 길을 뚫어야 할 가능성이 높아 보였다. 가까이 다가가는 동안 헉슬리는 잔해로 뒤덮인 난장판 속에서도 배가 항해해 나갈 틈새가 있음을 알아보고는 안도의 한숨을 내쉬었다. 그 가벼워진 기분은 그의 시선이, 뒤엉킨 배들 사이에서 가장 크고 손상은 가장 덜한 배 한 척을 찾아내자, 곧 증발해버렸다.

"저거 혹시……?" 리스는 눈을 가늘게 뜨고 앞 유리 너머로 난파선을 바라봤다.

"마크 6 라이트급 경비정이야." 핀천이 그녀의 말을 마무리했다. "맞아."

엔진이 멈추고 위성 전화가 울리기 시작했을 때, 헉슬리는 암울한 필연성을 느끼며 수화기를 향해 손을 뻗었다. 그는 전화를 계기반 위에 올려놓고 녹색 버튼을 눌렀다. 그의 인사말은 짧은 투덜거림처럼 나왔다. "헉슬리야."

"사상자가 있습니까?"

"한 명. 골딩이 죽었어."

곧장 답이 돌아왔다. "혼란스러운 생각이나 부당한 공격성의 징후를 보이는 사람은 없습니까?"

"아, 씨발, 골딩이 죽었다고! 무슨 말인지 모르겠어? 빌어먹을 괴물이 물에서 쳐나와 그를 죽였다고! 그를 죽였어!"

"알겠습니다. 질문에 답하십시오. 혼란스러운 생각이나 부당한 공격성의 징후를 보이는 사람은 없습니까?"

헉슬리는 불끈 쥔 주먹으로 전화기 한 면을 받친 채 서 있었고, 분노와 당혹감은 이 가짜 여성 기계를 향해 악의에 찬 말을 좀 더 쏟아내려고 경쟁하는 중이었다. 의미 없잖아. 이건 사람이 아니야. 내가 생각하거나 느끼는 것에 신경 쓰지 않도록 고안된 기계라고. 그렇게 만든 데는 그럴 만한 이유가 있겠지.

"아니." 그는 진정하기 위해 몇 번 숨을 내쉰 후에 말했다.

"배의 센서가 자동 무선 신호를 감지했습니다. 출처가 어디인가요?"

헉슬리는 눈을 들어 앞 유리 너머를 바라보았다. 기울어진 연회색 선박 한 척이 다리 북쪽 기둥에 부딪혀 밀려 올라가 있었다. "앞에 우리가 탄 배와 똑같이 생긴 배가 하나 있어."

"상태를 설명하십시오."

"움직이지 않아. 상태는 온전한 것 같고."

"생명의 징후는?"

"없어."

잠시 침묵이 흐른 후 희미한 일련의 딸깍거림이 이어졌다. "조사하십시오. 추가 무기와 장비를 챙기십시오. 이 임무의 다음 단계에서 필요할 수 있습니다. 조사 임무 완수 후에는 해당 선박을 폭발물로 파괴하십시오."

헉슬리는 다른 사람들을 찬찬히 바라보았다. 플라스가 약간 관심을 보였지만, 핀천과 리스의 얼굴에는 짙은 의혹의 그림자가 드리워 있었다. "생존자를 찾으면 어쩌지?" 그가 물었다.

"사살하십시오."

"저건 누구의 배야?"

"그건 여러분의 임무와 아무 관계가 없습니다. 다른 선박의 자동 무선 신호가 비활성화되면 10분 후에 여러분의 배가 다시 활성화될 것입니다."

전화가 끊어질 때 늘 들려오는 딸깍 소리가 이어지더니 위성 전화가 조용해졌다.

"내가 조언을 좀 하자면." 플라스가 말했다. "C4를 좀 챙겨서 그냥 저 위로 던져버려. 저게 쾅 하고 터지면 우린 계속 갈 수 있는 거니까."

"우리더러 가서 조사하라고 했잖아." 리스가 지적했다.

플라스가 눈썹을 치켜올리며 씩 웃었다. "그런데 난 그딴 거 신경 안 써." 그녀는 돌아서서 승무원실로 가는 사다리로 향했다. "가고 싶으면 가. 그렇지만 나한테 가자고는 하지 마. 오늘 난 내 몫의 장렬한 희생을 치렀거든. 참, 고맙다는 인사는 됐어. 난 낮잠이나 잘래."

그들은 핀천이 체인 건을 조작할 줄 아는 유일한 사람이니 뒤에 남아 있어야 한다고 결정했다. 북쪽과 남쪽 강기슭은 그들이 처음 다리에서 멈췄을 때만 해도 조용했지만, 시간이 지날수록 고통스럽고 망상적인 외침이 안개 저편에서 더 많이 들려왔다. 안개가 너무 짙어서 고함을 질러대는 감염자들의 모습을 볼 수는 없었지만, 양쪽으로 물결이 점점 커지는 것을 보면 군중이 점차 늘어나고 있음을 알 수 있었다. 헉슬리의 눈은, 가시 돋친 창끝처럼 날카로운 팔다리가 강물 깊은 곳에서 다시 솟구쳐 오를지도 모른다는 불안감에 계속 물속을 주시했다.

"머지않아 어마어마한 화력이 필요할지도 몰라." 그는 체인 건 쪽으로 고개를 기울이고 있는 핀천을 향해 말했다.

군인은 다른 경비정에 시선을 고정한 채 마지못해 동의하며 고개를 끄덕였다. "그것도 나쁜 생각은 아닌 것 같아. 플라스가 말한 거. 그냥 폭파해버리고 여기서 벗어나는 거 말이야."

"우린 알아야만 해." 리스가 말했다. "아니, 적어도 나는 알아야겠어. 그들이 누군지. 여기서 무엇을 하고 있었는지."

"그들이 어떻게 여기까지 올 수 있었을지 난 그게 궁금해." 헉슬리가 말했다. "내 말은, 웨스트민스터 다리가 강을 막고 있었잖아."

"좀 뻔하지 않아, 경찰 아저씨?" 핀천이 은근히 비웃는 듯한 미소를 지어 보였다. "그들이 왔을 때는 다리가 무너지지 않았겠지. 그건 그들이 이곳에 꽤 오래 있었다는 의미이기도 해." 그의 미소는 뭔가 다른 생각이 떠올랐는지 옅어졌다. "아니면 위성 전화 속 인간들이 배의 퇴로를 차단하기 위해 다리를 무너뜨렸을 수도 있고."

그는 기폭 장치와 타이머 스위치가 있는 C4 블록 네 개를 준비했다. "기관실에 하나." 그가 마지막 블록을 팩에 넣어서 헉슬리에게 건네며 지시했다. "선수에 하나, 하나는 승무원실, 나머지 하나는 계기반. 그렇게 해도 무선 신호기가 파괴되지 않으면, 그게 어디에 처박혀 있든 없애버릴 방법은 없을 거야."

헉슬리는 구명보트의 선외기를 담당했고 리스는 뱃머리에 앉아서 카빈총으로 다른 경비정을 겨냥했다. "당신도 그 생각 하고 있다는 거 알아." 절반 정도 거리를 이동해갔을 때, 그녀가 말했다.

"내가 뭘 생각하는데?"

"플라스. 이제 예전의 그녀가 아니야."

"그건 우리 모두에게 해당되는 말일걸."

"내 말은 그런 뜻이 아닌 거 알잖아." 그녀가 단단한 의지의 표정으로 헉슬리를 돌아봤다. "플라스를 사살해야 해."

"그녀가 감염됐다고 생각해?"

"아마도. 아니면 원래도 늘 이런 식이었는데, 어떤 특정 심리 상태가 다시 드러나고 있는지도 모르지. 만약 플라스가 사이코패스 테스트에서 90퍼센트 미만의 점수를 받는다면 난 아마 놀라 자빠질 거야. 한마디로 미친년이고, 그래서 나머지 우리에게 위험인물이야."

"증거가 거의 없는 상태에서 내리기에는 꽤 중요한 진단 같은데. 플라스가 매력이나 호감도 같은 걸로 상 탈 일은 없을 거야, 물론. 게다가 확실히 잔인한 성향이긴 해. 그렇다고 사이코패스가 되는 건 아니야."

리스가 다시 한번 그를 흘낏 바라봤고, 이번 시선은 전보다 더 이글거렸다. "생존 상황에서는 가능성이 아무리 희박할지라도 이용 가능한 데이터를 바탕으로 생사를 판단할 수밖에 없어. 내가 여기서 반드시 살아남을 거라고 말한 적이 있잖아. 그 이유도 말했고."

그녀의 딸. 어쩌면 쉽게 아들이 될 수도 있는 딸. 자신이 세상으로 데려온 것은 알지만 이름도 얼굴도 기억하지 못하는 아이. 바로 그때 헉슬리는 리스가 그 아이의 미래를 보장해야 한다는 강렬하고도 절박한 욕구에 이끌려 이 임무에 자원했음을 완전히 확신할 수 있었다. 지금 그녀의 결심에 기름을 부은 것도, 플라스를 죽이고 싶어지게 된 것도 바로 같은 욕구였다.

"사이코패스도 여전히 유용할 수 있어." 그는 고무보트가 다른 경비정의 후미 갑판에 닿자 선외기의 스로틀을 닫으며 지적했다. "플라스가 오늘 그걸 증명했잖아."

"해야만 했기 때문에 한 거야. 걔는 근본적으로 다른 사람의 안녕에 관심을 둘 수가 없어. 자신의 생존에 필요하다고 생각하면, 순식간에 우리를 배신할 거야."

"우린 갈수록 인원이 부족해. 당신도 알고 있잖아." 그는 카빈총을 들어 올려 개머리판이 어깨에 닿도록 위치를 조정했다. 리스는 꼼짝도 하지 않고 그의 눈을 빤히 바라봤다. "그래야 할 때가 오면." 리스의 시선이 불편할 정도로 오랫동안 머물러 있자 그가 말했다. "나도 망설이지 않을게. 하지만 나는 노골적으로 살인할 준비는 안 됐어."

리스는 마지못해 동의하듯 인상을 찌푸리고는 몸을 똑바로 세운 채 경비정의 조타실에 카빈총을 겨누었다. 배는 교량 아래 어둠 속에 반쯤 가려져 있었고, 헉슬리는 제어판 디스플레이의 흐릿한 광택을 알아봤지만, 동력의 흔적은 없었다. 리스는 고무보트에서 경비정 후미 갑판으로 올라가 무릎을 꿇고 손전등을 작동하면서 한 손으로는 계속 카빈총을 조준했다.

"똑똑!" 그녀가 소리쳤다. "옆집에 사는 리스와 헉슬리예요.

체리 파이 좀 가져왔어요. 집 꾸며놓으신 거 정말 마음에 드네요."

헉슬리가 리스 옆으로 몸을 움직이는 동안에도 아무 대답이 없었다. 그들이 들고 있는 두 개의 손전등 빛이 조타실 앞 유리에 닿아 깨진 유리 조각을 반사하며 조타실 내부를 비추었다. "총격 때문일 거야." 헉슬리가 판단했다.

"그것도 엄청난 총격." 리스는 일어나서 LED 빛을 좌우로 움직이며 조타실로 이동했다. "사방이 다 그래. 여기에서 총력전을 벌인 것 같아."

"시신은?"

그녀는 고개를 저으며 손전등 빛을 낮춰 이미 비워진 수많은 탄약통 상자들을 비추었다. 그것들은 고무 재질 바닥 판을 장식한 짙은 얼룩의 광범위하고 추상적인 패턴 위에 흩어져 있었다. "다 마르긴 했지만, 출혈이 있었던 건 확실해. 여기서 누군가가 죽었다는 뜻이지."

헉슬리는 계기반 쪽으로 가, 그것이 그들 배에 있는 계기반과 완전히 대조됨을 알아차렸다. 그들 배의 특징이었던 봉인된 장치 같은 건 없었다. 대신 버튼과 제어 패널이 많았는데, 오른쪽에는 보트의 방향타와 엔진을 제어하는 것으로 추정되는 큰 조이스틱 하나와 레버들이 있었다.

"이 사람들은 완전한 통제권을 가지고 있었어." 그는 말했다. "위성 전화도 보이지 않아. 엔진이 시동 걸릴 때까지 기다릴 필요도 없었다는 거지."

"그렇다면 자기들이 뭘 하고 있는지 알았다는 거네. 자신이 누군지도 알았고."

"그럴지도 몰라. 어느 쪽이든 간에 우리보다는 훨씬 더 많은 걸 알고 있었을 거야." 그는 사다리를 향해 고개를 끄덕였다. "승무원실. 내가 앞장서지."

"성차별주의자." 리스는 전혀 이의가 없다는 어조로 말하고는 그가 카빈총을 등 뒤로 두르고 권총을 뽑는 동안 옆으로 물러나 있었다. 그는 손전등을 고리에서 풀어 총을 쥔 손과 엇갈려 나란히 잡았다. 손전등 빛이 승무원실 사다리에 더 많은 얼룩이 묻어 있는 것을 드러냈지만, 아래쪽 갑판은 깨끗했다. 헉슬리는 몸을 낮게 웅크린 채 한 걸음 아래로 내디딜 때마다 멈춰, 손전등 빛을 너무 급하게 휘두르지 않으려 애썼다. 시신은 쉽게 찾을 수 있었고, 그중 두 구는 침상 사이의 좁은 통로 양쪽에 쓰러져 있었다.

그는 사다리 밑에 멈춰 손전등으로 선실 안을 샅샅이 훑어보다가 핏자국과 쓰레기가 흩어져 있는 것을 발견했다. 빈 배급팩이 여러 대의 스마트폰과 함께 갑판에 어지러이 널려 있었다. "이상 없음." 그가 리스에게 말하며 손전등 빛을 시신 쪽으로 움직였다. "조사할 게 좀 있어."

두 구의 시신, 남자 하나와 여자 하나가 헉슬리와 마찬가지로 패턴 없는 군복을 입고 있었다. 시신은 괴사가 시작되어 어둡고 얼룩덜룩하게 변한 살점 속으로 부패의 덩굴손이 기어 다니고 있었다. 남자는 가슴 중앙에 검은 얼룩이 있었고, 여자는 이마에 동전 크기만 한 구멍이 있고 두개골 뒤쪽에는 더 큰 구멍이 있었으며, 그 뒤쪽 벽은 두개골을 뚫고 폭발한 물질로 검게 변해 있었다. 여자의 무릎 위에 놓인, 잿빛으로 뻣뻣하게 굳은 손에는 권총 한 자루가 놓여 있었다.

"살인, 자살." 헉슬리가 추론하자 리스는 기운 빠진 시선을 던졌다. 그는 리스가, 시신들을 대충 살펴보기 전에 '셜록 납셨네' 같은 농담을 안 던진 것에 감사했다.

"둘 다 30대야." 리스가 여자의 머리를 이쪽저쪽으로 움직여 보며 말했다. 헉슬리는 말라붙은 근육 조직이 삐걱거리고 갈리는 소리에 혐오감을 느끼며 몸이 떨려오는 것을 참아냈다. "사후강직이 일어났다가 사라졌으니까 죽은 지 꽤 됐다는 의미야." 리스가 두 시신을 비평적인 시선으로 바라보며 말을 이었다. "부패가 더 진행됐으리라 예상했는데, 어쩌면 감염이 그 과정을 늦춰놓았을 수 있어. 둘 다 감염됐잖아, 보이지?" 그녀는 기형을 지적하기 위해 여자의 턱선을 따라 손가락을 움직였다. 여자의 턱 근처에는 코뿔소 뿔을 닮은 작은 돌기가 살에서 툭 튀어나와 있었다. "이 사람은 척추 꼭대기에서 돌기가 자라고 있어." 그녀는 죽은 남자 쪽으로 고갯짓하며 덧붙였다.

"이 사람들 흉터는 우리 것과 달라." 헉슬리는 손전등 빛을 여자의 면도한 두개골 쪽으로 더 가까이 움직여 귀 위쪽에 봉합된

2.5센티미터짜리 절개 부위를 비추었다.

"더 작아." 리스가 동의했다. "덜 침습적인 절차로 진행했던 것 같아." 그녀는 서로 뭉치고 군데군데 살에 달라붙은 여자의 조끼를 칼로 잘라내야 했다. "신장 위쪽에는 흉터가 없어. 그건 우릴 위해 아껴뒀나 봐."

"그렇다면 이름은?"

리스는 손전등으로 여자의 팔뚝을 비추었다. 살점이 여기저기 변색된 탓에 알아보기가 쉽지 않았지만, 리스는 눈을 가늘게 뜨고 문신을 해독했다. "칼로." 남자의 것은 좀 더 알아보기 쉬웠는데, 리스는 피가 그의 팔이 아닌 양손에 응고되어 있기 때문이라고 설명했다. "터너."

"프리다 칼로와 J. M. W. 터너." 헉슬리가 말했다. "화가들이군. 이건 예술가들의 배였던 것 같네. 하지만 단지 두 명이었을까?"

"그럴 리 없지." 리스는 천장 쪽으로 고개를 획 쳐들었다. "총격전은 내부에서 벌어졌어. 내 생각엔 감염이 발생했을 때 그들이 다른 사람들을 죽였던 것 같아. 총격이 끝난 후에는 시체들을 강으로 던져버렸을 테고……." 그녀는 손으로 양쪽을 가리켰다. "자기들이 임무를 완수할 수 없으리라는 걸 깨달았을 때 이러기로 결정했을 거야."

헉슬리는 갑판 여기저기 널려 있는 스마트폰으로 시선을 돌렸다. "강 하류의 난파선들에서 주워 모은 게 틀림없어." 헉슬리는 가장 가까운 데 있는 전화기를 집어 들고 전원 버튼을 눌렀지만, 작동되지 않았다. 그것을 옆으로 던져두고 몇 대 더 시도해봤지만, 결과는 같았다. "소용없어. 만약 이들이 뭔가 알아낸 게 있다고 해도 그건 이들과 함께 죽었어."

"여기에 뭔가 있을 거야." 리스는 몸을 일으켜서 바닥에 있는 물품 보관함 쪽으로 이동했다. "이 사람들은 우리만큼 많은 장비를 갖고 있지는 않았을 거야. 아니면 여기까지 오는 동안 다 써버렸든가." 그녀가 무릎을 꿇고 보관함을 뒤지는 동안 헉슬리는 기관실로 이동했다. 그리고 몇 분 동안 여러 기계를 비춰보았지만 아무 결실도 없었다. 다이얼은 전부 작동하지 않았고 화면도 꺼져 있었다. 리스가 무언의 탄성을 내질렀을 때, 총을 든 그의 손이 무의식적으로 움찔하면서 손가락이 움직였지만, 몸에 밴 훈련이 방아쇠로 움직이는 손을 다시 한번 멈추게 했다.

"무슨 일이야?" 그가 소리쳤다.

"이자들이 우리에게 뭔가를 남겼어." 그녀의 복소리는 시리얼 상자에서 장난감을 찾아낸 아이처럼 놀랄 만큼 쾌활했다.

승무원실로 다시 돌아가던 헉슬리는 손전등 불빛이 터너의 시신 뒤쪽 벽에 휘갈겨 쓰인 흔적에 가 닿았을 때 멈춰 섰다. 처음에는 길게 짓이겨진 터너의 핏자국이 시커면 오물처럼 말라버린 것처럼 보였지만, 한참 쳐다보니 단어를 형성하고 있음을 알 수 있었다. 칼로가 터너를 쏜 다음 이어서 자기 머리를 날려버리기 전에 터너의 피로 무언가를 써놓은 거야. 그는 쪼그려 앉아 글자 위로 손전등을 비추며 피로 눌러쓴 글자를 입으로 소리 내보았다. 글자들은 아주 불규칙했고, 간신히 알아볼 수 있는 대문자였다. 'ANTIBODY*.' 다음에 이어지는 짧고 의미 없는 얼룩을 그는 일종의 구두점으로 이해했고, 다음에는 숫자가 하나 나왔으며 또 다른 미완성의 단어가 뒤따랐다. '5 FAILU.'

다섯 명의 실패? 그는 어림짐작했다. 그들은 다섯 명이었지만, 우리는 총 일곱 명이 이 강을 항해했다. 성공 가능성을 높이길 원했던 걸까, 아니면 그냥 표본의 크기를 좀 더 늘리고 싶었던 걸까?

"헉슬리." 리스가 짜증스럽게 불렀다. 그는 이 소름 끼치는 낙서에 관해 그녀에게 말하려다가 그만두었다. 이유는 알 수 없었지만, 어떤 본능이 그에게 아무 말도 하지 말라고 분명히 주장하고 있었다. 이것 역시 경찰의 두뇌가 지시하는 걸 거야. 그는 자책감을 억누르며 결론 내렸다. 나중에 유용할 수도 있는 정보는 숨겨라.

"뭘 찾았어?" 그는 리스 옆으로 다가가며 물었다.

"이번에는 유용한 거야." 그녀는 사물함 안으로 팔을 뻗어 아주 튼튼한 데스크톱 프린터만 한 물체의 목 부분을 움켜잡았지만, 혼자 힘으로 들어 올리기에는 역부족인 것으로 미루어보아 상당히 무거운 물체 같았다. "아, 젠장." 그녀가 투덜거렸다. "도

---

*   '항체'라는 뜻.

와주지 마. 나 혼자서도 할 수 있어."

"이게 뭐야?" 헉슬리는 물체의 넓은 바닥을 잡고 리스와 함께 갑판 위로 들어 올렸다. 그는 쌍안경과 평판 스캐너가 정교하게 결합된 듯 보이는 장치를 손전등으로 비춰보았다.

"내 추측이 틀리지 않는다면." 리스는 장비의 큼지막한 윗부분을 손으로 쓰다듬었다. "이건 현미경 분광 광도계야." 그의 멍한 표정을 보고 그녀가 자세히 설명했다. "하나의 장치에 현미경과 분광기가 같이 있는 거야. 마이크로 수준의 샘플을 이미지화할 수 있을 뿐 아니라, 샘플이 무엇으로 만들어졌는지도 알려줄 수 있지." 그녀는 본체 아래쪽의 스위치를 켰고 녹색 불이 들어오자 만족스러운 미소를 지었다. "완벽하게 기능하는 자체 동력원이 있는 것 같아."

"사용법을 알아?"

"물론 알지."

"좋아." 그는 어깨 너머로 시신들을 흘끗 바라보았다. 벽에 칠해진 단어는 그림자에 가려 보이지 않았다. 항체. "이걸 구명정으로 옮기자. 그러고 나서 뭔가 쓸 만한 게 더 있는지 찾아……."

밖에서 들리는 폭발음이 너무 커서, 처음에 헉슬리는 다른 제트기가 폭격 임무를 수행하려고 굉음을 울리며 돌아온 줄 알았다. 소리가 잠시 멈추었다가 다시 요란하게 울리기 시작했을 때, 그것이 제트기 소음이 아니라는 것을 깨달았다. 그 불협화음은 대형 드릴 소리를 떠올리게 하면서도 훨씬 빨랐고, 공기가 격렬하게 이동할 때 들리는 고음의 비명을 동반했다.

"체인 건." 그가 일어서며 말했다. "갈 때가 됐어."

리스는 끙끙대며 현미경을 들어 올리려 했지만, 갑판에서 끌어 내리는 것도 불가능해 보였다. "이걸 두고 갈 수는 없어."

헉슬리는 욕설을 내뱉고 싶은 심정을 억눌렀다. 체인 건이 잠시 멈추더니 다시 비명을 질러대는 소리가 들렸고, 무언가 보트 지붕에 부딪히며 쿵 하는 소리가 났다. 어깨를 밀쳐 배낭을 내린 그는 C4 블록 하나를 꺼내 타이머를 5분으로 설정했다가 다시 생각해보고는 4분으로 줄여놓았다.

"이 정도면 되겠지." 그는 이렇게 말하며, 블록을 다시 배낭에 집어넣고 기관실 해치 위에 놔두기 위해 서둘렀다. 사다리에 아무도 없는지 확인했다. 아무것도 보이지 않았지만, 일단은 체인 건이 조용해졌다는 사실에 안도했다. 그는 리스와 함께 전리품을 사다리 위로 힘들게 끌어 올려 조타실까지 옮겨 갔다. 그들이 사다리 꼭대기에 도달했을 때 체인 건이 다시 비명을 질러대기 시작했다. 머리 위에서 쿵쿵거리는 소리가 들려왔고, 그 충격으로 배가 흔들렸다. 헉슬리는 축축하고 묵직한 무언가가 앞 유리로 미끄러져 내려가는 것을 언뜻 보았지만, 더 자세히 살펴보기 위해 지체하진 않았다.

두 사람이 후미 갑판으로 나가자 수평으로 치는 번개처럼 보이는 것이 제일 먼저 그들을 맞이했다. 몸을 숙이자 체인 건의 비명이 귀를 두드려댔다. 헉슬리는 고개를 들어 실선으로 늘어선 거대한 반딧불이 떼가 머리 위에서 윙윙거리는 것을 보았다. 추적탄이야. 다리로 향하는 그 빛의 띠를 눈으로 좇으며 그는 깨달았다. 처음에 붉은 폭죽으로 피어오르던 그것은 어두운 장애물을 만나자 진홍색 흔적을 남기며 앞뒤로 움직였다. 그 폭죽 중 하나가 갑판 위에 연기 나는 덩어리, 기형의 팔뚝 하나를 떨어뜨렸을 때에야 비로소 헉슬리는 눈앞에 펼쳐지는 위험의 본질을 이해했다.

체인 건이 다시 한번 조용해지자 그는 배 쪽을 바라보았다. 체인 건 배럴에서 가느다란 회색 증기가 피어오르는 것이 보였다. 조타실 유리 뒤에서 핀천이 다급하게 손 흔드는 것을 본 것 같았지만, 확신할 수 없었다. 배 뒤편에서 탕탕 소리가 꾸준히 반복해서 들려오고, 플라스의 카빈 총구에서 나오는 섬광이 보였는데, 그녀는 북쪽 강기슭에 있는 무언가를 향해 조준 사격을 하고 있었다.

위에서 집단으로 으르렁거리는 소리에 그는 나리 쪽으로 다시 시선을 돌렸다. 피로 얼룩진 다리 난간은 부분적으로 찢기고 절단된 감염자들의 시체로 장식돼 있었다. 으르렁거리는 소리의 근원을 볼 수는 없었지만, 체인 건의 공격에서도 살아남고 아직은 피신할 수 있을 만큼 이성을 지닌 감염자들이 내는 소리로 추측되었다. 소음의 규모는 그들의 숫자가 많다는 것을 뜻했다. 앞서 마주쳤던 다른 감염자들의 말은 어느 정도 알아들을 수 있었지만, 지금 들리는 소음은 정말이지 지옥의 소리이자 이해할 수 없는 웅얼거림에 불과했다. 리듬감 있는 울부짖음이 구슬픈 통곡과 격앙된 포효와 겹쳐, 그가 어떤 동물 무리도 그렇게 추악한 소리를 내지 않는다고 확신하지만 않았더라면, 야수적이라고 묘사할 법한 합창곡을 만들어내고 있었다.

뒤틀린 시체 한 구가 다리에서 굴러떨어져 조타실 지붕에 부딪혔고, 그 여파로 배가 흔들렸다. 뒤이어 시체들이 계속 떨어졌다. 헉슬리는 배 바로 위 난간 너머로 시체들이 밀려 떨어지는 모습을 바라보았다. 일부 시체는 멀쩡했지만, 대부분은 그렇지 않았다. 사지가 절단된 시체, 머리가 잘린 시체 등이 점점 커지는 폭포를 형성했다.

"저것들이 우리를 가라앉히려는 거야." 리스가 말했다.

플라스의 카빈총이 빠르게 발사되는 소리가 헉슬리의 주의를 다시 배로 돌려놓았다. 4분, 그는 몸을 구부려 현미경 장치를 들어 올려 고무보트 있는 곳으로 끌고 가며 상기했다. 이제 거의 2분이야.

고무보트는 현미경의 만만찮은 무게에도 가라앉지 않도록 고안되었지만, 리스가 밧줄을 던지고 나서 헉슬리가 선외기로 팔을 뻗기 전 그녀의 팔에 장치를 내려놓자 위험할 정도로 기우뚱거렸다. 플라스의 카빈총에서 빗나간 탄환에 맞을 위험을 감수하고 싶지는 않았기에 그는 경비정의 좌현 쪽으로 방향을 틀었고, 그들이 뱃머리를 통과하자마자 체인 건이 다시 불길을 내뿜었다. 아까와 달리 쇼트 버스트로 발사되고 있었고, 헉슬리가 뒤

돌아보니 추적탄이 고동치듯 번쩍거렸다. 감염자들이 계속 고개를 숙이게끔 할 목적으로 다리 위쪽을 겨냥해 쏘고 있었다. 하지만 별다른 효과는 없어 보였고, 찢긴 시체 조각이 폭포수처럼 쉼 없이 쏟아져 내렸다. 다른 경비정은 추가된 무게 탓에 점점 급경사로 기울어, 다리 기둥에서 멀어졌고 선미로 물이 넘쳤다.

"새 장난감이야?" 두 사람이 고무보트를 묶고 선미 갑판에 현미경 장치를 끌어 올리는 동안 플라스가 두 사람은 쳐다보지도 않고 물었다. 그녀는 대답도 기다리지 않고 몸을 돌려 총을 쏘았고, 헉슬리는 몸을 일으켜 무엇을 향해 쏘는지 보았다. 우현쪽 수면을 교란하는 잔물결이 상당히 심해졌고, 그는 안개 속에서 수많은 실루엣을 보았다. 다리 위의 감염자들처럼 이 무리도 기괴한 노래 같은 소리를 냈는데, 역시 불협화음이었지만 격앙된 공격성을 내뿜었다.

"한둘이 이따금 앞으로 돌진해 나와." 플라스가 말했다. 저 너머 안개 속에서 첨벙 소리와 함께 물이 튀자 그녀는 빠르게 탄환 두 발을 쏘았다. "봤지? 갈수록 대담해지는 것 같아. 핀천이 체인 건으로 쏘아대면 좋을 텐데, 배의 각도를 바꿀 수가 없으니."

"얼마나 남았어?" 핀천이 조타실에서 소리쳐 물었다.

리스가 플라스를 돕기 위해 카빈총을 들어 올리는 것을 뒤로 하고 헉슬리는 조타실 앞으로 가서 앞 유리를 통해 다른 경비정을 바라보았다. 이제 배는 위에서 날아오는 소름 끼치는 발사체들의 무게에 짓눌려 선미 일부가 물에 잠긴 채 다리 중앙을 향해 더 움직여가는 중이었다.

"시간을 4분으로 설정했어." 그가 핀천에게 말했다. "곧 터질 거야."

핀천의 얼굴이 실망으로 굳어졌고, 조이스틱을 잡은 손에 힘이 들어가더니 다리 위쪽을 쓸어버릴 작정으로 다시 체인 건을 발사하기 시작했다. 헉슬리는 다른 경비정에 집중하며 60초를 세었는데 아무 일도 일어나지 않자 자책의 한숨을 쉬었다. "아무래도 타이머를 제대로 설정하지 않았나 봐."

"아주 훌륭해." 핀천의 턱은 아주 결정적이고 모욕적인 욕설을 한바탕 뱉어내고 싶은 것을 애써 억제하듯 움찔거렸다. "배가 가라앉으면 무선 신호도 멈추기를 기도할 수밖에. 물은 꽤 뛰어난 전파 차단제니까. 하지만 강이 얼마나 깊은지는 잘 모르겠네."

헉슬리는 또 다른 살덩어리들이 배 위로 곤두박질치며 떨어지고, 핀천이 다시 쇼트 버스트로 추적탄을 발사하자 감염자들이 몸을 숙이는 모습을 지켜보았다. "이대로 가다가는 탄약도 곧 바닥날 거야."

"저들이 왜 배를 침몰시키려고 저렇게 애쓰는지 이해할 수가 없어." 헉슬리가 말했다. "내 말은, 지금 다 미친 거잖아, 안 그래? 감염이 그렇게 만든 거라고. 하지만 이건 집단적인 노력이야……."

그의 추측은 배가 순식간에 강물에 휩쓸려 사라지면서 중단됐다. 폭발음이 그들을 집어삼켜버릴 정도로 가까웠고, 헉슬리와 핀천이 손으로 귀를 막고 몸을 숙이는 동안 앞 유리에는 거미줄 같은 균열이 나타났다. 폭발의 여파로 그들이 탄 배도 흔들리고 솟아오르기는 했지만, 곧 자세를 바로잡더니 앞으로 움직이기 시작했다. 헉슬리는 귀의 울림이 잦아들고 나서야 엔진이 다시 활성화되었다는 사실을 깨달았다.

다리의 그림자가 그들을 휩쓸고 지나는 동안, 헉슬리는 후미갑판으로 가 플라스가 감염자들에게 작별의 탄환을 몇 발 더 선사하는 것을 발견했다. 눈 깜짝할 사이에 안개가 다시 주위를 에워싸 자세히 보이지 않았지만, 그는 다리 경간에 수많은 기형적 몸뚱어리가 모여 있으며 집단적이고 지옥 같은 합창이 엔진의 굉음에 묻혀 흐려지고 있음을 어렴풋이 감지했다.

아래를 내려다보니 리스가 그들의 보물을 자세히 살펴보면서 이런저런 손잡이와 스위치를 손으로 조심스럽게 만지작거리고 있었다. "젠장." 그녀가 눈썹을 치켜뜨고 그를 흘낏 올려다보며 말했다. "그 많은 피와 내장이 있었는데, 조직 샘플 채취할 생각을 못 했다니."

9장

그들이 다리에서 얼마 멀어지지 않았을 때 위성 전화가 울렸다. 처음으로 헉슬리는 그것을 무시하고 싶은 충동을 느꼈다. 보이지 않는 그들의 고문자들이 엔진을 비활성화하기까지 얼마나 오랜 시간이 걸리든 간에 그냥 전화가 울리도록 내버려두고 싶었다. 핀천은 헉슬리의 기분을 알아차렸는지 유감이라는 듯 살짝 인상을 찌푸리며 녹색 버튼 쪽으로 손을 뻗었다. "선택의 여지가 없어. 자네도 알잖아."

"사상자가 있습니까?" 전화 목소리는 예의 그 감정 없는 말투로 물었다.

헉슬리는 다시 한번 기억의 고통이 밀려오자 손으로 머리를 쓰다듬었다. 아마도 예전에 대기 상황과 관련해서 뭔가 안 좋은 경험을 했을지도 모르겠다는 생각이 들었다. "아니."

"혼란스러운 생각이나 부당한 공격성의 징후를 보이는 사람은 없습니까?"

"없어."

"다른 배의 상태를 설명해주십시오."

"소형 무기 사격으로 인한 광범위한 내부 손상. 생존자는 없어. 시신은 두 구. 칼로와 터너. 살인과 자살. 둘 다 감염되었어."

"여러분의 임무에 이익이 되거나 가치 있는 무언가를 가지고 왔습니까?"

그의 눈은 의자 중 하나에 묶어놓은 현미경 쪽으로 획 돌아갔다. "아니, 그럴 만한 시간이 없었어." 이 거짓말에 대해 그는 다른 사람들과 사전에 논의하지 않았지만, 아무도 이의를 제기하지 않았다. "감염자들이 떼로 나타났어. 우리의 등장을 매우 못마땅해하는 것처럼 보이던데. 실제로 우리를 막으려고 한통속이 돼서 움직였어. 혹시 왜 그런지 알아?"

대답 같은 건 아예 기대하지도 않았기에, 뒤따른 설명의 분량과 세부 사항은 상당히 놀라웠다. "대부분 감염자는 망상에 사로잡혀 감염 4주 이내에 죽음을 맞이하지만, 일부는 그렇지 않습니다. 계속해서 독립적으로 행동하는 감염자들이 있는가 하면, 일부는 계층적이고 약탈적인 특성을 보이는 무리를 형성하기도 합니다. 모두가 영역 침해로 인식되는 것에는 매우 격렬히 공격적으로 대응합니다."

"그렇게 한다는 건 그들이 완전히 미치지는 않았다는 거잖아. 일부는 여전히 생각도 하고 의사소통도 할 수 있었어."

짧은 침묵, 한 번의 딸깍 소리. "여러분의 공감은 부적절하며 이 임무의 성공과 관련이 없습니다."

"당신들의 임무겠지."

"또한 여러분의 것이기도 합니다. 여러분의 참여는 전적으로 자발적이었습니다."

"그렇다는 거군. 하지만 우린 그게 사실인지 알아낼 방법이 없어."

또 한 번의 딸깍 소리. "이 점에 대해 더 이상 논의하는 것은 무의미합니다. 현재 배는 깊은 수역으로 접근 중입니다. 그곳에서 배는 밤 동안 비활성화 상태로 대기할 예정입니다. 여러분도 휴식을 취하되 보안을 위해 경계를 유지하라는 지시가 내려왔습니다. 새벽에 배가 재가동되고 추가 지침이 내려올 겁니다."

"알았어." 익숙한 딸깍 소리에 이어 침묵이 뒤따르자 헉슬리가 중얼거렸다. "너도 엿 먹으시지."

"이건 복합 유기 화합물이야." 리스가 현미경의 접안렌즈에서 뒤로 물러나 입술을 오므렸다. 다른 샘플이 없었기에 그들은 여분의 피하주사기 두 개 중 하나의 내용물을 테스트하기로 했다. 리스는 핀천이 주변 해역을 감시하는 조타실 해치 가까이에 수납 상자 하나를 뒤집어놓고 그 위에 장치를 올려놓았다. 현미경

바닥에는 슬라이드와 주사기 외에도 기타 유용한 도구로 채워진 서랍 부분이 있었다.

위성 전화가 끊기고 한 시간이 지난 후 배는 약속된 정지 상태에 이르렀고, 그 후 엔진은 정박 상태를 유지하기 위해 간헐적으로 우르르거렸다. 이제 안개 너머의 풍경은 전혀 볼 수 없었다. 밤의 어스름 속에서 그들은 파괴되고 범람한 도시가 아니라 광활하고 끝없는 바다 한가운데 떠 있는 인상을 받았다. 안개 사이로 멀리서 울부짖는 소리가 들렸지만, 다리에서 그들을 공격했던 연합한 무리의 불협화음은 아니었다.

"보시다시피 다양한 요소가 길게 나열되어 있어." 리스는 현미경에 부착된 작은 접이식 화면을 가리켰고, 거기에는 현미경 하단부에 꽂아둔 슬라이드의 내용물이 표시되어 있었다. 헉슬리의 눈에 그것은 단지 화학 기호와 숫자가 겹친 분홍색과 회색 얼룩에 지나지 않았다. 리스는 자신도 생화학 지식은 부족하다고 방어하듯 말했지만, 그 내용을 읽어내는 데는 별다른 어려움이 없는 듯했다.

"하지만 이건 별로 놀라운 게 아니야." 그녀가 말을 이었다. "정말 중요한 건 이 성분들이 모여서 무얼 이루느냐지."

"그래서 그게 뭔데?" 헉슬리가 물었다.

"다양한 양의 디옥시리보핵산과 단백질. 줄여서 줄기세포. 게다가 분광 분석으로 알루미늄염이 들어 있는 것도 확인했어."

"그게 왜 중요한데?" 플라스가 물었다.

"알루미늄염은 많은 백신에 공통으로 사용되는 보조제야."

"보조제?" 헉슬리가 물었다.

"화합물 속 주요 성분의 효과를 증가시키는 물질을 일컫는 의학용어야. 백신에서 알루미늄염은 신체의 염증 반응을 증가시키는 역할을 하고, 그게 다시 면역 반응을 자극해서 항체 형성을 늘리게 되거든."

항체…… 침몰한 경비정에 휘갈겨 쓰여 있던 글씨에 관해 말해야겠다는 생각이 헉슬리의 머리에 문득 떠올랐다가 이내 가라앉더니 경찰 본능에 의해 다시 한번 잠재워졌다.

"그러니까 그건 접종원이네." 플라스가 말했다.

리스는 현미경의 디스플레이 화면을 바라보며 고개를 저었다. "반드시 그렇지는 않아. 보조제는 다른 약물 요법에도 흔하게 쓰이거든. 물론 백신에 쓰일 가능성이 더 높긴 해. 하지만 남아 있는 내 기억에는 백신에 줄기세포를 사용하는 것에 관한 정보는 전혀 없어."

"하지만 그게 뭐든 간에 우린 그걸 접종해서 이 감염병에 면역력이 생겼을지도 몰라." 핀천이 말했다 "내 말은, 우리 중 누구도 아직 징후를 보이는 것 같지는 않잖아."

"디킨슨은 징후를 보였잖아." 헉슬리가 지적했다.

"그녀는 주사를 맞지 않았으니까." 플라스가 말했다.

"그 사실이 또 다른 질문을 제기하지. 만약 그게 일종의 백신이라면, 왜 우리는 이 여정에 깊숙이 들어올 때까지 그걸 투여받지 않았을까?"

"아마 1차 접종은 받았을지도 몰라." 리스가 말했다. "전화 목소리가 그건 부스터라고 말했잖아. 일부 백신은 2차 접종을 해야 완전한 효과가 나타나거든. 그리고 신장 위의 흉터도 잊지 말자고. 어쩌면 이게 효과를 나타내려면 일종의 외과적 개입이 필요했을 수도 있어. 아마 내분비 시스템에 약간의 변경을 가했을 거야. 디킨슨에 관해서라면, 정확히 똑같은 인간은 없는 거니까. 사람들은 저마다 질병에 다르게 반응해. 어떤 사람은 가벼운 증상을 보이고 또 어떤 사람은 전혀 증상이 없기도 하지. 또 일부는 백신 접종 없이도 자연 면역력을 가져. 어쩌면 디킨슨은 감염에 더 취약했을 수도 있어. 그런 경우라면 추가 접종을 해도 별 도움이 되지 않았을 테고."

핀천이 현미경 쪽으로 고개를 끄덕였다. "저걸로 우리 혈액을 검사해볼 수 있지? 우리가 감염되었는지 보자고."

리스가 고개를 끄덕였다. "하지만 비교할 샘플이 필요해. 감염된 샘플, 그런데 우리는 가진 게 없잖아."

"승무원실에 아직 디킨슨의 피가 조금 남아 있어." 플라스가 말했다.

"다 말라버렸고, 오염되기도 했잖아." 리스는 선미 너머 진홍빛으로 소용돌이치는 안개 쪽으로 돌아섰다. "사용할 샘플이 필요하면 가서 가져와야지."

핀천은 이번에는 리스가 남아야 한다고 주장했다. "우리는 그녀의 전문성이 필요해. 분석할 사람이 없다면 시체를 가져와봐야 아무 소용 없잖아."

"아주 끝내주게 고무적인걸." 플라스가 핀천에게 활짝 웃어 보이며 말했다.

핀천은 골딩을 무시했던 것과 같은 방식으로 그녀를 무시하고 대신 기본적인 체인 건 조작 방법에 관해 몇 분 동안 리스에게 설명했다. "꽤 간단해." 리스가 핀천이 일러준 대로 조이스틱을 작동해서 앞 유리의 금 간 쪽을 피해 반대편으로 총구를 기울여 조준하자 흑백 화면이 그와 일치해 움직였다. "총이 보는 걸 카메라도 보는 거야. 저조도 모드로 설정되어 있어서 가까이 오는 건 뭐든 정확히 쏘아 맞힐 수 있어. 방아쇠를 누르면 화면 중앙에 있는 표적이 사라질 거야. 꼭 발사해야 하는 경우라면 가볍게 살짝만 건들면 돼. 쇼트 버스트만 가능해. 화력은 15초 정도 남아 있으니까 한 번에 냅다 갈기지는 마."

헉슬리는 야시경이 불편하게 느껴졌다. 끈이 머리에 너무 꽉 조이고 무게도 거추장스러웠다. "우리가 이걸 착용하고 많은 훈련을 받은 것 같지는 않군." 그가 조작기를 만지작거리며 말했다. 핀천이 그를 위해 다이얼을 조정하자 녹색으로 뒤섞여 있던 렌즈가 눈앞에서 이글거리듯 환해지더니 뭔가 이해할 수 있는 것으로 자리 잡았다. 헉슬리는 너무도 선명하게 보이는 광경에 놀라 눈을 깜빡였다. 안개는 사라지고 양쪽으로 잔잔한 물줄기가 펼쳐졌다. 남쪽 강기슭에는 각지고 직선으로 쭉쭉 뻗은 건물이 즐비했고, 북쪽 기슭은 반쯤 물에 잠긴 나무와 공원 부지였다.

"꼭 에버글레이즈 습지 같군." 플라스가 자신의 야시경을 작동시키자 희미한 전자음이 들렸다. "악어도 있는지 궁금하네."

"이런 것들은 배터리 수명이 그리 길지 않아." 핀천이 고무보트 선외기에 자리 잡으며 말했다. "최대 두 시간, 그러니 빈둥거릴 시간이 없어. 감염자를 찾아서 죽이고 이리로 옮겨 와야 해. 체인 건 소리가 들리기 시작하면, 임무는 포기야. 논쟁의 여지는 없어."

그는 주거 지역에서 감염자를 발견할 확률이 더 높다고 판단해 남쪽 강둑을 선택했다. 고무보트의 선체가 수면 아래 보이지 않는 장애물을 배 바닥으로 긁기 시작했을 때, 그들은 경비정에서 수백 미터 떨어진 곳에 있었다. 빛이라고는 한 줄기도 새어 나오지 않는 아파트 건물의 거대한 검은 덩어리가 어렴풋이 모습을 드러냈다.

"정원이야." 핀천이 결론 내리고는 선외기를 끄고 녹색 투시경을 통해 목표지점을 바라보았다. 그는 몸을 일으키더니 한쪽 다리를 물에 담갔다. 물은 무릎까지 왔다. 카빈총을 어깨에서 내리면서 그가 중얼거렸다. "여기서부터 걸어가자. 내가 앞장설게. 헉슬리가 후방을 맡아. 플라스, 우리가 왜 이걸 하고 있는지 기억해. 내 허락 없이 샘플을 통닭구이로 만들지 말라는 뜻이야."

플라스는 장난스럽게 경례를 붙인 후 화염방사기를 들고 고무보트의 측면을 넘어갔다. 헉슬리는 보트의 뱃줄을 잡고 물이 안 튀게 천천히 움직여 물속으로 미끄러져 들어갔다. 물속을 이리저리 더듬어보다가 그는 정원용 가구로 추정되는 무겁고 단단한 금속 조각을 발견했다. 거기에 뱃줄을 묶은 후, 핀천이 출발하자 플라스 뒤로 가서 섰다.

헉슬리는 목표물을 탐색하느라 레이저 조준기의 가늘고 반짝이는 조준선을 좌우로 신속히 움직이면서 아파트 건물의 이중문을 향해 정면으로 나아갔다. 문은 열려 있었고 복도에까지 물이 차 있었다. 핀천은 카빈총으로 계단 통을 겨누면서 서두르지 않고 천천히 안으로 들어갔다. 썩은 냄새와 하수 냄새가 훨씬 더 매캐한 냄새와 뒤섞여 있었다.

"부패에는 독특한 풍미가 있는 것 같지 않아?" 플라스가 수사적인 질문을 속삭였다. 헉슬리는 야시경 속의 변형된 세상이 그녀를 더욱 거슬리는 존재로 만들고 있다고 느꼈다. 이전에는 명백히 사이코패스적인 기질을 지녔더라도 과학적 성향을 가진 통상 매력적인 여성이었다면, 이제는 유리와 플라스틱 눈으로 웃고 있는 도깨비처럼 느껴졌다. 플라스는 정말 과학자일까? 전에는 떠올린 적도 없는 질문이었지만 점점 더 적절하게 느껴졌다. 아니면 그냥 책을 많이 읽은 사람일까? 독서야말로 시간이 남아도는 사람들이 보통 하는 일 아닌가. 죄수나 어떤 시설에 들어가 있는 사람들처럼.

건물 1층에는 세 개의 아파트가 있었다. 핀천이 그들을 이끌고 꼼꼼히 수색해나갔다. 두 아파트는 비어 있었고 세 번째 아파트는 시신 한 구가 차지하고 있었다. 시신은 침실 중 한 곳의 침대에 뉘어 있었고 집기들은 매트리스 높이까지 차오른 물속에서 흔들리고 있었다. 시신은 죽은 지 몇 주 된 것으로 명백한 감염의 징후는 보이지 않았다. 나이와 신원은 죽음과 야시경의 단색 필터 탓에 확인할 수 없었다.

"파라세타몰과 프로메타진*." 플라스가 침대 옆 탁자에서 빈 약병 두 개를 집어 들며 소곤거렸다. "이거면 충분하고도 남지."

"반드시 약 때문이라고 할 수는 없을 거야, 안 그래?" 핀천은 고개를 들어 천장을 바라봤다. "사람들은 위기에 처했을 때 높은 곳을 찾는 경향이 있어."

위층으로 올라가는 계단 통에 또 다른 시체가 있었다. 이번에는 부패가 훨씬 더 진행된 상태로 감염의 흔적이 뚜렷했다. 웨스트민스터 다리 근처에서 봤던 시체와 마찬가지로 척추를 따라 돌기가 자라나 있었지만 훨씬 광범위했다. 뒤틀린 시체는 계단 위에 엎드려 있었고, 등에서 솟은 돌기들이 서로 뒤엉켜 자라 계단 난간을 매듭짓듯 휘감고 있었다. 덩굴손도 돋아나 벽과 위쪽 계단까지 기어 올라가 있었다.

"감염자들이 죽으면 모두 화분이 돼버리나 봐." 플라스는 난

---

*   각각 해열진통제와 신경안정제를 가리킴.

간을 휘감은 불룩한 부분을 빤히 바라봤다. 그녀는 허리띠에서 칼을 꺼내 한 부분을 잘라내기 시작했다. 칼날이 섬유질을 어렵게 뚫고 나갔다. "이거면 충분하지 않을까?" 그녀는 눈살을 찌푸리며, 샘플을 담기 위해 가져온 빈 봉투 하나에 그것을 집어넣었다.

"리스가 혈액이 필요하다고 했어." 핀천이 카빈 총구로 시신을 찔렀다. "이 사람은 바싹 말랐네."

그들은 계속 이동해 네 개의 아파트를 더 발견했는데, 모두 어수선했고 생사에 상관없이 거주자 자체가 없었다. 계단으로 돌아가던 중에 그 소리가 들려왔다. 무디게 나는 소리였지만, 확실히 위층 바닥에 어떤 충격이 가해지고 있었다. 핀천은 주먹을 쥐어 제자리에 멈춰 서라는 신호를 보냈다. 그들은 좀 더 귀를 기울였다. 처음에는 아무 소리도 들리지 않다가 곧 아까와 같은 부드러운 쿵 소리 대신 희미하면서도 훨씬 호소력 강한 소리가 들려왔다. 핀천이 그들을 다시 계단으로 이끌어가는 동안 소리는 더욱 커졌다. 헉슬리는 그 소리에 본능적으로 긴박감이 솟구치는 것을 느꼈다. 애처로우면서도 저항할 수 없는 소리. 아이. 아이의 우는 소리.

야시경은 복도 맨 끝의 반쯤 열린 아파트 문에서 새어 나오는 불빛 말고는 전형적인 삭막한 색조로 다음번 복도를 채색했다. 울음소리가 더 커졌고, 갑자기 고음의 흐느끼는 소리가 들려오자 헉슬리는 문을 향해 돌진했다.

"진정해!" 핀천이 팔뚝으로 그의 가슴을 제어하며 식식거렸다. "천천히 가라고, 경찰 아저씨." 그는 헉슬리의 시선을 잠시더 잡고 있다가 플라스에게 고개를 끄덕였다. 그녀는 눈썹을 치켜세우고 화염방사기를 어깨에 메더니 권총을 뽑아 들었다. 그녀가 문 앞에 다가서면서 야시경을 벗으려 손을 뻗었고, 헉슬리도 그녀를 따라 했다. 내부에서 쏟아지는 눈부신 빛이 시야를온통 뒤덮었던 것이다.

플라스는 두 손으로 권총을 잡고 내부를 겨누면서 몸을 웅크린 채 어깨로 조심스레 문을 밀었다. 야시경의 증폭이 사라지자, 아파트에서 새어 나오는 빛은 의외로 약했다. 드러난 것보다 감추는 게 더 많아 보이는 청백색의 깜빡임에 지나지 않았다. 플라스는 웅크린 자세를 유지한 채 안으로 들어갔고, 핀천도 권총을 뽑아 들고 그 뒤를 바짝 따랐다. 그들을 따라 들어가던 헉슬리는 거실로 이어지는 짧은 복도를 흘낏 쳐다보았고, 처음에는 쓰러진 나무가 집 안으로 덮쳐들었다고 생각했다. 그물망처럼 촘촘히 얽히며 자란 성장물 위로 희미한 빛이 간헐적으로 비치고 있었다. 거실 한가운데 누워 있는 두 구의 시신에서싹이 트고 자라나 공간을 채우고 천장과 주변 벽으로 파고들며확장해나간 듯했다.

빛은 오른쪽 문에서 흘러나왔고, 끊임없는 흐느낌 역시 그곳에서 나왔다. 헉슬리는 그 소리에서 고통을 들었다. 몸과 마음의 고통이자, 상실과 완전한 절망을 전하는 사이렌의 부름과도 같은 그 소리가 다시 한번 그를 앞으로 나아가도록 재촉했다. 아이를 찾아! 아이를 도와! 그는 핀천과 플라스를 밀치고 나아가 문을 발로 차 열고 보이지 않는 갓난아기를 구하고 싶은 충동을 억누르느라 몸서리쳤다. 울음소리는 그를 끌어당겼지만, 동시에 머릿속에 경고의 종을 울렸다. 뭔가 이상해. 경찰 본능의 또 다른 사례일 수도 있고, 어쩌면 더 원초적인 무엇일지도 모르지만, 그는 문 반대편에 무엇이 있는지 보고 싶다는 생각이 전혀 들지 않았다. 심지어 플라스가 문을 열려고 손을 뻗는 동안, 경고의 말을 외치려는 충동을 억눌러야 했다.

플라스가 방 안에 있는 존재 쪽에 손전등을 비추자 울음은 겁에 질린 헐떡임으로 잦아들었다. 그 존재는 헉슬리가 침실이라고 추정한 공간의 중앙에 웅크리고 앉아 있었지만, 변형된 상태 때문에 세부적인 모양은 알아볼 수 없었다. 뿌리처럼 생긴 덩굴손이 바닥, 벽, 천장을 뒤덮고 있었다. 헉슬리는 그 뒤틀린 유기 혼합물 아래 있는 포스터 한 귀퉁이를 흘끗 바라보았다. 어떤 록그룹이었는데, 이름은 떠올릴 수 없었다. 포스터를 보고도 기억의 통증이 찾아오지 않는 것을 보면 기본적으로 모르는 그룹일 가능성이 컸다.

깜박이는 불빛은 뒤엉킨 덩굴손이 만들어낸 융단 한가운데 놓인 전기 랜턴에서 나오고 있었는데, 깜빡임이 심해지는 것을 보면 배터리 수명이 다해가고 있는 게 분명했다. 플라스가 손전등 빛을 비추자, 담요를 뒤집어쓴 형체가 훌쩍거리며 몸을 움직였다. 손전등 빛은 곧이어 방 안 여기저기를 비추며 머물렀지만, 헉슬리가 방의 세부를 식별할 만큼 길게 머물지는 않았다.

"저기요……?" 한숨 소리보다도 작고 떨리는 목소리가 말을 하자 플라스의 손전등이 획 움직여 그 존재를 비추었다. "아저씨 아줌마도…… 소방대인가요?"

"뭐라고?" 플라스가 말했다.

"엄마가 그 사람들이 온다고 했어요. 상황이 나빠지기 시작했을 때, 엄마가 '울지 마, 소방대가 와서 우리를 데려갈 거야' 그랬어요." 억지로 눌러 참는 듯한 흐느낌에 이어 아이가 코를 훌쩍이더니 몸을 떨며 고개를 돌렸지만, 담요 한쪽 밑으로 밝고 촉촉한 눈동자만 겨우 보일 정도였다.

"어 허." 플라스가 대답했다. "그게 언제였어, 아가?"

"며칠…… 몇 주. 모르겠어요." 흐느낌이 방어적인 통곡 소리가 되어 다시 흘러나왔다. 아이는 몸을 떨며 엉엉 울어대다가 천천히 슬픔을 다스리고는 플라스 쪽으로 고개를 돌렸다. 이제 얼굴이 더 드러났다. 창백한 여자아이로 얼굴에는 축축한 흙먼지가 얼룩져 있었고, 눈에는 간절한 바람이 담겨 있었다. 헉슬리는 아이의 나이가 여덟이나 아홉 살 정도 됐으리라 추측했다. "아줌마……." 소녀가 플라스 쪽으로 몸을 기울이고는, 담요를 뭉쳐 끌어당겨 감춰두었던 손을 꺼내더니 위로 뻗었다. "저를 데려갈 건가요?"

"아, 젠장." 플라스는 노골적인 혐오감을 드러내며 말했다. 그러고는 작은 소녀의 머리를 총으로 쐈다.

헉슬리의 본능, 경찰의 것인지 단순히 인간적인 것인지 모를 그 본능이, 카빈총 개머리판을 어깨에 대고 조준점을 플라스의 두개골 뒤쪽에 맞춘 뒤 방아쇠에 손가락을 바짝 붙이게 만들었다. 총이 발사되기 직전에 핀천이 헉슬리의 무기 앞부분을 잡고 총구를 옆으로 치우고는, 그를 주저하게 할 만큼 세게 잡아당겼다.

"멈춰!" 그는 위엄 있는 시선으로 헉슬리를 노려보다가 방 중앙에 있는 시체 쪽으로 고개를 홱 돌렸다. "봐."

플라스가 앞으로 나서더니 허리를 구부려 담요를 벗겨냈다. 드러난 시체는 무릎까지는 완전히 인간의 모습이었지만, 무릎 아래로는 덩굴손이 뻗어나가 벽과 천장의 혼란스러운 격자구조와 뒤엉킨 채 연결되어 있었다. 게다가 더 중요한 사실은 시신이 남자라는 점이었다. 운동이라고는 거의 하지 않은 중년 남성의 축 처진 뱃살이 전혀 호감 가지 않는 생식기를 부분적으로 가리고 있었다. 그러나 이마에 난 총알구멍으로 양분된 얼굴은 여덟이나 아홉 살쯤 먹은 소녀의 모습으로 남아 있었다.

"네가 옳았어." 플라스가 헉슬리에게 말했다.

그녀의 무덤덤한 어조가 그를 화나게 했다. 말투에서 느껴지는 순전한 부조화와 무관심이 그녀를 쏘고 싶은 충동을 또다시 불러일으켰다. 헉슬리는 침을 삼키고 카빈총 손잡이에서 가까스로 손을 떼었다. "뭐가?"

"그들은 여전히 생각할 수 있어." 플라스가 설명했다. "이건 먹잇감을 끌어들이기 위한 정말이지 완벽한 덫이었어." 그녀는 시선을 주변으로 옮겨 방 한쪽 구석에 있는 어떤 것, 둥글고 창백한 무언가에 손전등을 비췄다. "게다가 효과가 있었던 것 같아. 어쨌든 한 번은."

손전등이 비추는 물체 쪽으로 가까이 다가간 헉슬리는 그것이, 뒤엉킨 뿌리 속으로 가라앉은 두개골임을 알아봤다. 피부나 머리카락은 전혀 남지 않은, 생각보다 깨끗한 모습이었다. "이게 저걸 먹은 걸까?" 그는 궁금했다.

"먹는 거 말고 또 뭘 할 수 있었겠어?"

"나는 그게 무작위라고 생각했어." 핀천이 생각에 잠겼고, 헉슬리는 아이와 남자라는 불경한 조합을 자세히 들여다보는 그를 바라보았다.

"뭐가?" 헉슬리가 물었다.

"이 질병, 이것의 증상. 리스가 그걸 뭐라고 했더라?" 그는 어린 소녀의 매끄러운 목과 그것에 붙어 있는 몸뚱이의 주름이 만나는 지점을 카빈 총구로 쿡쿡 찔렀다. "급격한 형태 변화. 나는 그게 이들을 어떻게 바꾸어놓았든 간에 그저 운이 나빴을 뿐이라고 생각했어. 그런데 이걸 보니 그렇지 않다는 걸 알겠어."

"그렇다면 이자가 스스로 이렇게 변했다고 생각하는 거야?"

"그럴 수도 있고, 아닐 수도 있고. 이렇게 엄청나게 변해버린 세상에서 계속 살아가길 원할 때 채택하기에 아주 유용한 형태로 보이잖아."

"쓸데없는 추측에 시간 낭비하지 마." 플라스가 웅크려 앉더니 살해당한 감염자 시신을 시험 삼아 밀쳐보았다. "이 덩굴 같은 걸 시신에서 다 잘라내버린다고 하더라도 배까지 운반해 가기에는 너무 커."

금속을 긁는 듯한 소리에 고개를 돌린 헉슬리는 핀천이 전투용 칼을 뽑아드는 것을 보았다. "전부 가져갈 필요는 없어."

헉슬리가 제일 먼저 그들을 보았다. 야시경을 다시 켜는 순간 움직이는 녹색 빛이 시야를 휙 스쳐 지나갔다. 그들이 건물을 빠져나갈 때 헉슬리는 선두에, 핀천은 불룩해진 배낭을 메고 그 뒤에 서고, 플라스는 맨 뒤에서 경계를 담당했다. 아래층으로 내려가는 길이 평탄했기에 플라스의 총격이 주변의 관심을 끌지 않았다는 낙관적인 생각이 들었다. 하지만 잘못된 생각이었다.

"왼편에 적!" 그는 이 문구가 어디서 튀어나왔는지 확신할 수 없었지만, 훈련 과정에서 깊이 각인된 또 다른 습관이 그에게 카빈총을 들고 사격을 시작하면서 입에서 경고를 내뱉게 했다. 감염자들의 적대감은 움직임에서 명확히 드러났다. 열두 명이 넘는, 어렴풋이 사람처럼 보이는 존재들이 범람한 물로 뛰어들어 그들을 향해 몰려들었다. 감염자들이 돌진할 때 헉슬리는 그들의 비명이 다리 위 감염자 무리의 공격적 성향의 합창보다는 덜해도 여전히 알아들을 수 있는 버전임을 알아챘다.

첫 쓰러짐이 순식간에 일어났다. 두 발의 탄환이 중앙의 무리에게로 날아가 지저분한 물보라를 일으켰다. 헉슬리는 오른쪽으로 총을 조준하고 다시 발사해 또 한 명을 쓰러뜨렸다. 왼쪽으로 조준하고 빠른 연속 사격으로 두 명을 더 쓰러뜨렸다.

"이동한다!" 핀천이 소리 지르며 몇 미터 앞서 돌진하다가, 멈춰 서 발사했다. 플라스는 물을 첨벙이며 두 사람을 지나치고 나서 권총 몇 발을 쏘았다. 고무보트로 돌아가는 내내 그들은 앞서거니 뒤서거니 하며 대형을 유지했다. 감염자 무리는 충격에도 굴하지 않고 오직 탄환을 맞았을 때만 멈추었다. 헉슬리는 플라스가 구명정에 먼저 도달한 순간, 그와 핀천이 보트에 오르기도 전에 그녀 혼자 떠나버릴지 모른다는 상상이 떠올라 당황했다. 그러나 플라스는 그러지 않았다. 들고 있던 화염방사기를 보트에 싣고 웅크려 앉아 뱃머리의 밧줄을 푸는 동안 구명정은 제자리에 있었다.

"자, 여기." 핀천이 구명정에 올라타 화염방사기를 들어 올리며 말했다. "동물은 모두 불을 두려워하거든." 무기를 플라스에게 건네주고 그는 선외기 쪽으로 손을 뻗었다. 헉슬리가 걸음을 멈춰 감염자 두 명을 더 쏴 맞히는 동안 핀천은 전기 모터의 시동을 걸고 플라스는 화염방사기를 준비했다. 그녀는 주저 없이 불길을 내뿜어 20미터 길이의 화염 기둥을 좌우로 쓸어내렸다. 화염에 눈이 부셔 헉슬리는 야시경을 벗어버리고 고무보트 위로 몸을 던졌다. 그는 보트 중앙에 가로누워 카빈총으로 플라스의 왼쪽을 겨냥하면서, 머리부터 무릎까지 화염에 휩싸여 고통에 몸부림치다가 물속으로 사라지는 감염자들의 모습을 바라보았다.

플라스의 화염방사기에서 쏟아지던 맹렬한 화염이 느려지다가 한 방울씩 떨어지게 됐을 때, 그는 다시 카빈총을 발사하기 시작했다. 야시경 없이는 명확한 조준점을 잡을 수 없었기에 그는 비명이 들리는 쪽을 향해 쏘았다. "모든 좋은 일에는 끝이 있기 마련이지." 플라스가 유감스러운 한숨을 내쉬며 말하더니 빈 화염방사기를 내던지고 구명정 뱃머리로 올라갔다. 핀천이 스로틀을 열고 급히 활 모양을 그리며 구명정을 돌리는 동안 그녀는 권총을 뽑아 들고 아무 결실 없을 헉슬리의 사격에 합류했다. 헉슬리는 몸을 틀어 아파트 공동 정원에서 자라는 나무와 침수되지 않은 덤불을 핥아대는 화염 쪽으로 카빈총을 조준했다. 탄창이 다 비어버린 뒤에야 그는 사격을 멈추었다.

10장

"그게 이렇게 생긴 거였군."

현미경 화면에 뜬 이미지는 헉슬리에게 대체로 별 의미 없었지만, 적어도 미학적으로 피하주사의 내용물보다 훨씬 추악해 보였다. 분자는 들쭉날쭉한 노란색 윤곽선을 가진 어두운 덩어리로 안쪽에는 끊임없이 꿈틀거리며 움직이는 붉은 반점이 점점이 박혀 있었다.

"그래." 리스는 이맛살을 잔뜩 찌푸린 표정이었는데, 헉슬리는 그녀가 동료들에게 전할 좋은 소식을 얻지 못해 짜증 났다고 결론지었다. 리스는 엔진이 다시 활성화되기 전에 분석을 완료하고 싶었기에 동트기 한 시간 전부터 작업을 시작했다. 그녀는 핀천의 배낭에 들어 있던 내용물에 혐오감으로 몸을 떨었다. 성인 남성의 잘린 목 위에 어린 소녀의 머리가 놓여 있는 모습은 확실히 불쾌했다. 하지만 일을 시작하자마자 불쾌감은 사라졌다. 그녀는 전투용 칼로 두개골을 열고 주사기를 사용해 필요한 양의 체액을 추출했다. 그것을 슬라이드 위에 작게 한 방울 떨어뜨린 후 현미경 베이스에 끼워 넣었다.

"샘플이 그걸로 가득 차 있어." 그녀가 말을 이었다. "빠르게 번식하는 놈들 같은데."

"이름이 뭔지 알아?" 헉슬리가 물었다.

그녀는 어이가 없다는 듯 웃음을 터뜨렸다. "만약 어떤 의료 전문가가 발병 전에 이걸 본 적이 있다고 하면 난 놀라 자빠질 것 같은데. 이게 바이러스가 아니라는 정도는 나도 말할 수 있어. 형태와 화학적 구성면에서 박테리아에 더 가까워. 좋은 소식은 그 특징적인 모양과 빠른 성장을 고려해보면 다른 샘플에서 그 존재를 확인하는 것도 그다지 어렵지 않으리라는 거야." 그녀는 새 주사기로 손을 뻗었다. "누가 먼저 할래?"

헉슬리는 극도의 불안감을 느끼고 있었기에, 리스가 팔에 바늘 끝을 찔러 넣는 것도 거의 느끼지 못했다. 그는 배로 돌아오자마자 한 시간 정도 선잠을 잤다. 꿈이 또다시 그를 괴롭혔는데, 그 아름다운 선명함이 더 끔찍했다. 이번에는 모래를 머금은 바람이 피부에 느껴졌고, 귀는 푸른 바다에서 불어오는 거센 돌풍에 먹먹했다. 하늘은 심지어 바다보다도 푸르렀다. 하지만 아름다움만 있는 것은 아니었다. 챙 넓은 모자를 쓴 여자는 그가 손을 뻗자 얼굴을 숨겼다. 기쁘게 춤추는 줄로 여겼던 그녀의 움직임은 이제 그의 손길을 피하려는 것처럼 보였다. 마침내 여자가 그를 향해 고개를 돌리자 모자가 드리웠던 그림자가 물러나고, 냉정하면서도 울먹이는 눈동자가 드러났다. 그녀가 말을 시작했지만, 핀천이 그를 흔들어 깨우면서 꿈은 증발해버렸다.

"자, 한번 봐." 리스가 현미경과 신비한 교감을 나눈 후 보고했다. 처음에 헉슬리는 화면에서 빨간색 소구체 외에는 아무것도 볼 수 없었지만, 리스가 배율을 조정하자 초점이 맞춰지면서 아까 보았던 추악한 검은 세포들이 선명하게 드러났다. "크기가 더 작기는 하지." 리스는 버튼을 눌러 설정을 몇 가지 더 변경했다. "빈도도 줄었지만, 어쩌면 그건 위치 때문일 수 있어. 이건 뇌에 가장 먼저 영향을 미치니까 뇌혈관에서 더 많이 번식할 수도 있을 거야. 그리고……." 그녀는 판독 값을 자세히 살펴보았다. "운동성도 적어. 휴면 상태라고는 할 수 없지만, 그렇다고 완전히 활동적이지도 않아."

리스는 모두의 샘플을 채취하고 마지막으로 자신의 혈액을 분석했다. 결과는 모두 같았다. 이상하게도 그 소식을 받아들이면서 헉슬리는 긴장감이 누그러졌다. 그는 이러한 결과가 불가피한 것임을 느꼈다. 이 여정에서 살아남을 수 있을지 모른다는 희망이 모두 환상에 지나지 않음을 확인한 것만 같았다. 다섯 명, 그는 화가들의 배에 내갈겨진 낙서를 떠올렸다. 실패. 그들도 실패했는데, 우리라고 어떻게 성공하겠어?

"그러니까 우리도 전부 그 병균을 가지고 있다는 거네." 핀천이 말했다. "그렇지만 별로 활동을 안 한다는 거고."

리스는 고개를 기울였다. "어느 정도는. 문제는 이유가 뭐냐는 거야."

"주사." 플라스가 말했다. "우리가 어떤 성분을 투여받았든 간에 그게 확산을 늦추고 있는 거야."

"그럴 수도 있어." 리스는 눈살을 찌푸리며 계속 화면을 응시했다. "증상이 없는 것도 설명되겠네."

"그리 확신하는 말투가 아닌데." 헉슬리가 말했다. "그들이 추가 접종에 관해 우리한테 거짓말했다고 생각해?"

"어쩌면. 하지만 난 그게 기억과 더 관련 있다고 생각해." 그녀는 머리에 난 흉터를 가리켰다. "디킨슨은 그때 기억을 되찾았어……."

"그래서 미쳐버렸고, 핀천이 총으로 쐈지." 플라스가 마무리했다. "그래서?"

"그래서 이 병원균이 어떤 식으로든 뇌 기능과 관련 있다는 거지. 기억은 인지 체계의 일부야. 우리가 마주쳤던 모든 감염자는 망상적인 행동을 보였어. 노트북에 있던 여자가 겪은 외모 변형도, 망할 엄마와 통화한 것에 집착하면서 악화하기 시작했어."

"저들이 우리를 보호하기 위해 기억을 지워버렸다고 생각하는 거구나." 헉슬리가 말했다. "기억이 도화선인 거야. 우리를 감염시킬 수 있는 벌어진 상처나 다름없는 거지."

"우린 이미 감염됐어. 하지만 기억하는 행위가 자극제로 작용할 가능성은 있어."

플라스가 눈을 가늘게 뜨고 그녀를 바라봤다. "정신적인 질병이라는 거야? 말도 안 돼."

"기억은 뇌의 생리적 과정이야. 신경세포망을 통해 교환되는 전기화학적 신호지. 거기에 초자연적인 건 아무것도 없어. 이 병원균이 활성화되기 위해 바로 그 과정이 필요하다면 어쩔래?"

"그 의미는." 핀천이 말했다. "우리가 기억상실증에 걸려 있는 한은 무사할 거라는 건가?"

리스가 가슴 앞으로 팔짱을 끼자 헉슬리의 불안감이 다시 고개를 들었다. "아마도. 하지만 사실 우리는 무사하지 않을 거야."

"왜 그런데?" 플라스가 물었다. "내 말은, 저들이 우리 기억을 지우겠다고 수술까지 해서 우리가 아는 모든 걸 완전히 걷어내 버렸잖아."

"맞아. 하지만 그들도 새로운 기억을 형성하는 우리 능력까지 빼앗아 가지는 않았어. 우리의 집단적인 기억은 겨우 며칠이지만, 여전히 그건 우리 두뇌에 저장된 경험이야. 그러니까 우리는 단지 기억할 거리가 적을 뿐, 여전히 기억 중이지."

"더 오래 살아남을수록 더 많은 기억이 쌓이겠지." 헉슬리가 말했다. "병원균이 활성화될 확률도 높아지고."

"그게 다가 아니지." 리스는 잠시 말을 멈추고 굳은 표정으로 인상을 찌푸렸다. "머리에 받은 수술 탓에 우리가 개인 정보나 삶의 이력 등을 기억하지 못하는 건 분명해. 하지만 만약 그들이 기억을 완전히 제거해버렸다면, 우리는 새로운 기억을 형성할 수도 없었을 거야. 기억을 가능하게 하는 인간 체내의 생물학적 구조는 우리가 인간으로 기능하는 데 필요한 다른 모든 것의 일부이기도 해. 그걸 모두 다 뜯어낼 수는 없잖아. 그리고 내가 처음에 말했듯이, 뇌는 스스로 복구해." 그녀는 다시 말을 멈추고 가슴 앞으로 낀 팔짱을 더 꽉 조였다. "그게 우리를 꿈으로 인도하지. 그리고 꿈을 꾸는 게 나 혼자라는 말은 하지 마."

리스가 기대에 찬 표정으로 눈썹을 치켜세우고 그들 각각을 바라봤다. 비밀이 공유되었습니다. 헉슬리는 플라스와 핀천이 불편한 듯 자세를 바꾸는 것을 보고 결론지었다. 나만 그런 게 아니야.

"난 해변에 있어." 그가 말했다. "거기 한 여자가 있고, 나는 그녀가 누군지 모르지만, 예전에는 알았었다고 확신해."

핀천은 긴장하고 경계하는 표정으로 천천히 숨을 내쉬고는 입을 열었다. "어딘지는 모르겠지만 먼지투성이 마을이야. 공기에서는 똥과 연기 냄새가 나. 땅에는 온통 시체가 널브러져 있어. 내가 그들을 죽인 것 같다는 생각이 들어."

"한 소년이 나오는데, 내가 아는 아이인 것 같아." 플라스가 말했다. 그녀의 닫힌 표정은 더 이상 정보가 제공되지 않을 것임을 분명히 했다.

리스의 눈에 근심이 서리더니 자신을 한번 꽉 껴안은 후에 팔을 풀었다. "응급실이야. 미친 듯이 바쁘고 혼란스러워. 난 도와주려고 애쓰지만 역부족이야. 사람들이 계속 죽어가. 거기 의사는 나밖에 없는 것 같아."

꿈을 꾼다는 것이 어떤 의미인지 곰곰이 생각하느라 적어도 1분간은 모두가 침묵했다. 핀천이 그들의 생각을 대신해 입을 열었다. "꿈도 기억이잖아, 그렇지? 우리는 잠잘 때도 기억을 하는 거야."

"사실." 리스가 대꾸했다. "신경 과학은 꿈에 관해서는 상당히 모호해. 지금껏 아무도 우리가 왜 꿈을 꾸는지 설득력 있는 진화론적 근거를 제시한 적이 없어. 가장 신빙성 있는 이론은 꿈이라는 게 단순히 수면 중에 뇌가 생성하는 무작위적인 전자 자극의 부산물이라는 견해에 중점을 두고 있어. 꿈이 기억을 담고 있다는 건 사실이야. 하지만 꿈은 기억을 변경해. 무작위로 들어오는 정보를 처리할 때, 뇌는 기본적으로 생존 필요성에 따라 이야기를 만들어내려는 경향이 있어. 그러니 우리가 꿈에서 보는 건 기억일 수도 있고 우리 머릿속에 있는 수백만 개의 시냅스가 만들어낸 이야기일 수도 있는 거야."

"무수히 많은 원숭이가 무수히 많은 타자기를 가지고 셰익스피어 작품을 만들어내는 것과 같군."* 헉슬리가 말했다.

"바로 그거야. 하지만 우리가 꿈에서 보는 걸 아무것도 믿을 수 없다고 해도, 거기에 기억의 요소가 없다고 하기엔 너무 구체적이긴 해." 그녀는 현미경 화면을 다시 보았다. "확인하려면 더 많은 검사가 필요하겠지만, 우리가 자는 동안, 이 미세한 망할 것들의 수가 증가하지 않는다면, 그게 더 놀라울 것 같아."

"모두 그 꿈에서 시작됐어." 노트북 동영상에서 애비게일이 했던 말을 흉내 내는 플라스의 입은 냉소적으로 일그러졌다. "우리한테 경고하려 했던 거야."

"그걸 미리 알았더라도 별 차이 없었을 거야." 핀천이 말했다. "되돌아가는 건 결코 선택 사항이 아니었으니까."

"당신에겐 그렇겠지, 아마도."

"우리 모두에게 그래. 우린 전부 감염됐어, 기억하지? 우리를 여기로 보낸 게 누구든 간에 그들은 우리가 감염될 걸 알고 있었어. 기적적으로 우리가 이 도시를 걸어서 빠져나간다고 해도, 우리가 받을 수 있는 건 총알뿐일걸." 그는 리스에게로 돌아섰다. "우리에게 시간이 얼마나 남았어?"

"확실히 알 방법은 없어. 분명한 건 우리가 받은 치료가 시간을 어느 정도 벌어주었다는 거야. 하지만 내가 아는 한, 이 병은 순식간에 악화될 수 있어."

---

* '무한 원숭이 정리'로 알려진, 아무리 확률이 낮더라도 무한에 가까운 횟수로 시행하면 그 일이 일어날 수 있다는 이론을 가리킨 말.

"그냥 병들어 죽게 할 거면 우릴 왜 여기로 보낸 거지?" 헉슬리가 물었다.

"어쩌면 우리가 치료법을 찾게끔 되어 있는지도 모르지." 플라스가 제안했다.

"만약 그게 사실이라면." 리스가 현미경을 두드리며 말했다. "우리가 이걸 쓰레기 더미를 뒤져서 찾아낼 필요는 없었을 거야. 저들은 우리에게 환경을 분석할 수단을 전혀 주지 않았잖아. 게다가 우리 중 누구도 그럴 만한 전문 지식이 없고."

"당신은 빼고." 헉슬리가 말했다.

"그래서 난 지금 장님이 코끼리 더듬듯 어둠 속을 더듬어가는 중이지. 내 역할은 그저 우리가 계속 살아 있게 하는 게 아닌가 싶어. 그리고 생각해봐. 이 강을 따라가면서 우리가 하는 유일한 일이 그거 아니야? 우리의 집단적 기술은 생존에 맞춰져 있어." 그녀는 핀천을 손으로 가리켰다. "전투력." 이번에는 손가락이 헉슬리를 가리켰다. "조사 능력. 우리 중 하나가 언제라도 괴물로 변할 수 있는 상황에서 유용한 능력이지. 디킨슨은 생존 시나리오에 익숙한 등반가이자 탐험가였잖아."

"골딩은 전혀 타고난 생존자 같지 않은데." 핀천이 말했다.

"그는 상당한 지식의 보유자였고, 그중 일부는 실제로 유용하기도 했어. 게다가 겁도 많고 수시로 투덜거렸지만, 한 번도 당황하지 않았어. 내가 보기에는 우리 모두 이 임무에 선발된 게 분명하고, 선발 과정은 꽤나 엄격했을 거야. 공황에 대한 저항력은 주요 생존 자질이니까."

"그러면 나는?" 플라스가 눈썹을 치켜세우며 물었다.

리스는 그녀의 시선을 정면으로 마주하고는 직설적이고 분명한 어조로 말했다. "당신의 과학적 통찰력은 유용해. 하지만 자신의 욕구에 대한 병적인 집착이야말로 생존 가능성을 높여주지."

플라스가 입꼬리를 뒤틀더니 어깨를 으쓱했다. "그리고 난 우리가 점점 친해지고 있다고 생각했었는데."

"우리가 어떤 목적으로 여기에 왔든." 리스가 말을 이었다. "그게 연구나 자료 수집, 또는 정찰은 아니야. 우리는 뭔가 다른 목적으로 여기 있는 거야. 살아 있어야만 이룰 수 있는 목적. 적어도 당분간은."

바로 그때 엔진에 시동이 걸렸고, 배는 잠시 가속한 후에 곧 평소와 같은 전형적이고 별로 인상적이지 않은 속도로 안정화되었다. 헉슬리는 벨소리가 울릴 것을 기대하며 위성 전화를 바라보았지만 아무 일도 일어나지 않았다.

"그나마 위안이 되는군." 핀천이 체인 건 조종석에 앉아 중얼거렸다. "지금은 명령 같은 걸 따를 기분이 아니거든."

그들은 더 많은 다리 밑을 지나고 폐허가 된 다른 잔해도 통과해갔다. 안개 탓에 강둑의 모습은 거의 알아볼 수 없었지만, 언뜻언뜻 보이는 초목은 갈수록 빽빽하고 높게 자라 있었다. 마찬가지로 다리들도 지지대와 난간 주위를 나선형으로 휘감은 뿌리 모양의 성장물로 점점 더 뒤덮여갔다. "너무 많아." 헉슬리는 리스가 유난히 무성한 성장물에 뒤덮인 다리 위를 카빈 조준경으로 추적하며 중얼거리는 소리를 들었다.

"뭐가?"

"저 덩굴 같은 게 너무 많이 자라 있어. 버려진 도시를 정글이 되찾고 있는 것 같아. 물론 도시야 무너졌지만, 그렇다고 해서 자연이 이렇게까지 빨리 움직이지는 않잖아."

그는 자신의 카빈총을 들고 조준경을 통해 북쪽 기슭을 바라보다가 거대한 나무 밑동으로 보이는 것을 발견했다. 처음에는 뿌리가 물에 반쯤 잠긴 참나무나 주목이라고 짐작했다. 그러나 자세히 살펴보고 나서, 무질서하긴 해도 뿌리의 교차 방식에 여전히 식별 가능한 패턴이 있음을 알아보았다. 전날 밤 본 것과 같은 패턴이었다.

"자연이 아니야." 그가 말했다. "어젯밤 우리가 발견한 시체 중 일부는 몸에서 싹이 트고 있었어. 플라스가 그게 화분 같다고 했거든. 이거……." 그는 안개 낀 강둑을 따라 조준경을 추적해 가서 마구 뒤엉킨 초목을 찾아냈다. "이것도 다 사람이었던 거야. 바로 그 질병이 인간을 괴물로 만들고 나면 벌어지는 일인 거지."

"이건 단순한 질병이 아니야." 플라스가 말했다. "다단계 유기체야. 새로운 형태의 삶이지."

"외계에서 온?" 헉슬리는 카빈총을 내리고, 인상을 찌푸린 그녀를 바라보며 씩 웃었다. "왜 이래, 당신도 그런 생각을 분명히 해봤을 거라고."

"애비게일은 우주선이나 운석 충돌 또는 하늘에서 비치는 이상한 불빛 등에 관해서는 아무 언급도 없었어. 만약 이게 외계인의 침략으로 일어난 일이라면, 침략을 꽤나 조용히 했다는 거겠지."

"그래도 어느 정도 말은 되잖아. 생각해보면 안 그래?"

"말이 된다고?"

"예를 들어, 어느 외계 문명이 식민지로 삼을 만한 반짝이는 멋진 청록색 행성을 발견했다고 가정해보자고. 문제는 거기에 수십억에 달하는 지각 있는 유인원이 살고 있다는 거야. 관점에 따라서는 들끓는다고 할 수도 있겠지. 어쨌든 인간은 외계인의 도착을 달가워하지 않을 가능성이 높아. 게다가 그들은 온갖 종류의 화학물질로 온갖 방법을 동원해 지구를 오염시키느라 바쁘지. 그러니 외계인의 관점에서 지금 벌어지는 상황은 우리가 집에서 키우는 식물에 벌레 살충제를 살포하는 것보다 중요하지 않을 수도 있어."

리스는 희미하게 웃으며 고개를 저었다. "난 외계인설은 안 믿어. 성간 여행이 가능할 만큼 뛰어난 능력의 종족이라면 목적을 달성하기 위해 이렇게까지 복잡한 방법을 쓸 필요는 없을 거야. 그들의 기술력은 우리보다 훨씬 앞서 있어서 거의 신이나 다름없을 테니까. 게다가 은하계 전체를 광속으로 돌아다닐 수 있는 종족이 군이 여기까지 직접 올 이유가 있겠어?"

"나는 다른 이론에 대해서도 완전히 열려 있습니다, 의사 선생님."

"질병, 전염병, 그런 게 발생한 거야. 역사를 통틀어서 세기마다 심각한 전염병이 적어도 한 번은 크게 발생했었으니까. 이건 단지…… 지금까지 일어난 중에서 가장 이례적일 뿐이야."

"그게 당신 이론이야? 그저 재수 없는 일이 일어났다고?"

"물론 내 이론이 정확히 다윈이나 아인슈타인의 것처럼 창의적이거나 혁신적인 게 아니라는 점은 인정해. 하지만 더 많은 데이터가 확보될 때까지는 이 주장을 고수하겠어."

그때 안개 사이로 어떤 소리가 들려왔다. 목소리였지만, 질병에 걸린 무리가 질러대는 불협화음과는 매우 달랐다. 더 리듬감있고, 날카로운 신음 같은 소리가 몇 초 동안 울려 퍼지다가 점차 사라졌다. 잠시 후 비슷한 소리가 들려왔는데, 이번에는 거리 때문에 좀 더 약하게 들렸다.

"무슨 소리지?" 헉슬리가 제대로 들으려고 애쓰며 말했다.

"언어야." 폴라스가 그의 곁으로 다가가 난간에 팔을 얹었다. "자기들끼리 의사소통하는 거야."

"새처럼." 리스가 동의하는 어조로 말했다. "아니면 유인원처럼. 침팬지들은 나무 위에 올라가 끙끙거려서 다른 무리가 그들의 영역에서 멀어지게끔 경고하거든."

"그냥 말로 하면 되잖아?" 헉슬리가 물었다.

"감염자들이 더는 말하는 법을 모를 수도 있어." 플라스가 말했다. "의사 선생이 말했듯이 이 병은 다단계로 진행돼. 감염의 정도가 심해질수록 본래의 인간적인 특징을 점점 많이 잃게 되는 거지. 만약 죽지 않고, 먼저 나무로 변한다면 말이야."

감염자들의 대화는 1분쯤 잠잠했다가 이번에는 아까보다 더 큰 소리로 다시 시작되었다. 헉슬리의 귀에는 보이지 않는 감염자들이 그들의 배와 평행을 이루어 이동하며 대화를 나누는 것처럼 들렸다.

"우리를 따라오는 걸까?" 리스는 궁금했다.

플라스의 표정이 굳어지고 눈이 가늘어졌다. "그런 것 같네. 영역 행동은 침입자에 대한 편협성을 의미하니까." 헉슬리는 자기도 모르게 뒷걸음질 쳤고, 리스는 숨을 몰아쉬고는 안개 속으로 소리 질렀다. **"이 돌연변이 새끼들 꺼져버려!"**

잠시 침묵이 흐르다가 끙끙거림이 다시 시작되었다. 헉슬리는 그 소리가 커졌다고 느꼈고, 플라스도 눈치챘는지 짜증이 심해졌다. 그녀는 다시 카빈총을 집어 들어 총을 올렸다 내렸다 하면서 선미 갑판을 배회하다가 맹수 같은 예리함으로 조준경을 노려보더니 불만스러운 듯 좌절감에 식식거렸다.

감염자들의 대화는 그날 하루 종일 계속되면서 그들의 여정에 갈수록 짜증 나는 사운드트랙을 제공했다. 달리 할 일이 없었기에 리스는 짧은 탐사에서 회수해 온 성장 물질 샘플을 분석하기 시작했다. 핀천은 승무원실로 돌아가 무기를 분해해 청소·재조립하는 임무에 착수했다. 헉슬리는 지도 디스플레이 앞 의자에 앉아 넓은 파란색 선을 따라 천천히 이동하는 점의 흐름과 울릴 기미가 보이지 않는 플라스틱 위성 전화기 사이를 눈으로 오갔다. 그는 전화기의 침묵이 그들의 두려움을 증폭시키는 수단, 즉 계략일 수도 있겠다는 생각이 들었지만, 그 목적이 무엇일지는 가늠할 수 없었다. 또는, 전화기를 제어하는 자들이 단지 이 시점에서 할 말이 없는 것일 수도 있었다. 아니면, 더 이상의 질문을 피하고 싶어서일지도 몰랐다.

날이 저물어가는 동안에도 플라스는 선미 갑판에서 맹수처럼 경계를 유지했고, 강둑에서 불협화음이 증가할 때면 덩달아 심하게 동요했다. 소리는 확실히 점점 더 격앙되어갔고, 서로 겹치는 목소리들은 이제 다수의 감염자가 그들의 경로를 추적하고 있음을 암시했다.

"하나만." 헉슬리는 플라스가 중얼거리는 소리를 들었다. "딱 한 놈이면 되는데. 이 빌어먹을 안개가……."

유심히 살펴보던 지도에서 잠시 눈을 떼고, 헉슬리는 조타실 입구에서 서성이며 창틀로 팔을 뻗었다. 말을 하는 플라스의 콧구멍이 냄새를 맡듯 벌름거렸다. "저놈들 냄새를 맡을 수 있어?" 그가 물었다.

그녀가 표정을 움찔거리며 고개를 살짝 저었다. "썩은 냄새가 나는데, 에버글레이즈 습지에서 나는 냄새와 비슷해."

북쪽 기슭에서 들려오는 외침이 갑자기 급증하자 그녀는 몸을 돌려 우현 난간으로 이동해, 짙은 안개에 가린 깊숙한 곳을 향해 카빈총을 조준했다. "이제 양측에 있어. 숫자도 훨씬 불어나 있고. 내가 장담해." 소용돌이치는 붉은 안개 속에서 무언가 움직이는 것을 확인한 그녀의 손가락이 카빈총의 방아쇠로 옮겨 갔다. 헉슬리는 플라스의 손가락이, 발사 충동을 억누르고 긴장을 풀기 전에 떨리는 것을 보았다.

"진정해." 그가 말하자 플라스는 무시하는 눈빛을 쏘아 보내고 다시 헛된 수색을 이어갔다.

"딱 한 놈만." 조타실로 돌아가면서 헉슬리는 그녀의 속삭임을 들었다.

"뭐 좀 건졌어?" 그는 리스에게 물었다. 그녀가 현미경 앞에 웅크린 모습이, 조준경을 집중해 들여다보는 플라스를 떠올렸다.

"내가 진짜 생물학자라면." 그녀가 접안렌즈에서 고개도 들지 않고 말했다. "지금쯤 '매혹적'이라는 말을 엄청나게 해대고 있을 것 같아."

"특이하지?"

"셀룰로스 구조를 가진 단백질을 '특이하다'고 한다면, 그래, 맞아."

"쉬운 말로 해줄래?"

그녀는 한숨을 쉬고 현미경에서 뒤로 물러나더니 버튼을 눌러 화면을 활성화했다. 이미지는 적갈색 바탕에 일련의 불규칙한 좁은 타원형들이 흩어져 있는 모양이었다. "식물처럼 보이지만 고기 성분이고, 보통 인체 조직에서 찾을 수 없는 추가적인 화합물이 들어가 있어." 리스가 설명했다. "세포 분열도 굉장히 빨라. 문자 그대로 우리 눈앞에서 자라고 있어."

"그러니까 그 화분 얘기가 별로 틀리지 않았네."

리스는 동의하듯 눈썹을 치켜세우며 고개를 기울였다. "그로백*이 더 정확한 비유겠지. 내 생각에 죽음은 감염이 다른 모드로 전환되는 신호야. 인체의 유기물을 연료로 사용해서…… 이걸 만들어내는 거지." 그녀는 화면을 두드렸다. "분기 구조를 형성하는 자가 복제 세포."

"무슨 목적으로?"

"알 수는 없지만, 질병의 수명주기와 어떻게든 관련 있을 거야. 그렇지 않으면, 이게 무슨 목적이 있겠어?"

"반드시 목적이 있어야만 하나?"

그녀의 시선은 플라스의 무시하던 시선보다는 조금 덜 신랄했다. "삶에는 항상 목적이 있어."

"그래서 그게 뭔데?"

"우리와 공통점이 있다면 생존이겠지. 종의 지속."

헉슬리는 유감스러운 미소를 지으며 지도 화면으로 돌아가려

---

*   식물 재배용 흙이 담긴 봉지.

고 자리에서 일어나다가 리스의 목에 반점이 있다는 사실을 알아차렸다. 일반적인 사마귀 정도의 크기와 모양이었지만 그는 아침에는 보지 못했다고 확신했다. "왜 그래?" 그녀가 물었지만, 갑작스럽게 울리는 위성 전화 소리가 그의 대답을 가로막았다.

앞으로 나아가던 헉슬리는 잠시 멈춰 사다리 아래로 핀천에게 소리 질렀다. "엄마 아빠가 부르신다." 그리고 조타실 앞으로 이동했다. 그는 전화가 울리는 것을 지켜만 보다가 다른 사람들이 둥글게 모여 섰을 때 녹색 버튼을 눌렀다.

"사상자가 있습니까?"

"아니."

"혼란스러운 생각이나……."

"작작 좀 해! 당연히 우리는 공격적이고 비합리적인 행동을 보여. 왜 우리가 안 그럴 거라고 보는데? 그냥 하고 싶은 말이나 해."

딸깍 소리와 잠깐의 침묵 후에 배의 엔진이 멈췄다. "휴식 시간입니다." 전화 목소리가 말했다. "일곱 시간 후에 통신이 재개됩니다. 새벽까지 2인 1조로 돌아가면서 경계를 유지하십시오. 이 지역의 감염자들은 극도로 적대적입니다."

"우리가 여기서 뭘 하고 있는지 말해줄 생각은 전혀 없는 거야?"

"최종 단계 지침이 곧 제공될 것입니다. 갑작스러운 정신적 또는 신체적 변화의 징후가 있는지 계속해서 서로를 지켜보십시오."

딸깍. 침묵.

"저게 진짜 사람이라면." 핀천이 단조로운 목소리로 말했다. "난 여기서 반드시 살아남아 놈들을 사냥해서 죽여버릴 작정이야. 아주 천천히."

헉슬리와 리스가 첫 번째 보초를 섰다. 헉슬리는 리스의 목에 있는 반점에 대해 그녀에게 말해야 할지 말아야 할지 고민하면서 앞 갑판에 머물러 있었다. 아무것도 아닐 수 있어. 그는 그렇지 않다는 것을 알았다. 리스의 감염이 악화하고 있다고 해서 나머지 우리도 그럴 거라는 의미는 아니잖아. 그는 이것이 애처로운 낙관주의임을 알았다. 그녀가 알고 싶어 할지도 몰라. 아마도 사실일 것이다. 하지만 알려주면 화를 내겠지. 그 또한 사실이었다.

이러한 질문과 답변이 계속되는 가운데 또 다른 생각들이 마치 경쟁하듯 머릿속에서 윙윙거렸다. 플라스의 새로 찾은 활기. 핀천의 새로 찾은 음울한 숙명론. 괴물이 우글거리는 도시 한복판에 그들만 홀로 남겨졌다는 사실, 모두 감염되었고 그 역시 곧 죽게 되리라는 사실, 그리고 빌어먹을 사흘 전의 삶조차 기억하지 못한다는 사실…….

넌 뭔가를 놓치고 있어. 이 주장은 커져만 가는 불안 속에서도 강하고 분명하게 그에게 전달되었다. 만약 경찰 본능에 목소리가 있다면, 바로 이것이라는 사실을 헉슬리는 깨달았다. 뭔가 중요한 것. 해결하지 않으면 모두를 죽음으로 몰아갈 어떤 것. 하지만 그게 뭐지?

그는 안개의 어두운 소용돌이가 주의를 분산시켜주기를 바라며 시선을 바깥쪽으로 돌렸지만, 계속되는 감염자들의 합창 탓에 평온함은 찾아오지 않았다. 사실상 자신이, 두려움 가득한 세상으로 내던져진, 태어난 지 며칠밖에 되지 않은 갓난아이나 다를 바 없다는 생각이 들었다. 기억이 없다면 우린 대체 뭔데? 골딩이 물었다. 아무도 아니야. 아무것도 아니라고. 그는 단지 저들이 남겨준 기술 때문에 어른인 척하는 아이였다. 그를 유용한 사람으로 만든 경찰 본능. 그렇다면 왜 지금은 그게 작동하지 않는 걸까?

생각할 게 너무 많아. 그는 결론 내렸다. 단서가 너무 많아. 갑판을 정리하자. 공간을 확보하자.

리스는 여전히 현미경 앞에 있었지만, 이제는 무언가를 분석하는 게 아니었다. 현미경에 내장된 컴퓨터 화면에는 그들이 아는 한 정확한 시간을 보여주는 시계가 떠 있었다.

"교대 시간 10분 남았어." 그가 조타실에 들어서자 리스가 말했다.

그는 그녀의 목에 시선을 두지 않으려 애썼지만 불가능했다. 이제 반점은 1페니 동전만 한 크기로 커졌고, 짙은 붉은색이었다. "아까 내가 뭔가를 알아차렸는데……."

"이거 말이야?" 그녀는 반점을 가리켰다. "그래, 나도 봤어."

"유감이야……."

"그럴 필요 없어." 그녀가 머뭇거리며 당황스러운 기색을 보였다. "당신도 하나 있거든. 왼쪽 귀 뒤에."

그의 손은 즉시 그 자리를 더듬어 찾았다. 리스가 알려주지 않았다면, 전혀 알아채지 못했을 것이다. 살짝 융기된 반점은 떨리는 손가락으로 찔러보아도 전혀 통증이 느껴지지 않았다. "그럼……." 그는 침을 꿀꺽 삼켜 메마른 목구멍을 약간 적셨다. "시작된 거네."

"글쎄 나는 잘 모르겠어. 혹시 뭐 기억나는 거 있어? 전보다 더 기억나는 게 있느냐는 거야, 내 말은."

그가 고개를 저었다. "그냥 그 꿈뿐이고, 난 아직도 그녀가 누군지 모르겠어."

"나도 마찬가지야. 기억이 방아쇠라는 건 우리 모두 알고 있잖아."

"그럼 이건……?" 순간 그는 답이 너무도 명백하다는 사실에 수치심을 느끼며 말꼬리를 흐렸다. "백신. 그게 백신이 아니었던 거네."

"그것도 확실하지 않아. 이 반점들은 부작용일 수도 있어. 접종원이 감염과 싸우는 동안 생겨난 부산물일 수 있는 거지."

그는 반점을 다시 손가락으로 찔러봤지만, 역시 아프지 않다는 사실에 괜히 짜증이 났다. "이걸 테스트해볼래?"

"내가 가진 기구로 생검해보기에는 반점이 아직 너무 작아. 하지만 현재 성장률을 고려해보면……." 그녀는 눈썹을 치켜세우고 인상을 찌푸리며 한 손으로 현미경을 두드렸다. "아침에 거기서 체액을 좀 뽑아내 어떤 결과가 나오는지 확인해보자."

우리가 죽어가고 있다는 걸 말해주겠지. 일말의 의심도 들어가지 않은 이 깨달음은 예상과 달리 불안감을 전혀 고조시키지 못했다. 그는 말이나 생각으로 표현하지 않아도, 자신이 이미 불가피한 죽음을 받아들였음을 깨달았다. 이건 처음부터 죽자살 임무였던 거야. 어떻게 다르게 생각할 수 있겠어?

"좋아." 그가 손을 옆으로 내리며 말했다. "핀천과 플라스는?"

"아무 자국도 발견하지 못했지만, 당연히 그들에게도 곧 반점이 나타나겠지."

"말해줘야 할까?"

"이미 눈치챘을지도 몰라. 게다가 우리가 뭘 어떻게 할 수 있는 것도 아니잖아." 그녀는 현미경의 전원 버튼을 끄고 사다리 쪽으로 돌아섰다. "아침까지 기다리는 게 좋을 거야."

11장

당연하게도 헉슬리는 잠이 오지 않았다. 플라스와 핀천은 반쯤 잠들었다가 깨어나 말없이 경계 임무를 맡았다. 핀천이 잠이 덜 깬 눈으로 사다리를 올라갈 때, 헉슬리는 그의 손목 아래 작은 반점이 있는 것을 알아챘다. 핀천이 그것을 못 봤을 리가 없어. 이제 그들의 안전이 우울증 앓는 군인과 고기능 사이코패스, 두 기억상실증 환자의 경계 태세에 달렸다는 사실이 너무 터무니없게 느껴져 헉슬리는 절로 너털웃음이 터질 것 같았다. 하지만 지금 상황에서 웃기 시작하면 히스테리를 불러일으킬 것이 뻔했기에 기억의 고통으로 그 충동을 잠재웠다.

고등학교는 어디를 다녔지? 그는 자신에게 물었고 그 질문이 두개골 앞부분에 날카로운 불편함의 화살을 쏘아 보냈다.

첫 몽정은 몇 살 때 했어? 더한 통증, 이번에는 더 날카로웠다. 추악한 기억일까? 복잡한 성적 각성? 아니면 디킨슨처럼 학대당했던 것일까?

그는 꿈속의 여인을 떠올리고 그녀가 태양 아래에서 빙그르르 도는 모습을 지켜보았다. 이름이 뭘까? 우린 어디서 만났을까? 그녀의 웃음소리는 어땠지? 그녀의 냄새는……?

헉슬리는 몸을 부르르 떨며 머릿속에 차오르는 극심한 고통을 느끼고 있었지만, 마지막 질문에서 고통이 멈춰버렸다. 답을 알기 때문이 아니었다. 질문 그 자체 때문이었다. 냄새. 경찰 본능이 살아나면서 심장이 달음박질치기 시작했고, 그는 벌떡 일어나 앉았다. 무엇이 됐든 간에, 내가 냄새를 기억하고 있나?

핫도그? 아무 냄새도 떠오르지 않았다. 그는 다진 양파가 옆으로 줄줄 흘러넘치는 핫도그를 상상해봤다. 빨간 케첩과 노란 겨자소스가 대비되는, 영양가 없는 흰 빵에 가공육을 얹어 만든 그 혼합물에서 김이 모락모락 피어올랐다. 그는 애비게일의 바지선에서 발견했던 버번의 맛이 어떨지 알았던 것처럼 핫도그도 어떤 맛이 날지 막연하게나마 알고 있었다. 하지만 어떤 냄새가 났었는지는 감도 잡히지 않았다.

"양파"라고 큰 소리로 말하자 달콤하면서도 짭짤했던 그 톡 쏘는 맛의 기억이 떠올랐다. "케첩." 마찬가지였다. "이제 핫도그." 다시 한번, 아무 냄새도 나지 않았다.

해변에 있던 여인. 그는 눈을 감고 긴 머리를 휘날리며 모래사장을 가로질러 걷는 여자의 모습을 지켜보았다. 그는 바람결에 소금기가 묻어나리라는 것을 알았고, 어쩌면 그녀가 뿌린 향수의 흔적도 실려 올지 모른다고 생각했다. 그러나 다시 한번 그는 똑같은 빈 상자로 손을 뻗고 있는 자신을 발견했다.

리스는 잠자고 있던 게 분명했고, 헉슬리는 그 사실이 감탄스러우면서 동시에 짜증스러웠다. "아침에 하자고 했잖아." 그가 어깨를 쿡쿡 찌르자 리스가 그의 손을 옆으로 밀쳐내며 말했다.

"당신 꿈." 그는 낮지만 다급한 목소리로 말했다. "그 꿈에서 어떤 냄새가 났어?"

그녀는 눈살을 찌푸리며 혀로 입술을 적셨다. "몰라, 그냥 꿈이야……."

"무슨 냄새가 났는데?"

그녀의 이마에 주름이 잡히고 눈의 깜빡임이 느려지더니 그를 가만히 응시했다.

"분주한 응급실은 냄새가 지독하겠지, 안 그래?" 그가 말했다. "피, 똥, 구토. 하지만 당신은 그 악취를 기억하지 못할 거야, 맞지?"

그녀는 고개를 끄덕이며 계속 그를 응시했다.

"하지만 피 냄새가 어떤지는 기억하지?"

그녀가 더욱 인상을 찌푸리며 고개를 끄덕였다.

"맥락." 그가 리스 쪽으로 고개를 가까이 들이밀며 말했다. "우린 개별적인 냄새들은 기억해. 그런데 그 냄새들이 어떤 맥락과 결합하면 사라져버려."

"냄새는 매우 강력한 기억 유발 요인이야." 그녀가 그의 속삭이는 어조에 맞춰 말했다. "어떤 면에서는 시각보다 더 강력하지. 우리에게 행해진 일의 흥미로운 효과일 테지만……."

"플라스는 에버글레이즈의 냄새를 기억했잖아. 부패한 냄새 같다고 했어."

리스는 그를 바라보며 다시 눈을 깜빡이고는 카빈총으로 손을 뻗었다. "망설이지 말고 가서 그년을 죽여버려야 해."

그는 고개를 끄덕이며 권총을 챙겨 사다리로 이동했다. 사다리를 거의 다 올라갔을 때, 그들은 뭔가 무거운 것이 물에 부딪혀 내는 큰 소리와 함께 짧은 신음을 들었고, 곧이어 남자의 목에서 터져 나오는 고통의 외침을 들을 수 있었다. 핀천이야.

헉슬리는 조타실로 몸을 끌어 올리자마자 몸을 웅크리고 양손으로 권총을 쥔 채 타깃을 찾았다. 조타실은 비어 있었다. 그는 칸막이 뒤쪽을 훑어보다가 현미경이 사라진 것을 알았다. 왼쪽에서 끙끙대며 긁는 소리가 들리자 시선을 후미 갑판으로 향했다. 눈을 커다랗게 뜬 핀천이 고통으로 이를 악물고 그를 바라보며 서 있었다. 서 있는 게 아니야, 헉슬리는 군인의 발을 바라보고 깨달았다. 군화 발가락만 간신히 갑판에 닿아 있었고, 갑판 고무바닥으로 피가 계속해 떨어지고 있었다. 헉슬리의 눈이, 떨어지는 피에서 핀천의 어깨 상처로 올라갔다. 짙은 색의 길고 날카로운 것이 그의 어깨를 뒤에서 앞으로 꿰뚫고 있었다.

"미안." 목소리는 핀천의 뒤에서 들려왔다. "내가 자는 걸 깨웠나?"

그것은 플라스의 목소리이면서 동시에 그녀의 것이 아니었다. 평소의 단조로운 억양이었지만, 치찰음이 더 강하게 들렸다. 그녀의 말은 뒤틀린 입술에서 나오는 것처럼 부분적으로 왜곡돼 있었다.

"아니면 마침내 현명한 추리를 해내신 건가요, 형사님?" 플라스가 물었다. 핀천의 뒤에서 무언가 움직이자 그의 몸이 꼭두각시처럼 흔들렸다. 헉슬리는 앞으로 조금 움직여 사다리를 올라오는 리스가 들어설 공간을 마련했다. 그는 핀천의 뒤쪽 어둠 속에서 한 형체를 알아봤다. 플라스의 체구로 보기에는 훨씬 컸지만, 총을 쏘아 맞힐 만큼 분명하게 보이지는 않았다.

"얼마나 된 거야?" 그가 다시 앞으로 조금 나아가며 물었다. "기억하기 시작한 거. 그게 얼마나 됐어?"

"꼭 집어 말하기는 힘들어." 플라스의 어조는 귀에 거슬리는 악의와 명쾌한 정상성이 뒤섞여 삐걱댔다. "여전히 몇 가지는 돌아오지 않았어. 아직 이름은 기억나지 않아. 어쨌든 이름에 그다지 애착이 있던 것도 아니라서. 다른 것들은…… 음, 아주 선명하게 기억나."

리스가 카빈총을 어깨에 메고 조타실 한가운데를 가로질러 이동하자, 매달려 있던 핀천의 몸이 그에 따라 획획 움직였다. 플라스가 인간 방패를 움직이는 동안 헉슬리는 기형적으로 변한 그녀의 모습을 더 잘 볼 수 있었다. 흘끗 바라본 얼굴은 왜곡된 목소리를 반영했다. 여전히 그녀를 알아볼 수는 있었지만, 얼굴은 더 가늘어졌고 턱은 뾰족하게 길어졌으며 광대뼈는 넓어지고 이빨이 길게 자라 아랫입술 위까지 덮었다. 그가 권총 조준경을 그녀의 이마에 맞추려 했지만, 그녀는 다시 몸을 움직여 핀천을 총알의 경로에 놓이게 했다.

"조심하라고." 플라스가 경고했다. "내 이야기 듣고 싶지 않아? 아주 재미있을 거라고 약속할게."

리스가 조금씩 앞으로 나아갔고, 헉슬리는 그녀가 현미경이 없어졌다는 사실을 알아차리고는 표정이 굳어지는 것을 눈치챘다. "현미경 어디 갔어?" 그녀가 물었다.

"그런 장난감 따위 필요 없잖아, 안 그래 자기?" 플라스가 노골적인 조롱을 담아 대답했다. "애초에 저들이 진단 장비를 제공하지 않았던 게 옳았어. 오히려 정신만 산만하게 했을 테니까."

"무엇으로부터?" 헉슬리가 물었다. 몸을 똑바로 세우고 다른 각도를 찾아봤지만, 여전히 명확한 조준점은 나오지 않았다.

"당연히 우리가 수행해야 하는 임무로부터." 플라스는 지금껏 뱉어낸 소리 중에 가장 추악한 소리로 웃었다. "진작 알았어야 했는데. 이건 빌어먹을 내 아이디어였거든. 그런데 난 이 임무에 자원한 기억이 없어……."

보트의 엔진이 굉음과 함께 살아나더니 좌현에서 우현으로 흔들리며 플라스를 비틀거리게 했다. 핀천은 휘둘리며 비명을 질렀지만 어떻게든 몸을 홱 잡아당길 정도의 힘을 되찾은 듯했다. 그가 다리를 차며 몸을 반으로 접었고, 그 동작으로 어깨를 관통하고 있던 물체에서 벗어나는 데 성공했다.

헉슬리는 핀천이 갑판 위로 쓰러지는 순간 움직이는 어두운 덩어리를 향해 두 발을 쐈고, 이제 그것은 선미에서 사라지는 중이었다. "젠장, 젠장, 젠장!" 리스가 소리 질렀지만, 카빈총의 발포음이 그 소리를 삼켜버렸다. 그녀는 안개 자욱한 어둠 속으로 총을 연발하며 성큼성큼 앞으로 걸어 나갔다. 헉슬리는 급히 핀천에게로 달려가 피가 솟구치는 등 뒤의 구멍을 손으로 막았다.

"핀천을 도와줘!" 헉슬리는 리스에게 외쳤다. 그녀는 계속해서 허공으로 탄환을 날렸고, 총이 발사될 때마다 격앙된 고함을 질러댔다. "의사 선생!" 그의 외침이 마침내 리스의 관심을 끄는 데 성공했다. 분노와 성가심으로 핀천을 흘긋 내려다보던 그녀는 카빈총을 어깨에 메고 상처를 살펴보기 위해 쪼그려 앉았다.

"구급상자 가져와." 리스가 헉슬리의 손을 옆으로 밀어내고 자기 손으로 상처를 압박했다. 몸을 일으키면서 헉슬리는 핀천이 숨을 헐떡이는 것을 들었다. 그가 힘겹게 말을 뱉어내자 상처에서 피가 흘렀다. "거짓말…… 플라스가 이건 전부 다…… 거짓말이라고 했어……."

새벽이 되자 배는 바다나 다름없는 수로를 따라 느릿하게 항해를 이어갔다. 이제 안개 너머의 세상을 거의 분간할 수 없었기에 지도 디스플레이가 유일한 안내자였다.

"리치먼드와 킹스턴 사이 어디쯤일 거야…… 내 생각에는 그래." 핀천이 말했다. 그는 천천히 신중하게 말을 이었는데, 각 단어가 고통으로 지속되는 경련 탓에 엄격하게 제어된 음절 뭉치로 나왔다. 리스는 그의 상처가 너무 심해 꿰맬 수 없다고 판단했다. 그녀는 상처에 붕대를 감으면서 차라리 소작하자는 군인의 제안을 단칼에 거절했다.

"남은 화염방사기의 점화장치……."

"됐어. 쇼크사하고 싶어? 터프가이 흉내 좀 그만 내. 이제 재미없어."

그들은 핀천을 지도 디스플레이 앞 좌석에 묶어놓았고, 허슬리는 강기슭을 탐색하는 중에, 진통제를 좀 더 철저히 찾아보지 않았던 것을 자책했다. 핀천은 고통으로 발작을 겪어야 했다. 한바탕 극심한 경련을 일으킨 후 잠시 기면 상태에 빠지기도 했지만, 얼굴의 긴장은 사라지지 않았다. 그런데도 그는 플라스의 변화에 대해 그들에게 설명해야겠다고 고집했다.

"너무 순식간에 일어났어. 앞쪽 갑판에서 체인 건을 점검하고 있었는데, 사실 점검할 게 많지는 않았어. 그냥 몇 가지 할 일이 있었거든. 조준경을 닦는다거나." 그는 떨림을 견디기 위해 잠시 멈추었다가 리스가 입술에 가져다 댄 수통에서 물을 삼킨 다음 말을 이었다. "플라스는 고물 쪽에 있었어. 내가 거기 가 있으라고 했거든. 한동안 플라스 주변에 있으면 그다지 편치가 않더라고. 나뿐 아니라 다들 그랬잖아, 맞지? 그러다가 무슨 소리가 들렸어…… 뭔가를 뜯어버리는 소리, 그다음에는 비명. 플라스가 고통스러워서 내뱉는 소리 같았어. 내가 거기에 도착했을 때…….” 그는 당황스러운 표정을 지으며 말꼬리를 흐렸다. “플라스가 현미경을 배 밖으로 던지려고 들어 올리고 있더라고. 그런데 그 얼굴, 팔. 변해 있었어. 사실 내가 있는 곳에서 그리 잘 보이지 않았어. 내가 무기를 꺼내 들자, 그녀가 현미경을 강에 던져버리고 내 쪽으로 다가왔는데, 인간치고 너무 빨랐지. 그 후로는 모든 게 흐릿해. 마치 거대한 전갈과 싸우는 것 같았어.” 그의 입에서 쓴웃음이 살짝 새어 나왔다. “내가 졌어, 진 거 맞지?”

“플라스가 무슨 얘기한 거 없어?” 헉슬리가 물었다.

“많지는 않아. 단지 거짓말에 관해서만 얘기했는데, 너희 둘이 나타나기 전까지는 상당히 횡설수설했어. 그건 그렇고 고마워.”

헉슬리는 리스를 돌아보았다. “그게 사실이라고 생각해? 플라스는 이게 자기 아이디어라고 했잖아?”

“누가 알겠어? 사이코패스는 종종 거짓말하는 걸 즐기니까. 다른 사람을 조종하기 위한 조작술의 일환이지. 분명히 감염이 그녀를 신체적으로 변화시켰어. 성격적으로는, 글쎄 별로 변하지 않은 것 같지.”

"플라스를 명중시킨 거 분명해?" 핀천이 헉슬리에게 물었다.

"거의 확실해. 하지만 순식간이었고, 우리는 다른 감염자들이 공격받으면서도 계속 버텨내는 걸 봤잖아."

"플라스는 아직 저 밖에 살아 있어." 리스는 조타실 창문을 통해 바깥을 바라보며 확신에 차 말했다. "우리를 따라오고 있을 거야. 내 말은, 우리가 감염자들을 끝장내기 위해 여기 온 건 너무도 분명한데, 플라스는 그들 중 하나잖아. 왜 우리를 막으려고 안 하겠어? 아마 재미나 장난으로라도 그럴 거야."

"이제부터는." 헉슬리는 앞 유리 너머로 어느 때보다 짙게 깔린 안개를 바라보며 말했다. "언제든 착용할 수 있게 야시경을 항상 휴대해야겠어. 이 빌어먹을 안개를 뚫고 뭐든 보려면 그게 있어야 할 테니까."

"배터리 수명……." 핀천이 힘없이 늘어져 있던 손을 들어 올려 경고했다.

"나도 기억하고 있어." 헉슬리는 그의 손을 잡고 천천히 내렸다. 잡은 손을 놓기 전에 그는 이전에 발견했던 반점 자국이 거칠어진 것을 느꼈다. 그것은 핀천의 손목에서 팔꿈치까지 긴 진홍색 줄무늬를 형성하면서 커져 있었다.

"그거 정말 맘에 안 들어." 핀천이 말했다. 헉슬리는 고개를 들었고 군인의 입가에 옅은 미소가 떠워진 것을 보았다. "내 문신 모양을 망치고 있잖아." 그의 시선이 헉슬리의 목으로 옮겨가더니 안쓰러움에 가늘어졌다. "나만 그런 게 아니네."

242

헉슬리의 귓불에서 빗장뼈까지 피부를 따라 잎사귀 모양으로 흘러 내려가는 그 반점은 질감이나 크기 면에서 핀천의 것과 거의 같아 보였다. 다시 한번, 그는 그것이 아프지 않은 게 이상하다고 느꼈다. "자네가 소외감을 느끼지 않길 바랐거든." 그는 가늘고 쉰 목소리로 형편없는 농담을 하고는 스스로 민망해했다.

"접종원이 질병에 반응하면서 생기는 거 같아." 리스가 핀천에게 말했다. "우리가 필요한 시험과 실험을 거치지 않고 급하게 만들어진 화합물을 투여받은 거라고 가정하는 게 안전할 거야. 그러니 심각한 부작용이 예상되지."

그는 멍한 눈으로 조용히 그녀를 바라보다가 툴툴거렸다. "의대에서 환자 머리맡 대화 예절 수업은 건너뛴 모양이군, 어, 의사 선생?"

"우리가 뭘 주사했든 간에, 플라스에게는 효과가 없었던 거야." 헉슬리가 리스에게 말했다. "그런데 우리에게는 효과가 있는지 어떻게 알 수 있어?"

"일단, 우리는 아직 괴물이 되지 않았잖아. 둘째, 난 플라스에게서는 어떤 반점도 발견하지 못했어. 그녀는 선천적으로 그 접종원에 저항력이 있었을 거야."

"플라스 말로는…… 얼마 전부터 기억이 나기 시작했대." 또 다른 고통이 몸을 관통해가는 동안 핀천이 이를 악물며 지적했다. "이미 기억을 모두 회복했거나 기억의 일부라도 되찾으면 접종원이 효과가 안 나타나는 걸지도 몰라."

"기억은 상처야." 헉슬리는 리스가 감염자들의 조직 샘플을 분석했을 때, 자신이 내렸던 결론을 반복하면서 말했다. "일단 감염되면 그걸로 끝이야."

지금쯤이면 위성 전화 특유의 찍찍거리는 소리에 익숙해질 법했지만, 그들 모두 전화벨이 울리기 시작하자 또 한 번 몸을 움찔했다.

"반란죄로 군법회의에 회부될 위험을 무릅쓰고 말하는데." 핀천이 말했다. "난 그 빌어먹을 것을 배 밖으로 던져버리는 데 아무런 이의가 없어."

전화기에 손을 뻗으면서 헉슬리도 그렇게 하고 싶은 충동을 강하게 느꼈다. 하지만 그들은 이 시점에 이르러서도 여전히 아는 게 거의 없었다. 전화 목소리는 짜증날 정도로 단조로웠지만, 적어도 깨달음의 가능성을 제시했다.

"우리 얼마나 솔직해질까?" 그는 녹색 버튼 위로 손가락을 가져가며 물었다.

리스는 팔짱 끼고 있던 팔을 풀었다. "이 단계에서는 그냥 전부 사실대로 털어놓는 게 좋을 것 같아."

헉슬리는 핀천을 바라보았고, 그는 인상을 찌푸리며 어깨를 으쓱하는 것으로 대답을 대신했다.

"정직하게." 헉슬리가 버튼을 누르며 말했다.

평소와 마찬가지로 전화 속 음성은 조금도 지체하지 않고, 해야 할 질문을 던졌다. "사상자가 있습니까?"

"플라스가 변했어…… 아주 불쾌한 것으로. 그리고 핀천을 공격했어. 우리가 반격해서 다치게 했지만, 도망가버렸어."

"핀천은 죽었나요?"

"아니. 하지만 상태가……." 헉슬리는 한쪽 눈썹을 치켜세우고, 고통이 가득 찬 두 눈을 천천히 깜빡이는 핀천을 바라보다가 대답했다. "……심각해."

짧은 침묵, 한 번의 딸깍 소리. "화물칸에 또 다른 컨테이너가 열렸습니다. 전화기를 들고 가서 내용물을 확인하십시오."

리스는 헉슬리를 따라 사다리를 타고 승무원실로 내려갔다. 이전에는 봉인되어 있던 보관함 뚜껑이 비스듬히 열려 있었다. 그 안에서 두 사람은 여행 가방 크기의 튼튼한 플라스틱 상자 위에 태블릿 컴퓨터 한 대가 놓여 있는 것을 발견했다. 상자의 윗면에는 LED 패널과 열한 자리 숫자 키패드가 있었고 화면은 옅은 파란색으로 비어 있었다. 리스가 태블릿을 집어 올리는 순간 화면이 활성화되면서 북유럽을 간단하게 보여주는 지도가 나타났다. 영국 제도의 남동쪽에서 붉은 점이 깜빡이더니 전화 목소리가 말하기 시작했다.

"M-스트레인 바실러스 균으로 명명된 것은 약 18개월 전에 런던에서 처음 확인되었습니다. 여러분은 집단 감염의 결과를 직접 눈으로 확인했습니다." 더 많은 점이 나타나 서쪽에서 동쪽으로 이어지는 거대한 궤도를 형성했다. "디에프. 헤이그. 오슬로. 코펜하겐. 감염이 발생한 모든 도시입니다. 감염자는 폴란

드, 벨라루스 및 러시아 연방의 여러 지역에서도 확인되었습니다. 모든 국경은 1년 넘게 폐쇄되었고 모든 민간 항공기의 착륙도 금지되었으며 해상 무역은 중단되었습니다."

"바람을 타고 퍼지는 거야." 리스는 전화 목소리의 단조로운 독백이 잠시 멈춘 틈을 타 말했다. "북반구의 지배적인 바람은 동쪽으로 불거든."

"맞습니다." 화면이 다시 바뀌었고 헉슬리는 중앙의 핵에서 돋아난 흰 섬유 덩어리 같은 것을 바라봤다. "주요 감염 경로는 감염된 숙주의 사망 후에 생성되는 비산 포자입니다. 이러한 경로로 인해 일반적으로 시행되는 표준 팬데믹 대응 계획은 전혀 효과가 없었습니다. 이 포자는 증식을 위해 사람 간의 접촉을 요하지 않기 때문에 격리도 전염을 일시적으로 지연시킬 뿐입니다. 감염은 흡입이나 피부 흡수를 통해 발생합니다. 생물학적 방호복은 이미 포자가 검출된 지역에서만 어느 정도 보호 기능을 발휘할 수 있습니다. 일단 충분한 수의 감염자가 모이면 확산은 멈출 수 없습니다."

"기억상실증 환자를 제외하면 그렇다는 거군." 헉슬리가 말했다.

"발병 초기 단계에서 수많은 병원이 알츠하이머, 신경 손상, 또는 기억상실증을 앓는 환자들의 감염률이 제한적이라는 사실을 보고해왔습니다. 실험 결과 이러한 환자들이 이 바실러스 균에 면역성이 있는 것은 아니지만, 내성이 매우 높은 것으로 확인되었습니다."

"그러니까 그 말은." 리스가 끼어들었다. "알츠하이머 환자들을 모아서 포자에 노출하고 죽기까지 시간이 얼마나 걸리는지 재봤다는 거잖아, 맞지?"

곧장 답이 돌아왔다. "맞습니다. 분명한 이유로, 치매를 앓는 피험자는 효과적인 현장 연구를 수행할 수 없었습니다. 따라서 실험을 위해 지원자를 모집했던 겁니다. 여러분의 임무는 그 실험의 결과입니다."

"하지만 이 임무는 현장 조사가 아니잖아." 헉슬리가 말했다. "안 그래?"

화면이 다시 지도로 전환되더니 런던 지역이 확대되었다. 도시가 화면을 가득 채울수록 해상도가 높아지면서 단순한 그래픽 이미지였던 것이 위성 이미지로 바뀌었다. 처음에는 도시 끝에서 끝까지 뒤덮은 안개만 보였는데 이제 가장자리는 분홍빛이고 도시의 서쪽으로 갈수록 짙은 진홍색이었다. 그것은 현미경 화면에서 보았던 세포를 떠올리게 했는데, 그 진홍색 얼룩이 거대하고 악성적인 무언가의 핵으로 여겨졌다.

"안개가 안개가 아닌 거네." 리스가 말했다. "그게 질병이잖아, 그렇지? 안개는 그 포자로 만들어졌고 우리는 며칠 동안 그 안개를 통과해 이동하고 그걸 호흡하고 흡수한 거였어."

"그렇습니다." 그 어느 때보다 억양 없는 목소리로 전화 음성이 확인해주었다. "여러분이 투여한 접종원이 지금까지 가장 효과적인 제형으로 입증되었습니다."

"우릴 여기까지 오게 하느라고 고생이 많으셨네." 리스가 진
홍색 핵을 두드리며 말했다. "왜지?"

화면이 다시 한번 바뀌었다. 여전히 런던의 같은 지역을 보여
주었지만, 안개는 사라지고 그 아래 있던 도시의 흑백 이미지가
나타났다. 처음에 헉슬리는 그것이 흐릿하거나 손상된 이미지
라고 생각했다. 거리는 어렴풋한 테두리 선으로만 이루어져 있
었는데, 위에서 내려다본 숲과 대략 비슷한 불규칙한 혼란 속으
로 완전히 사라져버리곤 했다.

"이것은 주요 감염 지역, 일명 PIZ(Prime Infection Zone)로 불
리는 곳을 가장 최근에 이미지 레이더 스캔한 것입니다. 발병
초기에 많은 감염자가 이 지역에 모여 죽었습니다. 이유는 한동
안 알려지지 않았으나, 지속 가능한 물 공급원과의 근접성이 주
요 요인으로 추측되었습니다. 대략 1만 명이 이곳에서 24시간
이내에 사망했으며, 그 수는 다음 72시간 동안 기하급수적으로
증가했습니다. 사망자들의 몸에서 자라 나온 성장물이 빠르게
합쳐져 지금 여러분이 화면에서 보는 구조물을 형성했습니다.
그것은 태양광을 차단하고 아래서 무슨 일이 일어나는지 감시
할 수 없게끔 막는 일종의 캐노피 역할을 했습니다만." 검은색
과 회색으로만 이루어졌던 이미지가 분홍색과 빨간색으로 바뀌
었다. "열화상 이미지는 그 밑에서 상당한 생화학 활동이 일어
나고 있음을 말해줍니다. 또한 이 지역의 포자 수는 다른 곳보

다 훨씬 많습니다."

"포자 양육실이군." 리스가 결론지었다. "포자가 태어나는 곳이야."

"우리도 그게 맞다고 봅니다."

"그럼 폭파하면 되잖아." 헉슬리가 말했다. "몇천 톤의 소이탄이면 충분할 거야."

"4개월 전에 열압력 폭발물을 PIZ 중앙의 성장물 덩어리에 떨어뜨렸습니다. 그 결과 사방 0.5제곱킬로미터가 초토화되었습니다. 하지만 48시간도 채 되지 않아 그 손상 부위가 우리의 스캔 화면에서 사라졌습니다. 이 성장물은 스스로 복구할 수 있습니다."

"핵무기를 투하해. 그러면 절대로 복구 못 할 거야."

잠깐의 침묵과 딸깍 소리 이후 다시 전화 목소리가 말을 이었다. "화물칸에서 가져온 상자를 주목해주십시오."

그는 단단하고 거친 플라스틱 상자와 그 변화 없는 디스플레이 화면을 바라보았다. 그러고 나서 리스를 바라보았다. 자신의 얼굴도 분명, 그녀의 얼굴이 보여주는 충격과 이해가 뒤섞인 표정을 짓고 있을 것을 알았다.

"지금 농담이겠지?" 그가 말했다.

"PIZ를 파괴할 수 있는 공중 투하 폭탄은, 해결하는 것보다 더 많은 문제를 초래할 수 있습니다." 전화 음성이 말했다. "폭발은 북반구 전역에 포자를 흩뿌리게 될 것입니다. 농업과 장기적인 건강에 해를 끼치는 방사능 구름도 만들어낼 것입니다. 해당 상자에 들어 있는 장치는 저출력 토륨 폭탄입니다. 주요 감염 지역의 위성 엑스레이 스캔 결과에 따르면, 캐노피 아래에는 수많은 심부 굴이 존재합니다. 이 장치에서 발생하는 폭발은 캐노피 내부 구조를 소각하고 국지적이고 제한된 방사능 구름을 만들어내 포자를 비롯한 유기 물질을 수개월 동안 파괴할 것입니다."

리스는 짧고 날카로운 웃음을 터뜨렸다. 그녀는 웅크린 자세에서 일어나, 까칠해진 머리를 계속 문지르며 선실 안을 돌아다녔다. "엄밀히 말하면 편도 여행이네." 그녀는 터질 것 같은 울음을 가까스로 참아내느라 숨죽인 감탄사를 뱉어내며 말했다.

"여러분 모두 이 임무에 자원했습니다." 전화 목소리가 말했다. "이전 연구 임무 참가자들도 마찬가지였습니다. 모든 수학적 모델링 예측은 한 치의 오차도 없는 동일한 결과를 내놓았습니다. 즉, 만약에 M-스트레인 바실러스를 멈추지 못한다면, 인류는 9개월에서 12개월 사이에 멸종할 것입니다."

헉슬리가 상자에서 시선을 떼지 못하는 동안 기억 통증은 이전에 겪어보지 못한 수준까지 극심해졌고, 경찰 본능도 마찬가지로 강해졌다. 거짓말, 플라스가 말했었다. 이것이 그녀가 의미하는 바일까? "다른 임무들은 어떻게 된 거지?" 그가 전화에 대고 물었다.

"이전 시도에서 시행한 기억 억제 수술은 성공을 보장하기에는 역부족인 것으로 판명되었습니다. M-스트레인 바실러스 균은 기억 시냅스를 변경할 뿐 아니라 복구도 할 수 있습니다. 이번 시도에서 외과적 개입은 기억 상실을 회복하는 병원체 능력에 대항하는 면역 반응을 촉진하고 유전자 치료 능력을 높여줄 보조제 사용으로 강화되었습니다."

"그래서." 리스는 마음을 진정시키기 위해 몇 번 심호흡한 후에 말했다. "붉은 반점은 접종원의 부작용이다?"

"그렇습니다. 체내 병원균 양이 증가함에 따라 반점의 크기와 색의 선명도가 커지는 것을 알아채셨을 겁니다."

"효과가 얼마나 갈까?"

"보셨다시피 결과는 대상에 따라 상당히 다릅니다."

헉슬리는 리스와 길게 시선을 교환했다. 차라리 모든 걸 털어놓는 게 나을지도 몰라. "플라스가 무슨 말인가 했어." 그가 전화에 대고 말했다. "그녀가…… 변했을 때. 이게 모두 자기 아이디어라고 하던데, 그게 무슨 뜻이야?"

"그건 이번 임무와는 아무 상관……."

"아니, 아니! **아니야!**" 그는 전화기와 함께 손으로 바닥을 쿵쿵 내리쳤다. "더는 안 돼. 우리가 이 커다란 폭죽을 저것의 심장부로 운반해 가기를 바란다면, 내 질문에 대답해. 안 그러면, 제기랄, 우린 아무 데도 가지 않을 거야. 내 말 이해했어?"

20초의 침묵, 세 번의 느린 딸깍거림. "여러분이 플라스로 알고 있던 지원자는 방사선 촬영의 생의학 응용 분야에 추가적인

251

전문 지식을 갖춘 연구 물리학자였습니다. 그녀는 M-스트레인 바실러스 균 퇴치를 위한 국제적인 공동 노력의 일환으로 초기 임상시험을 감독하는 팀에 파견되었습니다. 이후에는 토륨 장치 개발에 기여했습니다. 이 임무가 플라스로부터 시작된 것은 아니지만, 그녀가 기획 진의 일원으로 선발대 선정 업무를 감독한 것은 맞습니다."

"그년은 망할 정신병자야." 리스가 짜증을 내며 걸음을 멈추고 전화기를 노려봤다. "당신들도 그걸 분명히 알고 있었을 거야."

"그녀의 전문 지식이 필요했기에 수용하기로 했던 성격 프로필이 우려를 불러일으키기는 했습니다. 그리고 그 성격에서 더 문제 되는 측면은 인간을 대상으로 하는 임상시험 단계에서 분명해졌습니다."

"알츠하이머 환자들을 말하는군." 헉슬리가 말했다. "플라스는 그들이 죽어가는 걸 지켜보면서 쾌감을 느꼈을 거야, 내가 장담해. 신처럼 행세하면서, 좋아 죽으려 했겠지."

"그녀의 방식은 상당한 논쟁을 불러일으켰지만, 업무 성과만은 논쟁의 여지가 없었습니다."

리스는 벽에 등을 기대고 아래로 미끄러져 바닥에 앉았다. 촉촉하게 젖은 깜빡임 없는 두 눈은 반드시 던져야 할 명백한 질문으로 빛나고 있었다. 그녀가 헉슬리를 바라보며 말을 이었다. "그러니까 당신들 말은 우리더러 그냥 거기에 들어가서 스위치를 켜고 원자화되라는 거잖아. 내가 예전에 누구였는지는 모르 겠지만, 영웅이 아니었던 것만은 확실해."

"당신에게는 열 살짜리 아들이 있습니다." 전화 목소리가 대답했다. 화면에는 달리다가 중간에 멈춰서 카메라를 향해 어깨 너머로 미소 짓는 남자아이의 사진이 나타났다. 헉슬리는 소년 의 모습에서 리스의 얼굴이 얼핏 보이는 것 같다고 느꼈지만, 확신은 할 수 없었다. 그는 리스가 볼 수 있도록 태블릿을 들어 올렸다. 그녀는 눈물을 흘리며 화면을 바라보았지만, 뭔가 알아 보았다는 기색은 없었다.

"핀천에게는 남편과 부모, 그리고 두 명의 남자 형제가 있습 니다." 전화 목소리가 계속 말을 이었고, 태블릿 화면에는 일련 의 사진이 순차적으로 넘어가고 있었다. 이번에는 누가 봐도 가 족이라는 사실을 단번에 알아볼 수 있을 정도여서 헉슬리는 핀 천이, 기억하지 못하는 가족의 모습을 보지 못한 것에 차라리 안도했다. 그것은 전화 목소리가 전달할 수 없는 호의였다.

"헉슬리, 당신에게는 아내가 있습니다." 그는 화면에 등장한 여인이 꿈에서 봤던 여자임을 알아보았지만, 전혀 놀라지 않았 다. 그녀는 심지어 꿈에서와 같은 모자를 쓰고 있었다. 미소는 차마 오랫동안 쳐다보기 힘들 만큼 환하고 근사했다. 휘몰아치 는 기억의 고통에 몸서리치면서도 아내에 관해 알고 싶은 마음 을 억누를 수 없어 이름을 떠올려보려 했다.

"이걸 이전에 우리에게 말하지 않은 이유가 있나?" 고통이 견

딜 수 없을 만큼 심해지자, 그는 눈을 감으며 물었다.

"앞서 진행된 연구에 따르면, 개인 정보에 반복적으로 노출되면 기억 차단 절차가 약화될 수 있기 때문입니다. 이번 임무에서 우리는 여러분이 자기 자신에 관해 기억할 수 없게 하려고 막대한 노력을 기울였습니다. 훈련 기간에는 여러분을 각자 격리해 친숙해질 위험이 없도록 했습니다."

"그래서 기계 음성을 사용하는군. 어떤 기억도 불러일으킬 가능성을 차단하기 위해."

"맞습니다."

"그런데 이젠 아무래도 상관없다는 건가?"

"이제 여러분은 바실러스 균에 명백한 저항력을 갖게 되었습니다. 또한 동기 부여의 필요성도 생겼기에 그 정도 위험은 감내할 만하다고 여겨집니다."

"동기 부여의 필요성?" 그는 허탈한 미소를 지었다. "당신들은 지금 우리 입장에서는 존재하지도 않는 사람들을 위해 죽으라고 요구하는 거야."

"전 인류가 멸종 수준의 사건에 직면해 있습니다. 윤리와 도덕규범은 더 이상 의미가 없습니다." 짧은 침묵 후에 딸각 소리가 들렸다. "하지만 지금까지 시행된 연구는, 생존 상황에서 희망을 품을 수 있는 인간의 능력이 중요한 요소임을 시사했습니다. 장치의 화면에 주목해주십시오."

헉슬리는 앞으로 몸을 기울여 LED 화면에 표시되는 검은색

숫자를 들여다보았다. '120.'

"타이머입니다." 음성이 계속 말을 이었다. "폭발 시간은 키패드를 이용해 수동으로 조정할 수 있습니다. 장치가 활성화되면 보트로 돌아가 탈출을 시도할 수 있는 시간으로 최대 120분이 주어집니다. 폭발 반경은 주요 감염 지역의 크기에 따라 다를 수 있습니다."

"하지만 우리는 여전히 감염되어 있어."

"여러분은 그 접종원이 효과적인 치료법이라는 것을 증명했습니다. 추가적 치료가 필요하겠지만 분석에 따르면 여러분의 장기 생존 가능성은 10퍼센트 정도로 추정됩니다."

"10퍼센트?" 리스는 전화를 향해 돌진해가더니 수화기를 입에 가져다 대고 소리 질렀다. "꺼져버려!" 그러고는 헉슬리에게 수화기를 던져버리고 사다리로 향했다. "끊어버려."

"이쪽에서는 끊을 수가 없어."

"그럼 그냥 거기 둬." 그녀는 사다리를 오르기 시작했다. "우리 이 문제에 관해서 얘기 좀 하자. 우리 셋이 함께."

12장

"잘생긴 친구야, 그렇지?" 핀천은 태블릿에 뜬 사진을 보라고 고집을 부렸다. 그의 얼굴에는 헉슬리를 괴롭혔던 불편함의 기색 같은 건 없었다. 그의 시선은 첫 번째 사진, 즉 전화 목소리가 그의 남편이라고 주장했던 남자의 모습에 가장 오래 머물렀다.

"내 취향에 비해 키가 너무 커." 리스가 말했다. 그녀는 울어 충혈된 눈을 분개한 결연함으로 닦아내면서 억지 유머를 섞어 말했다. "키스할 때 상자 위로 올라가지 않아도 되는 남자가 낫잖아. 적어도 나는 그렇게 생각해."

"그들이……." 핀천은 또다시 찾아온 고통스러운 경련의 압박에 움찔하며 고개를 숙였다. 상처를 덮은 붕대는 말라붙은 피로 검게 물들어 있었고, 묶여 있던 의자도 피로 얼룩져 있었다. 그는 다시 고개를 들고 침을 꿀꺽 삼킨 후 깊이 심호흡하고서 말을 이었다. "이름을…… 알려주지는 않았어?"

"미안해." 헉슬리는 고개를 저었다.

"우리가 얼마나 오랫동안 함께했는지 궁금해." 핀천이 떨리는 손가락으로 태블릿 화면을 더듬으며 말했다. "나는 왜…… 그에 관한 꿈을 꾸지 않았는지도 궁금해."

"우리, 어." 리스가 헛기침했다. "우리가 결정해야 할 일이 있어. 만장일치로 해야 한다고 생각해."

"핵무기를 터뜨려야 할지 말지." 핀천은 태블릿을 계기반 위로 던졌다. "그거 정말 개 같은 질문이야." 그는 몸을 뒤로 기대고 떨림을 억누르면서 눈으로는 두 사람을 번갈아 쳐다봤다. "나도 투표해야 할지 확신이 서지 않아. 결국…… 나는 아무 데도 못 갈 테니까."

"그래도." 리스가 말했다. "만장일치가 아니면 난 안 할 거야."

"내 표는 편파적일 수 있어." 핀천이 약하게 미소 지으며 말했다. "죽음도 임박한 데다가 모든 상황을 고려하면…… 그렇지만 어쨌든 난 찬성에 한 표. 우린 그걸 하기 위해 온 거잖아. 기억하든 못 하든 그건 중요하지 않아. 난 내가 이걸 하기로 선택했다는 걸 알아. 게다가 계속해서 마음을 떠나지 않는 생각은…… 두 사람도 자발적으로 선택한 게 틀림없다는 거야."

"두 시간짜리 타이머야." 헉슬리가 상기시켰다. "우리가 거기에 들어갔다가 구명정을 타고 다시 돌아와서 자네와 함께 떠날 수 있을지도 몰라……"

핀천은 쓸데없는 짓 하지 말라는 듯 손을 내저었다. "됐어…… 난 투표했어. 이제 자네 차례야, 경찰 아저씨."

헉슬리는 밑에서 위성 전화가 그들의 대답을 기다리고 있음을 알았기에 사다리 쪽을 흘낏 돌아봤다. 전화 속 목소리는 기계음이었지만, 그 뒤에는 사람이 있다는 것 또한 그는 알고 있었다. 방 안을 가득 메운 흰색 가운이나 군복 차림의 사람들이 긴장된 두려움 속에 스피커를 응시하고 있을 터였다. 그는 자신이 그들을 증오한다는 것을 알았다. 이 모든 일을 위해 그들이 죽인 실험 대상자들 때문에 증오했다. 다른 이들을 끌어들인 공포에서 그들 자신은 멀리 떨어져 있다는 사실 때문에 증오했다. 그들은 어디에 있을까? 깊은 지하 벙커 속? 이 모든 것으로부터 안전하게? 어쩌면 그들은 이 원대한 계획이 틀어져버린다고 해도 평생 먹고 마실 수 있는 식량과 물 공급원을 가지고 있을지도 모른다. 그들은 자신들에게는 선택의 여지가 없었으며, 자신들이야말로 극단으로 내몰린 인류의 수호자라고 이해하고 있을 터였다. 그럼에도 헉슬리는 여전히 그들을 증오했다. 그는 여기 있고 그들은 그렇지 않기 때문이었다.

"그들이 거짓말하는 걸 수도 있어." 그는 말했다. "저걸 거기로 들고 가서 타이머를 켜는 순간 폭발해버릴지도 몰라. 이 임무를 계속하기로 하면, 돌아오지 못한다고 가정해야 해."

"동감이야." 리스가 말했다. "이제 투표해."

"하자." 대답이 너무도 신속하게 나와 헉슬리 자신도 놀라고 말았다. 사실 그 말이 입에서 미끄러져 나오기 직전까지도 어느 쪽에 투표할지 마음을 정하지 못했었기 때문이다.

리스의 얼굴은 여전히 무표정했고, 어조는 위성 전화 목소리만큼이나 단조로웠다. "하자."

위성 전화 수신기가 생각보다 훨씬 더 민감했거나, 숨겨진 도청 장치가 그들의 대화를 엿들었음이 분명했다. 순간 배의 엔진이 굉음을 내며 살아났다. 윙윙거리는 전자음의 합창이 헉슬리의 주의를 계기반으로 이끌었다. 패널이 옆으로 밀려나면서 숨겨져 있던 조종장치가 드러났고, 이전에는 비활성 상태였던 각각의 화면이 활기를 띠었다.

"드디어…… 내가 배의 선장이 된 것 같군." 핀천이 중얼거렸다. 그는 새로 나타난 스로틀을 향해 떨리는 손을 뻗었지만, 바로 무릎 위로 떨어지면서 손목의 반점을 드러냈다. 반점은 두 배 이상 크기로 불어났고 질감도 전과 달랐다. 잔뜩 성난 물집으로 부풀어 올라 있었다. 헉슬리의 손이 본능적으로 자신의 반점을 찾아갔다. 크기는 약간 커져 있었지만, 거친 느낌은 그대로였다.

"내가 전화기 가져올게." 그가 말했다.

"현재 향하는 방향에서 우현으로 23도 꺾어주십시오." 전화 목소리가 지시했다. "속도를 유지하세요. 이 지역은 적대적인 감염자가 만연한 것으로 알려졌으니 무장 경계를 늦추지 마십시오."

헉슬리가 조종간을 인계받았고, 핀천은 다양한 다이얼과 판독 값을 조작하고 해석하는 방법을 조언했다. 리스는 야시경을 착용하고 남은 무기를 챙겨 후미 갑판으로 물러났다. "움직임이 많아." 그녀가 엔진의 으르렁거리는 소리 너머로 외쳤다. 배가 거의 걷는 속도로 물을 가르며 나아가는 동안, 리스는 카빈총을 들고 계속 타깃을 추적했다. "눈으로는 분간할 수 없어."

"저고도 드론 정찰 결과에 따르면 PIZ 외벽을 구성하는 성장물이 너무 빽빽하게 자라 있어 접근이 어려울 수 있습니다." 전화 음성이 말했다. "접근 포인트를 뚫어야 할 것입니다."

"어떻게 하면 되지?" 헉슬리가 물었다.

"상황에 따라 즉흥적으로."

"대단히 유용한 조언이네. 고마워."

"진정해." 핀천이 신음하며 손가락을 체인 건 조작부로 뻗었다. "체인 건의 아름다움은 거의 모든 것에 구멍을 낼 수 있다는 데 있어. 이 녀석이 할 수 없더라도 우리에겐 여전히 C4가 많이 남아 있지."

"우리에게 그걸 사용할 만큼 충분한 시간이 주어진다는 전제 하에 그렇다는 거겠지."

그의 말을 강조하기라도 하듯 리스가 빠르게 세 발의 탄환을 쏘았다. 헉슬리가 어깨 너머로 돌아보니, 높은 물줄기가 그들의 항적을 따라 폭포처럼 쏟아져 내리고 있었다. "수면 아래 뭔가 있어." 리스가 소리 질러 설명했다. "뭔가 커다란 거."

"플라스 아니야?" 핀천이 의심했다.

"누가 알겠어?" 헉슬리는 방향타를 제어하는 조이스틱을 조종해 디스플레이 화면의 판독 값에 일치하도록 방향을 맞추었다. "그래도 그녀가 멀리 있지는 않을 것 같아."

"무슨 일이 일어나든……." 핀천이 잠시 말을 멈추고 기침한 후 입술에 묻은 붉은 얼룩을 닦아냈다. "이 임무가 끝나기 전에…… 플라스를 잡아. 나를 위해서. 알았지?"

거미줄처럼 금이 간 앞 유리 너머 안개 속으로 어둠이 넓게 드리우는 것을 보고 헉슬리는 스로틀로 손을 뻗어 속도를 완전히 늦추었다. "알았어……." 그가 말했다. "잡을게." 그는 선미 갑판 쪽으로 몸을 돌리고 리스를 향해 외쳤다. "도착한 것 같아."

"저편에 물결이 심해." 그녀가 무기로 큰 포물선을 그려 타깃을 추적하면서 대꾸했다. "우리를 따라오고 있는 게 분명해!"

"체인 건 디스플레이 창을 봐." 핀천이 말했고, 헉슬리는 체인 건 조작부로 옮겨 갔다. 핀천의 지시에 따라 그는 앞에 있는 것이 보이도록 카메라 설정을 조정했다. 성장물은 이전에 보았던 것보다 훨씬 크고 밀도가 높았으며, 겹겹이 쌓여 부풀어 오른 유기물 벽이 되어 안개 속으로 활 모양을 그리며 뻗어나가고 있었다. 전화 음성이 예측했던 대로 헉슬리는 분명한 진입 지점을 찾을 수 없었다.

"좋아." 그는 총기 제어장치로 손을 옮겼다. "어디를 조준하는 게 가장 좋을까?"

"흘수……." 핀천이 고통에 몸서리치며 기침했다. "흘수선 바로 위를 시도해봐. 쇼트 버스트…… 탄약 재고가 없다는 거, 기억해."

"알았어."

헉슬리는 0.5초간 방아쇠를 눌렀고, 굉음을 쏟아내며 가속되는 체인 건 소리에 뒤로 물러서고 싶은 충동과 싸워야 했다. 총구의 섬광이 번쩍하더니 앞 유리 너머로 추적탄이 날아올랐고, 방아쇠에서 손을 떼자 희미한 연기가 피어올랐다. 처음에는 덩굴 벽에 길게 찢어진 어두운 구멍이 생겨 피해가 상당한 것처럼 보였다. 하지만 총기의 카메라 화면을 자세히 살펴보니 관통은 미미하고 진입로는 흔적도 보이지 않았다.

"다시 해봐." 핀천이 말했다. "손상된 부분의 중앙을 노려봐. 2초간 발사해."

더 많은 추적탄이 번쩍이며 발사되어 갈기갈기 찢겨 혼란스러운 소용돌이 모양의 틈을 만들었다. 사격을 멈추고 보니 벽에는 더 깊은 균열이 생겨 있었지만, 여전히 구멍은 볼 수 없었다. 헉슬리의 치솟던 짜증은 리스의 카빈총이 연달아 세 발의 탄환을 발사하는 소리에 급격한 불안감으로 바뀌었다.

"점점 가까워지고 있어!" 그녀가 소리쳤다. 헉슬리는 뒤를 흘

끽 돌아보았고, 그녀가 카빈총에 새 탄창을 빠르게 끼워 넣는 것을 보았다. 리스 너머로 수면 여러 곳에서 잔물결이 일고 물이 튀었으며, 가시처럼 뾰족하고 길쭉한 팔다리가 여기저기 솟구쳐 포식자의 적대감을 드러내면서 마구 흔들렸다.

"아무래도 우리가 함께 있는 게 별로 고맙지 않은 모양이야." 그가 핀천에게 말했다.

"엿 먹으라고 해…… 반사회적인 개자식들." 핀천이 총기 조작부를 가리켰다. "계속 쏴."

헉슬리는 체인 건 탄약이 떨어지기 전에 네 차례의 긴 연발로 장벽을 폭파해 벽에 가로로 깊은 상처를 냈지만, 진입 지점으로 이용하기에는 여전히 턱없이 좁았다. 그동안 리스의 카빈 총소리는 점점 더 자주 울렸다.

"좋아." 핀천은 손상을 입고도 견고하게 버티고 있는 벽을 헉슬리와 함께 쳐다보며 고통으로 신음했다. 다시 기침이 나왔지만, 이번에는 입술의 피를 닦아낼 생각도 하지 않았다. "배를 후진해. 그리고 C4를 가져와."

헉슬리는 핀천의 약해진 모습에서 드러난 체념과 결연함을 통해 그의 의도를 읽어낼 수 있었다. "블록에 기폭 장치를 꽂아넣고 던져버리면 되겠네……."

"그냥 시키는 대로 해, 경찰 아저씨!" 군인은 피로 얼룩진 이를 악물고 지시를 내렸다. "시간이 별로 없어."

헉슬리는 하고 싶은 말을 꾹 참으며 스로틀을 잡고 리스에게 경고의 말을 외쳤다. "후진한다! 조심해!"

배가 후진하자 강물이 하얀 거품을 일으키며 솟아올랐다. 헉슬리는 핀천이 고개를 끄덕이는 것을 보고 스로틀을 닫았다. "이제 가서…… 그거 가져와. 그리고 탄약 충분히 챙겨…… 리스 몫까지. 서둘러!"

헉슬리는 사다리를 타고 승무원실로 내려가서 찾을 수 있는 모든 권총과 카빈 탄창을 챙겨 배낭 두 개를 채웠다. 수통과 단백질 바도 몇 개 챙겼다. 아, 빌어먹을. 그래, 배고플 수도 있지. 그는 배낭을 상부 갑판으로 던진 다음 C4를 모으기 위해 몸을 돌렸고, 남아 있는 화염방사기를 보고 잠시 멈칫했다. 살아 있는 것들은 대부분 불을 두려워해. 그는 화염방사기 끈을 머리 위로 넘겨 메고 C4로 채운 가방을 들어 올렸다. 사다리를 오르는 데 채 1분도 걸리지 않았지만, 영원처럼 길게만 느껴졌다. 리스의 총소리와 빨리 움직이라고 거칠게 재촉하는 핀천의 고함소리로 귀가 쿵쿵 울렸다.

"하나 꺼내서 기폭 장치 꽂아봐." 헉슬리가 핀천의 옆자리에서 C4 배낭을 열자 핀천이 말했다. "타이머는 신경 쓰지 마."

헉슬리는 C4 블록에 기폭 장치를 꽂아 넣은 다음 캐묻는 시선으로 그를 올려다봤다. "배는……."

"내가 알아서 할게." 그가 앞으로 몸을 움직여 한 손은 조타 장치를 움켜쥐고 다른 한 손은 스로틀에 걸쳐놓는 동안 입술에서는 피가 흘러내렸다. "구명정에 폭탄을 싣고…… 떠나. 난 두 사람이 구명정에 올라타면 출발할게."

헉슬리는 무슨 말이라도 하고 싶었지만, 열에 들뜬 상태에서도 단호한 핀천의 시선을 마주하는 것 외에는 할 수 있는 게 없었다. 군인의 입가에 생각에 잠긴 듯한 미소가 옅게 번질 때까지 그들은 서로를 2초쯤 더 응시했다. "내 생각에 그의 이름은…… 마이클이었던 것 같아." 그가 가늘고 잠긴 목소리로 말했다. "생긴 게 딱…… 마이클처럼 생겼어." 핀천이 고개를 살짝 움찔했고, 헉슬리는 시선을 돌렸다.

폭탄은 예상보다 무겁지 않았다. 4킬로그램 정도였고, 설계자가 양쪽에 배치해놓은 손잡이 덕분에 쉽게 들어 올릴 수 있었다. 그럼에도 불구하고 그는 사다리 꼭대기까지 폭탄 운반하는 걸 도와달라고 리스에게 소리쳐야 했고, 두 사람은 함께 구명정까지 그것을 옮겨 실었다.

"핀천은……?" 그녀가 조타실 쪽으로 몸을 돌리며 물었다.

"남았어. 그래, 맞아."

수면 아래 진을 친 존재들의 움직임에 따라 주변의 물은 줄곧 파문과 물보라를 일으켰지만, 리스가 몇 발의 신중한 사격으로 그들을 멀리 떨어뜨리는 데 성공했다. "놈들이 혼란스러워하는 것 같아." 선미에서 10여 미터 떨어진 곳에서 마구 허우적대는 부속지를 겨냥해 또 한 발을 발사한 뒤 리스가 말했다. "이 모든 상황에 어떻게 반응해야 할지 모르는 거겠지."

"계속 그 상태를 유지하길 바랄 뿐이야." 헉슬리는 화염방사기를 벗어 구명정에 던져놓고, 보트가 물속으로 미끄러지도록 마지막 힘을 주었다. "올라타."

그는 리스가 고무보트에 오르는 동안 그 작은 배가 움직이지 않게 잡아주었다. 그녀는 보트를 조종하기 위해 선외기에 자리 잡았다. 배에서 뛰어내리기 전에 헉슬리는 마지막으로 조타실을 한번 돌아봤다. 핀천은 화면에 비친 희미하고 축 처진 실루엣에 불과했다. 움직임은 볼 수 없었다. 하지만 무언가가 헉슬리에게, 그 군인이 아직 삶을 단단히 부여잡고 있다는 것을 알려주었다. 그의 사전에 항복이란 없지.

"이제 됐어!" 그는 고무보트가 배의 선미에서 회전하며 멀어지는 순간 소리 질렀고, 곧 엔진의 굉음이 그의 목소리를 집어삼켰다. 휘저어진 물이 솟구치면서 그들을 집어삼킬 듯 위협해왔지만, 곧 리스가 선외기를 가동했고, 그들은 경비정에서 멀어졌다. 헉슬리는 카빈총을 어깨에 메고 고무보트 뱃머리에 자리 잡고 앉았다. 감염자들의 동태를 살피려면 수면을 주시해야 했지만, 배가 장벽을 향해 질주해가는 동안에도 그는 조타실에서 눈을 뗄 수 없었다.

핀천은 체인 건이 남긴 너덜너덜하게 찢긴 구멍을 향해 배를 직접 조종하면서 속도를 계속 높여갔다. 배는 장벽에 부딪히자 덜덜거리며 흔들렸고, 엔진이 계속해서 배를 앞으로 밀어대는 동안 선미에서는 물이 분수처럼 뿜어져 나왔다. 헉슬리는 뱃머리 쪽은 볼 수 없었지만, 핀천이 조타실 앞 유리 부분까지 장벽에 배를 파묻어버렸으리라고 추측했다. 그리고 그것으로 충분하기를 바랐다.

그는 리스 쪽을 돌아보며 몸을 낮추라고 손짓했다. "몸을 최대한 낮……."

폭발은 예상보다 빨리 일어났다. 기폭 장치를 심은 C4 블록 하나가 다른 블록들과 에너지를 공유하며 여러 차례 폭발이 일어났으리라는 사실은 알고 있었지만, 마치 단 하나의 거대한 폭발처럼 느껴졌다. 보호 본능이 눈을 감기기 전에 헉슬리는 배가 하얗고 노란 섬광이 되어 증발하는 것을 보았고, 그 뒤의 파괴는 화염이 집어삼켜 볼 수 없었다. 주변의 물은 떨어지는 파편으로 들끓었는데, 대부분 잔해는 자비로울 만큼 크기가 작았다. 적어도 당분간은 물속에 잠복 중인 감염자들이 다시 떠오를 수 없도록 막는 유익한 효과도 있었다.

헉슬리는 눈을 깜빡이며 검은 연기 장막 속을 들여다보았고 배가 완전히 사라진 것을 알아차렸다. 그것이 존재했다는 유일한 흔적은 벽의 균열을 둘러싼 어두운 얼룩뿐이었다. 손상된 부분의 가장자리에서 덩굴 조각들이 떨어지고 있었지만, 연기 때문에 자세히 알아볼 수는 없었다.

"뚫었어." 리스의 말에 헉슬리는 고개를 돌렸다. 그녀는 야시경을 쓰고 벽의 균열을 들여다보고 있었다. "내부에 뭐가 있는지 잘 볼 수는 없지만, 구멍이 뚫린 건 분명해."

뱃머리 몇 미터 앞에서 무언가가 물을 휘젓고 있었고 헉슬리는 반사적으로 카빈총을 들어 올려 두 번의 빠른 사격으로 그것을 무력화했다. "그럼, 가자."

리스는 균열을 향해 곧장 나아갔지만, 보트는 화날 정도로 느리게 움직였다. 흔들리며 부유하는 파편은 물론, 파괴된 배의 연료 탱크에서 흘러나온 무지갯빛 기름도 수면을 뒤덮고 있기 때문이었다. 두 번 더 무언가가 뱃머리 앞 수면에 거품을 일으켰고, 헉슬리도 두 번 더 그것을 쏘아 맞혔다. 체인 건으로 흘수선 바로 위를 조준하라고 했던 핀천의 지시가 현명했음은 리스가 고무보트를 균열 부위로 곧장 조종해갔을 때 분명해졌다. 폭발로 인해 파괴된 성장물에 생긴 경사로 덕분에 그녀는 뱃머리를 물 밖으로 밀어낸 후 선외기 엔진을 끌 수 있었다. 헉슬리는 리스가 장비를 내리는 동안 뱃줄을 잡아주었고, 구명정에서 뛰어내렸을 때 바닥이 뜻밖에도 단단하다는 것을 깨달았다.

"많이도 챙겨왔네." 그녀가 투덜거리며 화염방사기와 배낭 하나를 경사로 위로 끌고 갔다.

"준비가 최선 아니겠어."

리스 뒤의 물에서 튀어나온 형체는 사지가 길쭉한 게와 어렴풋이 닮아 보였고, 각 팔다리 끝에는 집게발처럼 변형된 손이 달려 있었다. 하지만 불가사의할 정도로 단련된 두꺼운 근육질 어깨 위에서 그들을 응시하는 머리는 완전히 인간이었다. 헉슬리는 그것이 플라스의 길게 늘어난 얼굴일지도 모른다고 어림짐작했지만, 슈퍼히어로 만화에 등장하는 기괴한 캐릭터를 조잡하게 흉내 낸 듯 기이한 모습으로 부풀어 오른 남자 얼굴이었다. 카빈 총을 겨누던 헉슬리는 그것이 안경을 쓰고 있다는 사실에 경악을 금치 못했다. 동그란 존 레논 스타일의 선글라스가 두 눈을 가리고 있었는데, 이마가 확장되면서 부풀어 오른 살점 속에 선글라스의 두 다리가 박혀 있었다. 그는 집게발이 리스의 등을 겨냥해 움직이는 것을 보고 고함을 지르며 그녀 쪽으로 돌진했고, 카빈총이 발사되는 소리에 놈의 웅얼거림도 묻혀버렸다. 한 손으로 조준기를 들어 올린 채 카빈을 발사했음에도 조준 실력은 스스로도 놀랄 만했다. 탄환 한 발이 감염자의 크게 벌어진 음흉한 입을 뚫고 들어가 두개골 뒤쪽을 박살 내버렸다. 안경 쓴 얼굴이 이완되더니 피를 뚝뚝 흘리며 게 형체가 다시 물속으로 가라앉고 시야에서 사라졌다.

그 죽음이 물속에 있던 동료들에게 일종의 신호처럼 작용했는지, 흔들리는 길쭉한 팔들의 숲이 수면을 뚫고 올라오면서 강물이 소용돌이쳤다. "폭탄!" 헉슬리가 리스에게 소리쳤다. 그는 카빈을 낮춰 떠오르는 감염자들에게 연발 사격을 퍼부으면서 리스가 구명정에서 폭탄이 든 배낭을 끌어 내릴 수 있도록 내내 밧줄을 잡고 있었다. 그녀는 폭탄을 경사로 위로 밀어 올린 다음 두 번째 가방을 회수하기 위해 몸을 돌렸다. 구명정 선미에서 또 다른 감염자가 시야에 들어왔다. 이번에는 드러난 하얀 뼈가 단검으로 변해버린 팔을 휘둘러대고 있었다. 단검이 내려오자 리스는 뒤로 물러났고, 그것이 구명정의 선체를 찢으면서 조각난 고무가 튀어 올랐다.

"놔둬!" 헉슬리는 리스가 남아 있는 가방으로 손을 뻗는 것을 보고 소리쳤다. "가자!"

그는 잡고 있던 뱃줄을 놓고, 카빈총을 어깨로 들어 올린 후, 엄지손가락으로 사격 모드 레버를 자동으로 조작한 다음, 놈의 얼굴을 겨냥하고 남은 탄창을 모두 비워버렸다. 놈이 폭발의 잔해 속으로 축 늘어져 들어갈 때, 더 작은 생명체가 그것의 등 위로 기어올랐다. 작은 생명체는 물갈퀴 달린 손을 헉슬리 쪽으로 뻗으면서 어린애 같은 얼굴에 길쭉한 이빨을 딱딱거렸다. 헉슬리는 카빈총을 어깨에 메고 화염방사기로 달려들어 점화기를 작동시킨 후 방아쇠를 눌러 사나운 불길을 급류처럼 내뿜었다. 이빨을 딱딱거리며 그에게 뛰어들던 감염자가 공중에서 화염에 휩싸였다.

그것은 불길에 휩싸인 채로 헉슬리의 발치에 떨어졌지만, 여전히 움직이면서 극심한 고통을 호소하는 어린아이와 너무도 흡사한 소리를 냈다. 그것을 물속으로 걷어차 버리고 뒤로 물러난 헉슬리는 감염자들이 떼 지어 물 밖으로 기어 나오는 것을 보고 다시 무기를 발사하기 시작했다. 불줄기가 그들을 휩쓸어 가면서 하나하나에 불을 붙여 합창과도 같은 비명을 끌어내고는 그 너머의 기름에 뒤덮인 강물을 핥았다. 폭발한 열기와 공기의 이동 탓에 그는 뒤로 쓰러져 나뒹굴었다. 머리카락이 없다는 사실이 새삼 고마웠지만, 폭포처럼 떨어져 내리는 불씨에서

270

눈썹을 보호하기 위해 깍지 낀 손을 몇 초 동안 눈 위에 올려놓아야 했다.

다시 발을 딛고 일어났을 때, 그는 수면 위에 불의 섬이 점점이 자리한 것을 볼 수 있었다. 몇 군데서 잔물결이 수면을 교란했지만, 살아남은 감염자들은 여전히 생존 본능을 품고 있었기에 아무도 모습을 드러내지 않았다.

"헉슬리!" 리스가 식식거리며 다급하게 그를 불렀고, 그는 경사로 꼭대기에 있는 그녀와 합류하기 위해 돌아섰다. 그녀는 핀천의 희생이 만들어낸 너덜너덜한 구멍에 웅크려 앉은 채 야시경을 끼고 헉슬리의 눈에는 칠흑같이 어두운 내부를 훑어보았다.

"움직임은?" 그가 자신의 야시경을 착용하면서 물었다.

"전혀 없어." 그녀의 입 모양이 당황스럽게 일그러졌다. "생각보다 굉장히 넓어."

야시경을 활성화하고 나서야 헉슬리는 그녀가 의미하는 것을 볼 수 있었다. 눈 앞에 펼쳐진 초록색과 검은색의 풍경은 다른 무엇보다도 성당의 모습을 닮아 있었다. 키가 큰 성장물들이 조밀한 나선형 기둥을 형성하며 대략 6미터 높이의 울퉁불퉁한 천장까지 올라가 있었다. 시선을 낮추자 바닥에는 물웅덩이가 넓게 퍼져 있었고, 그 안에는 쓰러진 거인의 갈비뼈를 닮은 능선이 산재해 있었다.

위성 전화가 딸깍 소리를 냈을 때 두 사람은 소스라치게 놀랐

다. 전화 목소리가 말을 시작했다. "안으로 들어가십시오. 더 지
체하면 임무가 위태로워집니다."

"아, 닥쳐!" 리스가 날카롭게 대꾸했다. 숨을 들이마신 후, 그
녀는 불꽃으로 얼룩덜룩한 강물을 어깨 너머로 바라보며 한숨
을 내쉬었다. "하지만 그 말도 일리는 있어."

"당신이 들고 갈래?" 헉슬리는 리스가 자기 옆으로 끌어다 놓
은 폭탄 가방을 고갯짓으로 가리키며 물었다.

"당신의 남성적 자존심을 훼손하고 싶지는 않아." 그녀가 화
염방사기를 가리키며 말했다. "바꿀까?"

13장

헉슬리는 구조물 내부의 공기가 불쾌할 정도로 습하다고 느꼈다. 여기에 휴대하고 있는 가방과 무기 및 핵폭발 장치의 무게까지 더해져 끊임없이 땀이 흘렀고, 피로감도 쌓여갔다. 어쩔 수 없이 물웅덩이를 헤치고 갈 때마다 피어오르는 부패와 기름과 하수가 온통 뒤섞인 악취로 인해 불편함은 갈수록 심해졌다. 그는 이곳에서 죽은 사람들의 시신뿐 아니라 죽은 도시의 오수도 밟고 있다는 것을 알았다. 종말의 증거는 도처에 널려 있었다. 파손된 차량과 밴들이 비틀어진 가로등, 신호등과 함께 리스가 '식물성 고기'라고 했던 덩굴손이 만든 아치형 벽에서 튀어나와 있었다.

몇백 보를 걸었을 때, 그들은 이층 버스를 발견했다. 승객들

273

이 차량 지붕에서 싹을 틔워 올라가는 거대한 성장물의 씨앗을 제공한 듯했다. 물론 해골도 있었고 시체도 있었다. 흥미롭게도 해골은 대부분 인간이었지만 시체는 그렇지 않았다. 개, 고양이, 쥐 같은 생물이 그들을 가둔 식물성 고기 감옥에서 공포나 분노를 표출하며 으르렁대는 모습으로 굳어 있었는데, 짓이겨지고 찢기고 부분적으로 부패한 상태이기는 해도 그 외에 변한 것은 없었다. 해골은 상황이 달랐다. 피부는 대부분 사라지고 없었지만, 모두 기형의 징후를 보였다. 특히 하나는 너무도 징그럽게 변형되어 헉슬리는 그 지독한 추악함에 자신도 모르게 멈춰 서서 넋을 잃고 바라보았다.

두개골은 좁고 길게 늘어나 있었다. 눈과 치아, 광대뼈는 악마 같다는 말 외에 표현할 길 없는 왜곡된 볼록 가면처럼 변해 있었다. 그것은 소형 해치백 전기 자동차의 잔해 한가운데 놓여 있었는데, 차의 형태는 이 해골의 길어진 2미터 남짓의 팔 끝에 생긴 낫 모양 발톱에 의해 갈기갈기 찢겨 있었다. 그것이 아직 피부와 근육을 두르고 있었을 때 어떤 모습이었을지 막연히 짐작할 뿐, 정확한 이미지는 떠올릴 수 없었다. 진정 살아 있는 악몽이었으리라고 말할밖에.

"이봐, 전화 목소리 아가씨." 그는 눈으로는 계속 그 해골을 관찰하며 말했다. 전화는 이따금 딸깍 소리와 함께 "20미터 후에 왼쪽으로 도세요" 또는 "직진하세요" 같은 지시를 내리며 그들에게 길을 안내하고 있었다. 때때로 전화가 알려주는 길은 성장물의 벽에 막혀 지나갈 수 없었기에 헉슬리는, 자신들의 '감독자'라고 생각하기 시작한 자들의 다양한 영상 기술로도 이 기괴한 동굴 시스템을 뚫지 못했다는 전화 목소리의 주장이 틀리지 않았음을 확인했다. 전화 목소리는 이 새로운 환경에 관해 길 안내를 제외한 세부 정보는 전혀 알려주지 않았고, 헉슬리는 이제 그것을 참아줄 인내심이 더는 없었다.

"전방 50미터에서 오른쪽으로 가십시오." 전화 목소리가 여전히 아무 감정 없는 목소리로 이전 지시사항을 업데이트했다.

"길 안내는 일단 됐고." 그가 말했다. "방금 떠오른 생각인데 당신들은 M-스트레인이 어디에서 왔는지 우리에게 말해주지 않았어. 그 질병의 기원 이야기, 최초 감염자, 그런 거. 반드시 한 명은 있었겠지?"

그는 보나 마나 당신의 질문은 이 임무와는 상관이 없다느니 하는 답변이 나오리라 예상했다. 하지만 이번에는 전화가 두 번 딸깍이더니 신속하게 답변을 내놓았다. "질병의 진원지는 아직 확인되지 않았습니다. 정보에 근거한 추측으로 가설을 도출하기는 했지만, 검증 가능하거나 실질적인 이론은 없었습니다."

"하지만 외계인은 아니지, 그렇지?" 리스가 물었다. 그녀는 몇 미터 앞에서 멈춰 서더니 허리 높이까지 화염방사기를 올려들고 시큰둥한 눈길로 전화를 흘낏 쳐다보고는 천천히 원을 그리며 주변의 위협을 살폈다.

"외계 생명체가 병의 기원이라는 증거는 발견되지 않았습니다." 전화 목소리가 말했다.

"그래도 뭔가 있을 거 아냐." 헉슬리가 주장했다. "어디선가는 생겨났겠지."

"확인할 수 있는 최초 사례는 런던 엔필드 자치구에 거주하던 43세 남성 창고 노동자였습니다. 목격자들의 주장에 따르면, 그 남성은 늑대인간과 매우 흡사해 보이는 외모로 빠르게 변했다고 합니다. 그가 제압되기 전에 여러 명이 사망했습니다. 어떤 사람들은 포자가 들어 있는 상자가 어느 시점에 창고로 배달되었을 거라고 주장했습니다. 만약 그 가설이 맞는다면, 남성이 일하던 회사가 국제 배송을 처리하는 업무를 담당했기 때문에, 해당 화물은 어디에서든 출발했을 수 있습니다. 하지만 이전에는 폭력적인 결과가 없었기에 놓치고 지나간 사례들이 많았을 것으로 추측됩니다."

"늑대인간." 헉슬리는 기괴하게 변형된 해골에 여전히 시선을 사로잡힌 채 되뇌었다. 이제 그는 해골의 모습에서 파충류와 비슷한 무언가를 발견했다. 턱의 곡선과 뾰족한 이빨은 마치 공룡을 바라보는 느낌을 떠올렸다. 어린 시절 〈쥬라기 공원〉이나 해리하우젠*의 옛 스톱모션 영화를 볼 때마다 그를 겁먹게 했던 어떤 것.

"악몽." 깨달음과 함께 그의 목소리에 가벼운 한숨 소리가 더

---

* 미국의 시각 효과 제작자·작가·영화 제작자.

해졌다. "그게 바로 이 질병이 하는 일이야. 나를 나 자신의 악몽으로 만들어버리는 것."

"M-스트레인 바실러스 균은 기억뿐 아니라 감정과도 가장 크게 관련 있는 뇌의 중심부에서 매우 빠르게 증식합니다." 전화 목소리가 말했다. "두려움과 기억이 합쳐지면 악몽과 같다고 할 수 있습니다. 아직 확인되지 않은 메커니즘을 통해 M-스트레인 바실러스 균은 인간 세포의 급속한 돌연변이를 유도할 수 있으며, 때로 대중문화 속의 캐릭터로 모호하게 인식될 수 있는 기형을 생성해냅니다."

"악몽의 전염병이군." 리스가 말했다. "난 이게 자연적으로 발생했다는 사실을 도저히 믿을 수 없어."

그때 웃음소리가 시작되었고, 희미하지만 오해의 여지 없는 메아리가 사방에서 울려 퍼졌다. 리스는 긴장한 채 화염방사기를 들어 올렸고, 헉슬리는 폭탄을 내려놓고 카빈총을 어깨에서 풀었다. 조롱 조가 확실한 웃음은 한동안 계속되었고, 헉슬리는 그것이 여성의 목소리임을 감지하고는 누구의 웃음소리인지 깨달았다.

"플라스야." 그가 말했다.

"우리보다 먼저 도착해 있었군." 리스는 이를 드러내고 으르렁거리다가 화염방사기를 휘두르며 웃음소리에 대답했다. "우리가 너 주려고 뭘 좀 가져왔거든! 와서 받아 가, 이 망할 년아!"

웃음은 1, 2분쯤 더 무심한 듯 유쾌하게 계속되다가 점차 킬킬

거림으로 줄어들더니 사라졌다.

"우리처럼 구멍을 뚫지도 않고 어떻게 들어왔지?" 헉슬리가 전화 목소리에게 물었다.

"알 수 없습니다."

"우리 대화가 재미있다고 생각한 것 같은데, 왜 그럴까?"

"그것도 알 수 없습니다."

거짓말쟁이. 그는 한숨을 쉬며 카빈총을 어깨에 메고 폭탄 가방을 들어 올렸다. "타이머를 설정하려면 얼마나 더 가야 해?"

"계속 지시를 따르십시오. 1차 폭발 장소의 위치가 곧 드러날 겁니다."

"1차 폭발 장소, 허?" 리스는 허리를 곧게 펴고 악취가 나는 물속을 다시 첨벙첨벙 걷기 시작하며 말했다. "당신들 이름 짓는 거 정말 좋아하나 봐, 그렇지?"

오염된 웅덩이를 지나 성장물 등성이 위로 짐을 운반해 간 지 한 시간여 만에 그들은 지금까지 만났던 공간 중에 가장 규모가 큰 곳에 도달했다. 성장물 기둥들의 비좁은 합류구에서 걸어 나오던 헉슬리는 갑자기 우뚝 멈춰 섰다. 야시경으로 한줄기 환한 빛이 비쳐 든 까닭이었다. 야시경을 벗고 보니 가로등 하나가 공원에 접한 거리 일부를 고루 밝히고 있었다. 성장물의 뿌리는 포장도로와 보도 위를 구불구불 기어가 공원 울타리에 얽혀 들어 있었다. 그 너머로는 작은 녹색 잔디밭이 성장물의 고밀도

벽으로 갑작스레 중단돼 있었다. 공원 맞은편에는 증식하는 식물성 고기에 아직 잡아먹히지 않은 상점들이 늘어서 있었다.

그들은 잠시 멈춰 주변을 조망했고, 헉슬리는 카빈 조준경으로 그늘진 구석구석까지 전부 들여다보았다. 웃음으로 그들을 공격했던 이후로 플라스는 조용히 눈에 띄지 않았지만, 헉슬리는 그녀가 이 여정의 모든 단계를 감시하고 있음을 믿어 의심치 않았다. 우리가 쉬기를 기다리는 거야, 그는 결론 내렸다. 곤히 잠들기를. 마치 우리가 여기서 잠이란 걸 잘 수 있다는 듯.

"저게 뭘 두려워했던 건지 알아맞혀도 상품은 없어." 리스가 화염방사기로 공원 난간을 가리키며 말했다. 연철 울타리를 가로질러 널브러져 있는 형체를 본 헉슬리는 그쪽으로 다가갔다. 몸통의 폭을 보아 시신은 남자 같았지만, 기형의 정도가 심하고 뿌리에 뒤덮여 있어 확신하기 힘들었다. 난간이 시체의 다리와 팔을 관통하고 있었다. 사지는 쫙 벌어지고 고개는 뒤로 젖혀져 있었으며, 입은 크게 벌린 채 두개골에 뾰족한 뼈가 원 모양으로 돋아나 있었다.

그냥 단순한 원이 아니야, 헉슬리는 더 가까이 다가가며 생각했다. "왕관이야." 그가 소리 내 중얼거리며 감염자의 손으로 시선을 옮겼다. 손바닥에도 마치 못을 박아 넣은 모양으로 뼈가 돋아나 있었다.

"이게 죽은 지 사흘이 지났다고 생각해?*" 리스가 눈썹을 치켜세우며 농담했다.

"당신이 누구였든 간에." 그가 고개를 돌리며 말했다. "가톨릭 신자는 아니었을 거야."

"그럴 리가. 나는 성모송, 주기도문, 통회의 기도, 그 외에도 빌어먹을 많은 것들을 영어, 스페인어, 라틴어로 외울 수 있어. 배에 있을 때 뭐라도 느낄 수 있기를 기대하면서 혼자 그것을 암송했었어. 하지만 못 느꼈지. 아마도 믿음은 수술로 유발된 기억상실증에서는 살아남지 못하나 봐."

헉슬리는 십자형 시체 쪽으로 고개를 기울였다. "감염에서는 살아남은 모양이야."

"그래봤자 무슨 소용이겠어." 리스가 입술에 띠고 있던 냉소적인 미소를 돌연 거두더니 눈을 가늘게 뜨고, 늘어선 상점들을 훑어보았다. "위쪽 창. 저기 미니 마켓 위. 보여?"

그는 그것을 보았다. 얼룩지고 금이 간 유리창 뒤에서 희미하게 깜박이는 노란 빛. "뭔가 불타고 있나?"

리스는 고개를 저었다. "연기가 안 나잖아. 촛불일 거야." 그녀는 화염방사기를 더 단단히 움켜잡았다. "플라스일지도 몰라. 우리를 유인하려는 거야."

"절대로 저렇게 노골적인 사람은 아니야."

"살펴볼까, 아니면 그냥 갈까?"

"그냥 가야 합니다." 전화 목소리가 말했다. "임무와는 상관없

---

*   예수가 십자가에서 죽은 뒤 세 번째 날에 부활했다는 것을 가리킨 말.

는 일입니다."

"정말?" 리스가 헉슬리 가까이 몸을 기울이며 수화기에 대고 식식거렸다. "그리고 누가 당신들에게도 투표권이 있다고 했어? 그것 때문에라도 가서 한번 봐야겠네."

"리스." 헉슬리가 불렀지만, 리스는 돌아서서 미니 마켓 쪽으로 성큼성큼 발을 떼어놓았다. 그녀는 돌아보지도 않고 부서진 문을 발로 차 열고 안으로 들어가버렸다.

"공격성의 징후입니다." 전화 목소리가 말했다. "비합리적인 사고……."

"닥쳐." 그가 날카롭게 내뱉고는 폭탄 가방을 더 단단히 움켜잡고 어색한 종종걸음으로 리스를 따라갔다.

미니 마켓 내부의 선반은 전부 텅 비어 있었고, 바닥에는 식품 포장지가 어지럽게 널려 있었다. 냉장고 중 하나에서는 전구가 깜박였지만, 냄새로 판단해보건대 이미 몇 주 전에 작동이 멈춘 듯했다. 무인계산대 통로 앞에는 말라버린 시신 한 구가 누워 있었다. 이곳에 발을 들여놓은 이후 마주친 다른 시신들과 달리 기형의 흔적은 보이지 않았다.

"두개골이 박살 났어." 리스가 시신의 부서진 머리에서 흘러나와 말라버린 물질을 흘끗 바라본 후 말했다. "약탈자, 아마도?"

"또는 약탈자를 막으려 했던 사람일 수도 있지. 아마 모든 게 무너지기 시작한 초기에 일어난 일일 거야."

281

리스는 마켓 뒤쪽으로 손전등을 비추었다. "저기 뒤에 문이 있어."

그녀가 화염방사기를 등에 짊어지고 카빈으로 무기를 바꾼 후 조심스럽게 문을 열자 계단이 나타났다. 위에서 불안정한 불빛이 카펫 깔린 계단을 비추고 있었다. 그녀는 망설임 없이 안으로 들어갔고, 헉슬리는 폭탄을 두고 가는 게 과연 현명한 판단일지 잠시 생각해보다가 그럴 리 없다고 결론 내리고 리스를 따라갔다. 한 손으로는 무거운 폭탄 가방을 끌고 다른 한 손에는 권총을 쥔 채 계단을 오르는 동안 단단한 플라스틱이 걸음마다 부드러우면서도 잘 들리는 쿵 소리를 냈다.

"조용히 올라가기도 힘드네." 리스가 계단 꼭대기에 웅크리고 앉아 중얼거렸다. 그녀는 계단참 주변을 카빈총으로 훑었지만 사격 대상이 없었기에, 거리가 내려다보이는 방으로 통하는 문 앞에서 무기를 멈추었다. 방문은 부드럽게 흔들리는 빛으로 윤곽이 그려져 있었고, 안에서는 무딘 딸깍 소리가 반복적으로 들려왔다.

"그냥 불이나 확 질러버리고 가던 길 계속 갈 수도 있어." 헉슬리는 리스의 윗입술에 땀방울이 맺히는 것을 보며 말했다.

"호기심." 그녀가 억지 미소를 지으며 어깨를 으쓱했다. "나도 어쩔 수 없어. 기억상실증이 지워버리지 않는 것도 있나 봐."

그녀가 반쯤 웅크린 자세로 천천히 문 쪽으로 다가가더니 빠르게 손을 내밀어 문을 열었다. 동시에 뒤로 약간 물러서면서 카빈을 들어 올려 전자동 모드로 바꾸고 어떤 위협에도 대응하도록 준비했다. 하지만 총을 쏘는 대신 리스는 그대로 멈춰 섰다. 헉슬리는 앞으로 움직여 그녀의 어깨 너머를 바라봤다.

남자는 2인용 가죽 소파에 앉아 있었고, 옆에는 가지런히 정리한 음식 통조림이 높게 쌓여 있었는데, 헉슬리가 보기에는 대부분 비어 있었다. 남자는 줄무늬 셔츠와 회색 바지 차림이었고, 오랫동안 빨지 않아 옷감이 뻣뻣했다. 숙인 머리는 거의 대머리였고, 귀와 목덜미에는 단정치 않은 잿빛 머리칼이 지저분하게 자라 있었다. 그의 두피가, 커피 탁자 위 작은 접시에서 타고 있는 양초 조각의 흐릿한 빛을 받아 반짝였다. 남자는 탁자 표면을 거의 다 덮고 있는 커다란 직소 퍼즐 위로 손을 움직이느라 침입자들 쪽은 바라보지 않았다. 퍼즐은 중앙에 작은 공간만 남기고 거의 완성 단계에 있었는데, 남자의 능숙한 손이 퍼즐판 옆에 가지런히 배열해놓은 퍼즐 조각을 집어 무의식적인 정밀도로 제자리에 끼워 넣으면서 빠르게 채워지고 있었다.

"음." 리스가 입을 열었다. "안녕하세요."

남자는 하던 일을 멈추지 않고 고개를 들었다. 헉슬리는 현대 매체에서 넘쳐나는 공포물로부터 튀어나온, 음흉한 시선으로 이빨을 가는 어떤 생물의 아가리를 보게 되리라 짐작하며 긴장 태세에 돌입했다. 하지만 그가 본 얼굴은 그저 피곤한 노인의 것이었다. 흥미롭게도 노인의 눈에는 두려움의 기미라곤 없었다. 대신, 눈가에 주름을 잡으며 피곤한 듯 옅게 환영의 미소를 지어 보였다.

"안녕하세요, 젊은 아가씨." 영어를 제2외국어로 배운 사람의 정확하면서도 우아함이 깃든 억양이었다. "어서 들어와요. 친구 분도 같이요." 말하는 동안에도 그의 손은 멈추지 않았고, 각각의 퍼즐 조각은 탁자 위에 놓인 거의 완성된 퍼즐 속으로 딸깍이며 맞아 들어갔다. "대접할 음료가 없어서 미안합니다."

그가 다시 미소 지으며 퍼즐에 집중했다. 리스는 당황한 듯 경계하는 시선으로 헉슬리 쪽을 슬쩍 바라보고는 방 안으로 들어갔다. 그녀는 넓은 간격을 유지하며 탁자 주위를 오른쪽으로 돌면서 무기로는 계속 노인을 조준했다. 헉슬리는 왼쪽으로 돌아가서 권총을 권총집에 밀어 넣었다. 아마도 경찰의 본능일 듯한 무언가가 이 나이 든 퍼즐꾼은 전혀 위협이 되지 않는다고 말해주었다.

"앉아도 될까요?" 헉슬리가 소파 옆에 놓인 안락의자에 손을 얹으며 물었다.

노인은 여전히 고개를 숙이고 시선은 퍼즐에 고정한 채 대꾸했다. "물론이에요."

앉는다는 순전한 안도감에 헉슬리가 뜻밖의 신음을 토해내자 노인이 껄껄 웃음을 터뜨렸다. "보아하니 한동안 여행을 다니셨나 보군요?"

"네, 그렇습니다. 한동안, 적어도 느낌상으로는 그러네요."

"그럼 두 분은 미국에서 온 군인이군요."

헉슬리는 리스 쪽을 바라보았다. 그녀는 의심스럽다는 듯 인상을 찌푸린 채 방 안을 주의 깊게 살펴보는 중이었다.

"이런 얘기 들으면 놀라실지도 모르겠는데, 사실 우리는 우리가 누군지 모릅니다." 헉슬리가 노인에게 말했다. "저는 아마도 형사나 그쪽 계통의 일을 했던 것 같고, 저 친구는 일종의 의사였던 것 같아요. 하지만 진짜 이름이 뭔지도 말씀드릴 수가 없네요."

"왜 그런 건가요?"

헉슬리는 거짓말의 필요성을 전혀 느끼지 못했기에 대답했다. "어떤 사람들이 우리의 기억을 없애버렸거든요. 머리에 뭔가를 심는 수술을 한 것 같아요. 정확히 어떻게 작동하는지는 우리도 잘 모릅니다. 하지만 그게 우리를 이 질병으로부터 보호해줬습니다. 무슨 병인지는 아실 테고요."

"아." 노인은 또 한 조각을 제자리에 끼웠다. "아주 똑똑하시군요."

헉슬리는 퍼즐을 더 잘 보기 위해 고개를 기울였다. 풍경화나 고전 명화가 아닌, 사진이었다. 가족사진. 총 여섯 명, 두 명의 여성, 네 명의 남성이 서로 어깨에 팔을 두른 채 웃고 있었다. 중앙에 있는 남자는 다른 사람들보다 조금 더 뻣뻣하게 서서 위엄 있는 포즈를 취했고, 그게 확실히 주변 사람들을 즐겁게 한 듯했다. 사진은 그들이 참았던 웃음을 터뜨리는 순간에 찍은 것이었다. 뻣뻣한 남자는 줄어드는 식량 통조림에 둘러싸여 2인용 소파에 앉아 있는 이 노인보다 이마에 주름이 훨씬 적고 젊었지만, 헉슬리는 여전히 그를 알아보았다.

"어르신 가족인가요?" 헉슬리가 물었다.

"예, 맞아요. 마지막으로 우리가 함께 모였을 때. 내 이웃이 이 사진을 찍어줬어요. 아내가 어떤 사진이든 직소 퍼즐을 만들어주는 회사에 그걸 보냈죠. 내 예순다섯 번째 생일선물이었어요."

마지막 조각이 제자리에 끼워지자 그는 입을 다물었다. 헉슬리는 마지막 조각을 두드리는 그의 손가락이 떨리더니 곧 그 떨림이 손과 팔로 번지고 이어 온몸을 흔들어놓는 것을 지켜보았다.

"아무쪼록 내 무례함을 용서하세요." 노인은 즉시 퍼즐을 해체하기 시작했다. 완성된 이미지 위로 손을 뻗더니 퍼즐을 조각 조각 떼어놓았다. "난 이걸 꼭 해야 하거든요."

"왜죠?" 리스가 물었다.

"나를 붙잡아두거든요. 그래서 이걸 해야만 해요."

"붙잡아둬요? 어디에요?"

노인은 큰 부분에서 작은 조각들을 분리하더니 탁자 위에 하나씩 뒤집어놓았다. "여기에. 나에게. 그들에게. 그래서 난 계속 해야만 해요."

헉슬리는 방 안을 둘러보다가 예전에 깔끔하게 정리되어 있던 방 안이 시간이 지나며 점차 너저분해졌으리라는 사실을 문득 깨달았다. 선반에 놓인 장식품들 위에는 먼지가 쌓여 있었지만, 그렇게 두텁지는 않았다. 드문드문 거미줄이 촛불을 받아 반짝였다. "어르신은 처음부터 여기 계셨겠네요." 그가 말했다. "그렇죠?"

노인은 고개를 끄덕였고 손은 여전히 퍼즐을 해체하느라 분주했다. "그 후에……." 그는 잠시 말을 멈추었고, 헉슬리는 그의 목이 긴장하는 것을 알아차렸다. 손은 움직임을 멈추지 않았지만, 시선은 먼 곳을 응시하고 있었다. "처음에…… 모든 일이 일어나기 시작한 첫날, 바깥 거리는 엄청나게 시끄러웠어요. 비명과 고함이 난무했죠. 가족들은 무슨 일인지 보겠다고 밖으로 몰려 나갔어요. 나는 창고에 있었습니다……." 그는 침을 삼켰다. "그 후에 난 여길 떠날 이유가 없다고 생각했답니다. 아내는……." 그가 무슨 소리를 냈고, 헉슬리가 회한에 찬 웃음소리라고 생각했던 그 소리는 순식간에 날카로운 고통의 비명으로 바뀌었다. 노인이 손을 들어 올려 엄지손가락 마디를 이빨 사이에 끼워 물고 억누르지 않았더라면, 도저히 참고 듣기 힘들었을 그런 소리였다. 딱지 앉고 상처 난 피부 위로 피가 흘렀다. 헉슬리는 배에서 깨어난 이후로 그 어느 때보다 큰 무력감과 분노를 느끼며 그에게 손을 뻗고 싶은 본능과 싸워야 했다.

노인은 몇 초 후에 손을 내렸고, 퍼즐 조각 위로 흘러내린 피에는 아무런 관심도 내비치지 않았다. 다시 입을 열었을 때, 그의 목소리는 처음 인사할 때와 마찬가지로 상냥하고 고요했다. "아내는 첫 번째 군인들이 왔을 때 떠났어야 했다고 말했어요.

그것 역시, 내가 틀리고 아내가 옳았던 여러 번 중 한 번이었습니다." 노인이 이번에는 소리 내서 웃었다.

"첫 번째 군인이요?" 헉슬리는 경찰 본능에 자극받아 안락의자에서 몸을 앞으로 숙였다. "전에도 군인들이 여기 왔었다는 건가요······ 그 일이 일어나기 전에도?"

"예, 맞아요. 실은 그 일이 있기 일주일 전쯤이었어요. 군복도 입지 않고, 휘장도 없는 승합차를 타고 왔었죠. 하지만 나도 한때 군인이었기 때문에 군복을 입든 안 입든 군인의 모습은 바로 알아볼 수 있어요. 그들은 재킷 아래 방탄조끼를 입고 무기도 휴대했더군요. 차는 경기장 맞은편 물류창고 주변에 주차했어요. 경찰도 출동해 거리를 봉쇄하고 휴대전화로 촬영을 시작한 사람들을 체포했죠. 물론 경찰이 모두를 막을 수는 없었지만, 제 딸아이 말로는 트위터나 다른 어떤 곳에도 그 일에 관한 내용이 전혀 올라오지 않았다고 하더군요. 뉴스에도 전혀 보도되지 않았죠."

그때 전화기가 딸깍거렸지만, 목소리는 나오지 않았다. 헉슬리는 군복에서 수화기를 풀어내 가만히 응시했다. 머릿속에는 군복과 흰색 가운을 입은 감독관들이 긴장된 시선을 주고받는 모습이 떠올랐다.

"그들이 무슨 일을 하고 있던 건지 알아냈나요?" 그는 노인에게 물었다.

"아니요, 아니요. 그들은 한 시간 동안 머물렀어요. 딸아이는 그들이 수많은 상자와 컴퓨터를 건물 밖으로 가지고 나오고 사람들을 승합차에 태우는 것을 동영상으로 촬영했어요. 딸애 말로는 한 남자가 몸부림치며 저항했지만, 군인들이 빠르게 그를 제압해서 차에 태웠다고 합니다. 그들이 떠나고 나자 건물은 폐쇄되었고 경찰이 주위에 배치되었어요. 물론 사람들이 그걸 좋아했을 리 없죠. 소문이 사방으로 퍼졌습니다. 아내는 만약을 대비해 떠나야 한다고 말했죠. 나는 우리가 받은 사업자 대출 상환이 한 달이나 밀렸다고 말했어요⋯⋯." 그는 다시 말을 멈추고는 마지막 조각을 뒤집어서 사진 쪽이 모두 바닥으로 향하게끔 해놓았다. 잠시 망설이던 그가 다시 마비가 온 듯 팔과 몸을 떨더니, 이내 뒤집어놓았던 조각들을 또 뒤집기 시작했다.

"경기장 맞은편 창고에 뭐가 있었는지 아세요?" 헉슬리가 물었다.

"온갖 종류의 물건이 이것저것 많이 있었어요." 모든 조각을 뒤집어놓은 노인은 이제 그것들을 더미로 분류하기 시작했다. 가장자리, 모서리, 어떤 것들은 색깔에 따라 분류했다. "내 생각에 두 분은 여기에 목적이 있어서 온 것 같은데, 맞나요?"

"맞습니다." 헉슬리는 폭탄 가방을 손으로 철썩 두드리고는 애써 밝은 목소리로 말했다. "이 폭탄이 터지면 모든 게 끝나는 거죠. 우리가 들은 바로는 그렇습니다."

"여기 있는 모든 걸 죽이는 건가요?"

"그게 계획입니다. 아직은 시간이 있으니 어르신은 여기서 빠져나갈 수 있을 겁니다⋯⋯."

노인의 입술에서 또다시 날카롭고 고통스러운 신음이 터져 나왔지만, 다행히 이번에는 손을 물지 않고도 감정을 억누를 수 있었다. "아니요. 난 갈 곳이 없습니다. 내가 속한 곳은 여기예요. 이것이 나의 보상이자 벌입니다." 그는 젖은 눈을 깜박이며 재빠른 손놀림으로 조각을 끼워서 모서리를 채워 넣었다. "처음에는 일상을 유지할 수 있었어요. 식사, 청소, 화장실. 밖에서 들리는 모든 끔찍한 소리에 귀를 닫고 대부분은 앉아서 이 퍼즐을 완성했습니다. 오랫동안 그렇게 일상을 유지해왔지만, 지금은 아닙니다. 이제는 이것밖에 없어요."

그가 손을 멈췄고 몸을 곧게 펴자 떨림이 돌아왔다. 그가 헉슬리를 바라보았다. "어렸을 때 나는 뭄바이에 있는 할머니의 정원을 뛰어다니며 놀곤 했어요. 그러던 어느 날 뱀에게 물렸습니다. 엄청나게 아팠죠. 거의 죽는 줄 알았어요." 그의 손이 셔츠 단추로 옮겨 가더니 조심스럽게 단추를 풀어 그 아래 피부를 드러냈다. 헉슬리는 전신을 타고 흐르는 혐오스러운 전율을 억누를 수 없었지만, 그 모습에서 눈을 뗄 수도 없었다. 노인의 가슴에서 배까지 작은 자국들이 마치 물결치듯 온 피부를 뒤덮고 있었다. 헉슬리는 역겨우면서도 자국 하나하나가 마치 금붕어의 입처럼 열렸다 닫혔다 하는 것을 넋을 잃고 바라보았다. 아니, 그는 각각의 입이 쩍 벌어질 때마다 튀어나오는 작은 송곳니에서 독이 뿜어져 나오는 것을 바라보면서 자신이 틀렸음을 깨달

290

왔다. 뱀이야.

"내가 퍼즐을 맞추고 있으면 덜 물어요." 노인이 머리끝에서 발끝까지 몸을 떨며 말했다. "좋은 기억을 떠올리면 속도를 늦추는 것 같아요. 그러니 나쁜 생각을 억제할 수만 있다면 살 수 있다는 거죠. 하지만 아무도 영원히 그렇게 할 수는 없잖아요." 그가 눈을 깜박이자 경련하는 얼굴로 눈물이 흘러내렸다. "부탁이니 떠나기 전에 날 죽여주세요."

헉슬리는 자신이 노인과 눈을 마주치지 못하고 퍼즐 조각에만 시선을 고정하고 있다는 사실을 깨달았다. 그가 쉰 목소리로 대꾸했다. "저는 못 할 것 같습니다, 어르신."

"꼭 해줘야 해요." 노인의 목소리에 절박함이 묻어났다. "나는 죽어야만 해요. 아시겠지만, 나는 누군가를 죽였습니다. 젊은 남자였어요. 고객이었죠. 나한테서 도둑질을 하려고 했기 때문에 죽였습니다. 이름은 프레데리코였죠. 그는 며칠에 한 번씩 와서, 재고가 남은 제일 싼 맥주 여섯 개들이 한 팩과 《레이싱 포스트》 한 부를 사곤 했습니다. 그리고 어디에 배팅할지 내게 팁을 주곤 했죠. 하지만 그 정보로 돈을 딴 적은 한 번도 없어요."

두개골이 박살 난 채 아래층에 있는 그 시체일 것이다. 악몽이 지배하는 도시에서 발생한 수많은 살인 중 하나였다.

"아시다시피, 모든 게 달라져요." 노인의 어조가 부드러워지더니 손이 다시 퍼즐을 만지작거렸다. "기억. 감염은 기억을 왜곡하고 그것에 관해 거짓말을 합니다. 나는 세상 그 무엇보다

291

내 가족을 사랑했고, 그들은 내 사랑을 받을 자격이 있었어요. 하지만, 내가 잠시 퍼즐을 멈추고 한숨 돌릴 때마다, 기억나는 것들이 있어요. 아내를 거짓말쟁이와 바람둥이로 만들고 아들들을 도둑으로 만들어버리는 일들. 내가 아는 한 절대로 일어나지 않았던 일들. 나는 그것들이 추악함을 먹고 자란다고 생각해요. 그것이 확산하려면 우리가 서로를 증오할 필요가 있는 것 같아요. 당신이 나를 죽이지 않는다면, 나는 결국 그 추악함에 굴복하게 될 겁니다. 그렇게 되면." 그의 손가락이 퍼즐 조각들 위에서 펼쳐졌다. "내 가족은 진정으로 죽게 될 테고, 나는 더 이상…… 내가 아닐 겁니다."

침까지 튀기며 절박하게 마지막 말을 쏟아낸 후, 그는 즉시 하던 일로 돌아갔다. 노인의 손은 흐릿해 보일 정도로 빠르게 움직였고, 인간의 실력을 훌쩍 뛰어넘는 속도와 정확성으로 퍼즐 조각을 뒤집고 맞추었다.

"헉슬리." 리스가 불렀다. 그가 고개를 들자 그녀는 문 쪽으로 고개를 기울이고는 카빈총의 발사 선택기로 손가락을 가져갔다. 헉슬리는 고개를 저으며 일어서서 쥐고 있던 폭탄 가방에서 손을 떼고 권총을 뽑았다. 그는 노인의 관자놀이에 총구를 겨누면서 팔이 떨릴 것으로 예상했고, 마지막 순간 자신이 비겁한 모습을 보일지도 모른다고 생각했지만, 그런 일은 일어나지 않았다.

"첫 번째 군인들." 헉슬리는 미니 마켓을 빠져나오면서 위성 전화를 입에 바짝 가져다 대고 정확하게 말했다. "경기장 맞은편 창고에 나타난 군인들. 군대가 나타나기 몇 주 전에 찾아왔던 사복 차림의 군인들, 다 들었을 거야, 그렇지?"

딸깍거림이나 망설임도 없이 너무 즉각적으로 나오는 답변이 오히려 헉슬리의 의심을 불러일으켰다. "M-스트레인 감염은 환각과 거짓 기억을 불러일으키는 것으로 알려져 있습니다. 당신이 만난 감염자가 진술한 상황은 전혀 발생하지 않았습니다."

"헛소리 집어치워. 당신들은 내가 형사라서 나를 선택했어. 내가 기억하든 못 하든 수년간의 진실 규명 경험은 나를 살아 있는 거짓말 탐지기로 만들어놓았어. 그는 망상에 사로잡히지도 않았고 거짓말을 하지도 않았어." 그와 리스는 성장물에 뒤덮여 거대해진 경찰차 옆에서 잠시 멈춰 섰고, 그는 계속해서 전화기에 대고 고함을 질러댔다. "사실대로 말해. 빌어먹을 당신들이 누구든 간에, 정확히 말하기 전까지는 단 한 발짝도 더 나아가지 않을 거야⋯⋯."

총알은 조준이 잘못되어 그를 정확히 30센티미터 정도 빗나가 뒤에 있는 상점의 남은 창문을 깨뜨리며 지나갔다. 그의 반응은 본능적이고 즉각적이었다. 경찰차 잔해 뒤로 몸을 웅크리고 전화기를 떨어뜨린 후 한 손으로는 여전히 폭탄 가방을 움켜쥔 채 다른 손으로는 카빈총을 들어 올렸다. 리스는 이미 반격을 시작해, 공원을 뒤덮은 무성한 성장물을 향해 두 발의 조준

293

사격을 했다. 처음에 헉슬리는 그녀가 무엇을 쏘고 있는지 볼 수 없었지만, 곧 리스의 총구 섬광에 응답하는, 자동 사격임을 알리는 리듬감 있는 포효에 이어 깜빡이는 불빛을 보았다. 그는 몸을 피했고, 갈가리 찢긴 금속 조각과 깨진 유리가 거리를 뒤덮었다.

"플라스가 총을 가지고 있었어." 헉슬리가 말했다.

리스는 경찰차의 뒷바퀴 허브 뒤에 몸을 웅크린 채 고개를 저으며 또 한 번의 총격을 피해 몸을 움츠렸다. "플라스가 아니야." 헉슬리가 무슨 뜻이냐고 묻기도 전에 사격이 중단되었다. "한 놈이 밖으로 나왔어." 리스가 투덜거리며 카빈총을 어깨에 메고 두 발을 더 쏘면서 몸을 일으켜 세웠다. 헉슬리는 공원 난간 뒤에서 무엇인가 움직이는 것을 보았다. 리스의 총알이 명중하자 회녹색의 희미한 사람 형상이 비틀거리며 움직였다.

헉슬리는 카빈 조준경을 통해 그 형체의 모습을 선명하게 볼 수 있었다. 남자였다. 혹은 남자였던 것 같았다. 발목부터 머리까지 온몸을 칭칭 휘감은 덩굴손으로 인해 정확한 식별은 어려웠다. 그러나 크게 부푼 손에 든 불펍 돌격 소총은 그가 군인임을 말해주었다. 리스가 퍼부은 또 한 번의 일제 사격이 가슴에서 식물성 고기 조각들을 찢어내자 그가 비틀거렸지만, 소총을 재장전하는 데는 별다른 지장을 받지 않았다.

"덩굴손이 너무 두껍게 감고 있어." 헉슬리가 군인의 이마에 조준경을 집중하며 말했다. 그의 총격이 군인의 얼굴을 덮은 성장물을 찢어내자 피가 철철 흘렀다. 그런데도 군인은 쓰러지지 않았다. "젠장." 헉슬리는 같은 지점을 노리고 다시 발사했다. 세 번의 시도를 더 거쳐서야 그는 감염자의 머리에 총알을 박아 넣는 데 성공했다. 하지만 이번에도 군인은 쓰러지지 않은 채 이리저리 휘청거리며 격하게 총을 쏘아댔고, 총알은 난간을 때려 불꽃을 일으키고 노출된 아스팔트에 구멍을 냈다.

헉슬리와 리스는 총알이 주변을 스치며 날아다니는 동안 몸을 낮게 웅크리고 있다가 군인의 소총이 조용해지자 조심스레 고개를 들었다. "어이가 없네." 리스가 말했다. 탄환을 재장전하는 데 필요한 운동 능력을 잃어버린 게 분명한 감염자가 소총을 떨어뜨렸다. 그가 두 팔을 쭉 뻗은 채 그들을 향해 돌진하자, 입에서는 목구멍부터 끓어오르는, 형언 못 할 분노의 울부짖음과 함께 피가 뿜어져 나왔다. 그는 공원 난간과 충돌한 후에도 계속 분노하며 검붉은 액체를 급류처럼 쏟아냈고, 철제 장벽 틈새로 팔을 휘둘렀다.

"아, 젠장." 리스가 부드러운 한숨을 길게 내쉬며 욕설을 내뱉었다. 헉슬리가 고개를 돌렸을 때, 그녀는 바닥에 있는 무언가를 바라보는 중이었다. 위성 전화기가 산산조각 나 플라스틱과 전선이 흩어져 있었다. 허리를 구부려 전화기를 집어 들면서, 헉슬리는 녹색 버튼을 누르는 게 무의미한 행동이라는 걸 알면서도 버튼을 눌러봤다.

"이제 어디로 가지?" 리스가 지치고 절망에 찌든 목소리로 물었다.

헉슬리는 여전히 촛불이 깜빡이는 미니 마켓 위층 창문을 흘 긋 쳐다보았다. "경기장이 좋겠어."

"좋아. 내가 길을 물어볼게, 어때?" 리스는 화염방사기를 들 어 올리더니 여전히 횡설수설하며 난간에 몸을 기댄 채 허우적 거리는 감염자를 향해 걸음을 옮겼다. "실례합니다, 선생님. 혹 시 근처에 경기장이 있나요? 모르신다고요? 그럼, 엿이나 쳐드 세요."

화염방사기의 포효가 군인의 격분한 외침과 뒤이어 터져 나 온 고통의 비명을 순식간에 삼켜버렸다. 그는 터무니없이 긴 시 간에 걸쳐 죽어갔다. 팔을 흔들며 시커메진 손가락으로 리스를 할퀴려 애쓰던 끝에. 그녀는 두 번 더 그를 공격했고, 마침내 그 가 잿빛 정적 속으로 가라앉자 악취에 역겨워진 표정으로 뒤로 물러났다.

그녀는 연기가 자욱한 난장판을 잠시 쳐다보다가 쿵쿵거리며 말했다. "노인이 어딘가에 지도를 갖고 있었을 거야. 시가 전도 (全圖), 아마도."

"필요 없어." 헉슬리는 20미터쯤 떨어진, 일부가 가려진 교차 로를 어깨 너머로 가리켰다. 표지판은 덩굴손에 뒤틀리고 변형 되어 아치 모양으로 휘었지만, 일부 단어는 여전히 읽을 수 있 었다. 가장 눈에 띄는 것은 위쪽을 가리키는 화살표 옆에 있는 단어들이었다. '트위크넘 경기장 1.6킬로미터.'

14장

 빠르게 움직여야 한다고 판단한 그들은 불필요한 짐을 모두 처분했다. 리스는 권총과 화염방사기면 충분하다고 보고 카빈총을 포기했다. 헉슬리는 카빈총과 권총을 챙기고 폭탄을 제외한 나머지 짐은 다 버렸다. 두 사람 모두 야시경은 보유하고 필요할 때까지 배터리를 아껴두기로 했다. 출발 전에 그들은 단백질 바를 먹어 치우고 수통에 남은 물을 모두 마셨다. 2킬로미터도 남지 않은 상황에서 물을 아껴봐야 별 의미가 없을 듯했다. 헉슬리는 처음 한 입을 베어 먹기 전까지는 자신이 얼마나 허기져 있었는지 깨닫지 못했다. 첫 번째 바를 한 번에 통째로 먹어치운 그는 재빨리 또 다른 바의 포장을 벗겼다. 헉슬리는 자신의 허기가 임박한 죽음 탓은 아닐까, 감각을 느낄 기회가 영원히 사라지기 전에 어떻게든 더 많은 감각을 느끼려는 절박한 본능이 아닐까 의아했다. 아니면 그냥 피곤하고 정말 배가 고팠는지도.

교차로 위쪽 아치형 도로 표지판 너머로 성장물의 기둥은 더 빽빽하고 많아져 일종의 숲을 형성했고, 곧 그것은 지하 묘지 비슷한 형태로 좁아졌다. 가로등이 그 사이에서 계속 깜박이고 있었기에 야시경을 사용할 필요는 없었다. 하지만 불안할 정도로 조용하고 그림자가 많이 드리워진 데다 범람하는 물이 많아 악취가 어느 곳보다 심했다.

"그가 흥미로운 질문을 몇 개 던져줬지?" 리스가 다시 한번 앞장서며 물었고, 헉슬리는 폭탄을 들고 그 뒤를 따랐다. 빽빽하게 자란 성장물이 도시 경관의 많은 부분을 가리고 있었지만, 도로와 인도 가장자리는 쉽게 구분할 수 있었기에 비교적 직선으로 이동할 수 있었다.

"누구?" 헉슬리가 물었다.

"퍼즐 맞추던 노인. 그가 그 질병에 관해 한 얘기. 기억을 먹어치울 뿐만 아니라, 그걸 변화시킨다는 거잖아. 마치 우리가 서로 미워하거나 분노해야 할 것처럼. 내 생각에는 호르몬이 자극제 역할을 하는 것 같아. 아드레날린이나 코르티손 같은, 스트레스 상황에서 분출되는 다양한 화학물질이 수프처럼 뒤섞이는 거지. 그게 연료가 되는 거야."

"말 되네." 헉슬리는 리스의 말이 점점 빨라지는 게 걱정되어

조심스럽게 중얼거렸다. 공격적이군요. 비이성적이기도 합니다, 안 그런가요? 전화 목소리였다면 그렇게 말했을 것이다. 그의 머리에 지금 떠오른 말이기도 했다.

"그리고 그렇게 하려면 그게 우리의 생각을 갖고 놀아야 하고, 우리의 기억도 바꿔놓아야 하겠지." 리스가 말을 이었다. "궁금한 게 있는데, 내 말은, 디킨슨에 관해서 말이야. 그녀가 정말로 학대당한 걸까, 아니면 M-스트레인이 그녀를 미치게 하려고 지어낸 이야기일까?"

"플라스가, 우리가 생각하는 사이코패스가 아닐 수도 있다는 가능성 또한 제기하지."

"오, 걔는 우리가 생각하는 사이코가 맞아. 과연 M-스트레인에게 그녀의 도움이 필요하기는 했을까 싶어. 그 여자의 머릿속에는 M-스트레인이 꺼내 쓸 나쁜 경험이 이미 가득 차 있었을 테니까. 돌연변이의 징후 없이 여기서 가장 오래 살아남은 사람들이 사이코패스, 소시오패스, 이기적이고 망상에 빠진 개자식들이었다는 걸 알게 된다 해도 난 절대로 놀라지 않을 거야. 이 망할 세상에서 살아가려면 당연히 냉혹하고 이기적이어야겠지……"

"리스……"

"……그리고 왜 아니겠어? 왜 아니겠냐고? 우리는 이미 그런 인간들이 번성할 수 있는 망할 세상을 만들어놓았잖아. 도둑질을 일삼는 탐욕스러운 거짓말쟁이들이 나머지 우리를 지배하는 세상. 그러니 이런 세상에서 그들이 번성하지 않을 이유가 뭔데?" 그녀가 잠시 말을 멈추었다. 어깨는 피곤에 축 늘어졌음에도 독설은 거칠고 빠르게 흘러나왔다. "최초의 군인들, 그들은 누구였을까? 우연이 아니야. 절대로……."

"리스."

그녀는 헉슬리의 냉정한 목소리에 놀라 한숨을 내쉬며 침묵했다. 하지만 돌아보지는 않았다. 헉슬리는 그녀가 떨고 있음을 알아차렸다.

"뭐 기억나는 거 있어?" 그가 물었다.

리스는 한참 동안 아무 말 하지 않았다. 헉슬리가 자신이 양손으로 핵폭발 장치를 들고 있다는 사실을 예리하게 깨달을 만큼 긴 시간이었다. 리스가 그를 죽이기로 작정하더라도 그는 제시간에 권총을 뽑을 수 없을 터였다. 마침내 그녀가 돌아섰고, 헉슬리의 두려움은 그녀의 얼굴을 보자마자 사라졌다. 거기에는 망상이 아닌 슬픔만 있었다. 기형도 없고 비이성적인 증오도 없었다. 그저 그 자체로 바라보기 힘든 깊은 슬픔뿐이었다.

"그게 바로 요점이야." 그녀가 쉰 목소리로 말했다. "아들을 봤는데 아무것도 느껴지지 않았어. 뭔가 있었어야 하잖아, 안 그래? 그 애가 진짜라면. 내가 정말 엄마라면. 뭔가가 있어야 하잖아. 그런데 나는 못 알아봤어. 난 심지어 그 애 꿈조차 꾸지 않았어. 그저 빌어먹을 응급실 근무에 관한 꿈뿐이야. 저들이 우리에게 무슨 짓을 했든, 그건 영구적이야. 우리가 이 임무에서 살아남아 여기서 빠져나간다고 해도, 이 모든 여정이 시작되기 전에 우리였던 사람들은 이미 죽었어."

"그 아이는 진짜야." 헉슬리는 폭탄 가방에서 손을 떼어 그녀의 어깨를 잡고 가까이 끌어당겼다. "당신과 나, 그리고 내가 결혼한 여자만큼이나 진짜야. 우리는 거기에 매달려야만 해. 그게 우리가 가진 전부야."

그녀는 이마를 그의 가슴에 기대고 가쁜 숨을 몰아쉬며 흐느끼다가 뒤로 물러났다. "그들이 아이의 이름을 말해줬으면 좋았을 텐데."

두 사람은 잠시 후 첫 번째 꽃을 발견했다. 지하 묘지는 잠시 좁아졌다가 다시 넓어져 동굴 같은 터널을 만들었다. 강을 떠난 후 처음으로 헉슬리는 다시 안개를 보았다. 가장 큰 터널의 끄트머리에 짙게 깔려 있었는데, 어쩌면 그곳에 더 큰 공간, 심지어는 하늘이 열린 공간이 있음을 암시하는지도 몰랐다.

"예쁘다." 리스가 성장물 더미 앞에 잠시 멈춰 서서 말했다. 가까이 다가갔을 때 헉슬리는 그것이 서로 껴안은 커플과 어렴풋이 닮았다고 느꼈다. 연인이었을까? 친구? 어쩌면 그냥 타인이었을지도 모르겠다. 망각에 맞서 다른 인간의 육체에서 위안을 얻고자 했던. 리스의 관심을 끈 대상은 헉슬리가 더 큰 형상의 머리일지 모르겠다고 여긴 것에서 싹터 있었다. 밀폐 용기 모양의 검붉은 꽃잎이 꼭대기에 얹힌 짧은 줄기.

"살아 있는 식물은 많이 못 봤잖아." 리스가 덧붙였다. "우리가 본 나무나 덤불은 전부 죽었거나 거의 죽은 상태였어."

"내 생각에 식물은 아닌 것 같아." 헉슬리가 말했다. 그는 안개 자욱한 터널 앞쪽을 고갯짓으로 가리켰다. 더 많은 검붉은 꽃들이 터널 바닥과 구부러진 벽을 덮고 있었다. 가까이 다가가 보니 꽃잎이 열려 있었다. 정확히 말하자면 꽃잎이 뒤로 당겨져 마치 입 같은 구멍을 드러내고 있었다. 터널을 빠져나오기 시작했을 때, 그는 앞을 내다보았고 꽃의 수가 점점 더 많아지고 있음을 알아차렸다. 꽃잎은 훨씬 더 넓게 펼쳐져 이제껏 보았던 중에 가장 짙은 진홍빛 연무 속으로 뻗어가는 붉은 꽃들의 융단을 이루고 있었다. 들판에 서 있는 자동차, 트럭, 버스가 꽃에 가려 윤곽이 흐릿해졌다.

"꽃들이 빛에 반응하고 있어." 리스가 그의 옆으로 다가오며 말했다. 그녀는 화염방사기의 점화기를 작동하고 몸을 구부려 반쯤 열린 꽃 중 하나에 가까이 가져갔다. 꽃잎이 꿈틀거리며 펼쳐지더니 작지만, 눈으로 식별되는 분홍색 미립자 구름을 입에서 부드럽게 뿜어냈다. 리스는 허리를 펴고 눈앞에 펼쳐진 꽃밭을 살폈다. "M-스트레인 바실러스의 종묘장이야." 그녀가 헉슬리를 돌아보며 말했다. 미간은 명백한 질문으로 찌푸려져 있었다.

"우리는 아직 심장부에 도달하지 않았어." 그는 폭탄 가방을 더 단단히 부여잡고 다시 꽃들 사이를 헤쳐 나갔다. 발밑의 땅은 고르지 않은 느낌이었다. 무성한 성장물 더미 사이로 간간이 보도와 도로가 노출되어 있었다. "아직 경기장에 도착하지 못한 거야."

"트위크넘 경기장." 그녀는 헉슬리와 나란히 섰다. "이름이 너무 이상하지 않아? 무슨 호빗 마을 이름 같잖아. 거기서 무슨 경기를 했었는지 궁금하네."

"축구." 그가 말했다. "풋볼이라고 부르기는 하지만, 어쨌든 여긴 항상 축구야."

"럭비."

그들은 얼어붙었다. 안개 속에서 들려오는 목소리는 매우 부자연스럽게 메아리쳤다. 앞, 뒤, 오른쪽, 왼쪽. 헉슬리는 어느 쪽에서 들리는지 구분할 수 없었다. 그들은 성장물로 뒤덮인 버스 중 하나에 가까이 다가갔고, 리스는 그곳이 가장 확실한 은신처라는 판단하에 화염방사기로 버스를 조준했다. 헉슬리는 몸을 웅크린 채 폭탄 가방을 내려놓고 카빈총을 꺼냈다.

"그들은 럭비를 했어." 목소리가 말했다. 메아리에도 불구하고 헉슬리는 단번에 그 목소리의 주인이 누군지 알아차렸다. 그의 카빈총 조준경은 20미터쯤 떨어진 곳에서 안개와 합쳐진 붉은 꽃밭 위를 추적했다. 아무런 움직임도 보이지 않았다. 플라스가 다시 말을 시작했을 때도 여전히 목소리의 위치는 파악할 수 없었다.

"솔직히 고백해야겠는걸. 난 너희 둘이 여기까지 올 수 있으

303

리라고는 전혀 생각지도 못했어." 그녀가 가볍게 대화하는 어조로 말했다. "결국에는 핀천과 나뿐일 거라고 항상 생각했었는데. 모든 모델이 그럴 거라고 예측했었거든."

"그거 정말 흥미롭네." 리스가 매우 열정적인 표정을 가장하며 말했다. "이리 와서 좀 더 얘기해보는 게 어때?"

나지막하고 공허한 웃음. 오른쪽에서 부드럽고 리듬감 있는 똑똑 소리를 듣고 헉슬리는 재빨리 카빈총을 휙 들어 올렸지만, 덩굴이 무성한 자동차의 부서진 사이드미러에서 물방울 떨어지는 소리였다.

"그렇게도 날 죽이고 싶으세요, 의사 선생님?" 플라스가 물었다. "히포크라테스 선서도 기억상실증에서 살아남지는 못하는 모양이군."

"무엇보다 해를 입히지 말라.* " 리스는 눈을 번뜩이며 화염방사기 방아쇠에 손가락을 단단히 고정하고 천천히 몸을 돌렸다. "넌 그저 해악만 끼칠 뿐이야. 이 모든 빌어먹을 일들이 벌어지기 오래전부터 넌 역병에 지나지 않는 인간이었을 거야."

또 다른 소리, 부드럽게 바스락거리는 소리. 하지만 헉슬리의 눈에는 흩어진 안개가 소용돌이치는 모습만 보일 뿐이었다.

"역병은 어리석은 단어야." 플라스의 말에는 지친 한숨이 섞여 있었다. "그건 질병이라는 게 우리가 살아가도록 진화해온 환

---

* 의사가 되기 위한 '히포크라테스 선서'의 첫 서약 내용.

경의 일탈, 즉 존재의 비정상적인 상태라고 암시하거든. 하지만 그 반대도 사실이야. 이 세상은 우리를 죽이도록 설계되었고 우리는 번식할 수 있을 정도로만 생존하도록 설계되었으니까. 그게 자연의 진정한 균형이야. 이제 난 그걸 알아. 질병은 일탈이 아니야. 심지어 그 독특한 기원에도 불구하고 지금의 이 감염병조차 일탈이 아니야. 우리야말로 일탈이지. 너무 성공한 종은 결국 자신의 환경을 집어삼키고 스스로의 파멸을 자초하는 것이니까. 지금 일어나는 일은 단지 필요한 시정 조치일 뿐이야."

리스가 화염방사기 방아쇠에서 손을 떼어 헉슬리의 팔을 건드리면서 버스 쪽으로 다급하게 고갯짓했다. 그가 의아한 듯 찡그린 표정을 짓자, 그녀는 그의 팔을 꽉 쥐어 의도를 강조했다. 그는 고개를 끄덕이고는 폭탄 가방의 손잡이를 잡으려고 팔을 뻗었다. 리스는 꽃으로 뒤덮인 차량을 향해 몸을 낮추고 천천히 움직이기 시작했고, 그는 폭탄 가방을 끌며 그 뒤를 따랐다.

"알고 싶지 않아?" 그들이 버스를 돌아가는 동안 플라스가 물었다. 헉슬리는 차량 내부에서 무슨 소리가 들리는지 알아내려고 애썼지만 아무 소리도 들리지 않았다. 하지만 리스는 버스에 시선을 고정한 채 꽃들 사이로 호를 그리며 점점 다가가고 있었다.

"뭘 알아야 하는데?" 헉슬리는 대답을 통해 목표물이 드러나길 기대하며 대꾸했다.

"물론 기원이지. M-스트레인 바실러스의 기원."

"그래, 알고 싶어." 그는 한 손으로 카빈총을 조준하며 눈으로는 안개에 휩싸인 꽃들을 훑어보았다. "아는 거 전부 알려줘."

그는 바실러스 균에 감염되어 기형적인 모습을 한 플라스가 마치 기조 강연을 앞둔 교수처럼 손에 노트를 들고 연단에 올라가는 황당한 이미지를 떠올리며 잠시 멈칫했다. "놀랍기도 하고 평범하기도 해." 그녀가 마침내 말했다. "예측 가능하면서도 놀랍다는 거야."

이번에는 헉슬리도 그녀가 더 가까워졌다는 것을 확실히 느낄 수 있었다. 그는 손을 뻗어 리스의 어깨를 두드려 멈추게 했다. 그녀는 애써 감정을 억누르며 동작을 멈추었고, 헉슬리는 버스에 화염을 뿜고 싶어 하는 그녀의 절박한 욕구를 고스란히 느꼈다.

"결국 모든 건 오만에서 비롯됐어." 플라스가 계속 말을 이었다. "유인원이 처음 부싯돌로 불을 붙인 이래로 인류를 사로잡아온 그 오만함. 우리를 구속하는 자연법칙을 초월할 수 있다는 그 망상. 인류는 항상 깨우침의 즐거움이 아닌 통제를 위해, 세상을 이해하도록 내몰리지. 권력을 위해서 말이야. 우리는 자연을 우리 의지대로 지배하기 위해 끝없는 탐구에 종사하는 종이야. 특히 이 경우에는 돌연변이의 힘을 이용하려는 거지."

리스는 짜증스러움에 끙끙거렸다. 헉슬리는 그녀가 플라스의 불타는 모습을 지켜보곤 열망과 계속 이야기를 듣고자 하는 호기심 사이에서 갈등하고 있음을 알아차렸다. "우리가 모르는 걸 말해줘." 리스가 외쳤다. "물론 돌연변이는 M-스트레인의 구성 요소야. 그건 명백한 사실이잖아."

"돌연변이는 진화의 원동력이야." 플라스가 대답했다. "하지만 그건 근본적으로 무작위적이라 예측할 수 없어. 자연 선택에서 주요한 진보가 나타나려면 도킨스가 일명 '눈먼 시계공*'이라고 불렀던 수천 년의 노동이 필요해. 즉 수세대가 지나야 하지. 하지만 돌연변이가 유도되고, 지시되고, 통제될 수 있다면 어떨까?"

플라스의 목소리는 여전히 답답한 울림을 담고 있었지만, 헉슬리의 경찰 본능은 버스에서 주의를 돌리라고 말하고 있었다. 숨기에는 너무 뻔한 곳이야. 그는 돌아서서 리스와 등을 맞대고 웅크린 채 폭탄 가방을 다시 내려놓고 카빈총을 단단히 움켜잡았다.

"수천 년이 걸렸던 일이 수십 년, 아니 그보다 더 짧은 시간 안에 이뤄질 수 있겠지." 플라스는 이어 말했다. "질병이 치료되고 지능이 향상되는 등 더 높고, 더 빠르고, 더 강해질 수 있어. 인간의 잠재력을 최대한 발휘할 수 있게 되는 거지. 한 남자가 있었는데, 그가 엄청난 재력을 가진 사람이었다는 건 전혀 놀라운 사실이 아니잖아. 그는 부와 권력을 잃는 것만큼이나 자신의 죽

---

* 19세기 신학자 윌리엄 페일리가 '시계공처럼 의식 있는 설계자, 즉 신이 생명을 창조했다'고 주장한 데 대한 패러디로, '자연 선택'을 가리킴.

음을 두려워했어. 그 두려움이 유전자 연구, 바이러스 연구, 시냅스 연구 같은 인간의 의지와 진화를 연결하는 거대한 프로젝트에 재산을 투자하도록 이끌었지. 그는 자신이 될 수 있는 모든 것, 되고 싶은 모든 것을 원했어. 대신 그는 우리 각자에게 최악의 악몽이 될 수 있는 능력을 주었고, 그렇게 함으로써 세상의 파멸을 초래했어."

"M-스트레인은 인공적으로 만들어진 거군." 리스가 말했다.

"물론이지. 오직 인간만이 이토록 완벽하게 잔인한 것을 만들어낼 수 있어. 정말 교활하지. 자연의 잔인함은 본질적이지만, 동시에 비감성적이기도 해. 가학성은 자연의 특징이자, 교사이기도 해. 고양이가 살생을 안 좋아한다면 굶어 죽고 말 거야. 하지만 인간은 순전히 쾌락을 위해 고문해. 그런 의미에서 M-스트레인은 가장 순수한 형태로 증류된 인간성이야. 우리는 항상 악몽이었어."

"그래서 어떤 부자가 이걸 만들어냈다는 거군." 헉슬리는 안개 속에서 뭔가 수상한 움직임이나 회오리 같은 현상이 있는지 살피며 말했다. "그리고 런던 서부에 있는 창고에 가져다 버렸고."

"그렇지는 않아. 이렇게 복잡하고 위험한 병원균을 극비리에 개발하는 데는 엄청난 노력이 필요했어. 여러 곳에 비밀 연구소를 설립해야 했지. 수십억 달러의 비용이 투입된 수년간의 작업이었고 런던은 단지 테스트 장소에 불과했어. 세계에서 가장 부유한 도시 중 하나이지만 최악의 빈곤과 최대 노숙자 수치를 자랑하는 곳이기도 하거든. 어느 날 갑자기 사라져도 누구 하나 그리워하지 않을 피험자를 찾는 건 딱히 어렵지도 않았어."

헉슬리는 그녀의 목소리에서 향수와 회한이 동시에 느껴지는 것을 감지했다. "너도 개발에 참여했던 거야." 헉슬리가 말했다. "그래서 네가 이 임무에 그토록 유용했던 거고. M-스트레인의 창조에 도움을 주었던 거지."

"이런 상황에서 '창조'라는 표현이 적절한지는 모르겠네. 나는 단지 그것의 탄생, 그 불가피한 탄생을 촉진시킨 많은 사람 중 한 명이었을 뿐이야. 우린 우리가 무엇을 만들고 있는지 몰랐고 우리가 탄생시킨 아이의 본성이 극도로 복잡하고 강력하다는 사실도 알지 못했다고 말한다면 너희가 놀랄지도 모르겠네. 그것은 전염성이 있거나 스스로 번식할 수 있도록 고안된 게 결코 아니었어. 우리에게 월급을 준 억만장자는 자신의 신성을 유지하기 위해 1년에 한 번씩 은쟁반에 알약 하나를 얹어 가져다주는 하인을 상상했던 것뿐이야. 하지만 진화의 근원을 들여다보고 그것을 통제할 수 있다고 기대하는 것은 불가능하지."

"한 가지만 말해봐." 리스가 말했고, 헉슬리는 그녀의 준비된 긴장감을 느꼈다. "그게 빠져나온 거야, 아니면 풀어놓은 거야?"

이후의 침묵은 길었고, 헉슬리는 안개 속 움직임의 첫 징후를 감지했다. 흩날리는 꽃잎과 함께 갑자기 소용돌이가 일어났다. 헉슬리는 지금 플라스가 무엇으로 변해 있든 간에, 적어도 이

거리에서 쏘아 맞히기에는 너무나 빠르게 움직이고 있다는 것을 알았기에 사격 충동을 억눌렀다.

"버스 안에는 없어." 플라스가 다시 말을 시작하기 직전에 그가 리스에게 속삭였다. 플라스는 이제 가까이 다가와 있었지만, 여전히 답답할 정도로 위치를 파악할 수 없었다.

"나를 너무 나쁘게 보시는군, 의사 선생. 그리고 그래, 내게 특정…… 선호, 그러니까 나를 사회적 규범에서 벗어나게 하는 특정 편견 같은 게 있다는 건 인정할게. 하지만 내가 그것의 필요성을 받아들였다고 해서, 내게 모든 책임이 있는 건 아니야. 이제 우리는 이 이야기의 평범한 측면에 도달했어. 사실 이 모든 게 관료주의와 게으름의 조합으로 귀결되거든. 실행 계획 과정 어딘가에서 한 중간급 프로젝트 관리자가 비용을 좀 절약하겠다고 보증 등급이 99퍼센트에 불과한 보안 프로토콜을 선택한 거야. 복잡한 시스템에서 1퍼센트는 엄청난 오차 범위지. 지루한 경비원이 화장실에서 너무 오래 지체하는 바람에 실험 대상 중 한 명이 탈출했어. 얼마 지나지 않아 당국이 그를 붙잡아 데려갔고, 그는 여전히 자신이 겪은 모든 시련에 관해 이야기할 수 있을 만큼 이성적이었어. 당국은 신중하게 대처하려 애쓰면서 모든 걸 비밀리에 처리했지. 스캔들은 없었어. 형사 고발도 없었지. 사실 어떤 정부가 그렇게 강력한 것에 발을 들이고 싶지 않겠어. 하지만 물론 너무, 너무 늦었지. 따분한 지니와 램프 비유*는 생략할게."

"그들이 널 체포했군." 헉슬리는 꽃잎이 흩날리는 게 보일 때마다 반경을 넓히며 카빈총을 좌우로 움직여 조준했다. "치료제를 연구하기 위해 널 포섭한 거야."

"그들이 내게 한 짓에 비하면 '포섭'은 너무 기분 좋은 말이야. 권력을 가진 집단은 절박할수록 더 잔인한 방법을 쓰기 마련이거든. 나는 처음부터 전적으로 협조적이었지만, 그들은 끊임없이 내가 뭔가 숨기고 있을지도 모른다고 주장했어. 난 그들이 나를 고문한 것에 원초적인 복수심도 상당 부분 작용했다고 생각해. 결국 발병이 심해지자 그들은 통증 유발 신경 작용제는 일단 한쪽으로 치워두고 나를 국제 전염병 대응팀에 집어넣었어. 나머지는 짐작하겠지."

오른쪽으로 10미터쯤 떨어진 곳에서 또 다른 꽃잎이 흩날렸다. "그녀가 빙빙 돌고 있어." 헉슬리가 리스에게 속삭였다. 그들은 등을 맞댄 웅크린 자세를 유지하며 함께 몸을 돌렸다.

"네 생각이라고 했잖아." 리스가 소리쳤다. "지원자를 모아 기억을 지우고 접종제를 투여한 다음 토륨 폭탄을 운반하도록 한 게. 그들이 너도 이 임무에 동참시키리라는 사실은 깨닫지 못한 모양이군."

"기억을 되찾기 시작했을 때 약간의 충격이 있었던 건 사실이

---

* '지니가 이미 램프 밖으로 나왔다'는 관용표현을 가리킴.

야. 그러다가 접종원에 대한 진실을 깨달았을 때 화가 나기 시작했어. 내게는 아주 드문 감정이야."

헉슬리의 머릿속에 자신과 리스의 몸에 있던 반점들, 핀천의 몸에서 벌겋게 피어났던 자국들이 스쳐 지나갔다. 플라스에게서는 본 적 없는 자국들이었다. "네 주사기는 비어 있었던 거군." 그가 말했다. "그들이 우리에게는 백신을 접종했지만 네게는 접종하지 않은 거야."

"백신 접종?" 플라스는 웃음소리로 짐작되지만, 실제로는 비명에 가까운 추악한 소리를 내뱉었다. "아직도 그렇게 생각하고 있는 거야? 이 멍청한 자식. 내 주사기가 비어 있던 게 아니라, 그게 내게는 효과가 없었던 거야. 알려진 과학 지식의 경계에서 실험이 진행되면 이런 일이 일어날 수밖에 없어. 전 세계의 내로라하는 의학자들이 몇 달 동안 효과적인 백신을 개발하기 위해 노력했지만, 그들이 할 수 있는 최선은 침습적인 뇌 수술뿐이었지. 기억의 부재가 너희의 유일한 보호 장치지만, 그리 오래가지는 않을 거야. 그리고 네 폭탄은……."

플라스가 어찌나 빠르게 돌진해왔던지 헉슬리는 카빈총으로 꽃잎들의 폭발에 집중할 새가 거의 없었다. 꽃잎들은 어둡고 대단히 빠른 무언가에 휩쓸린 듯 들어 올려졌다. 옆구리에 강철처럼 단단한 충격이 가해지면서, 그는 엄청난 힘으로 튕겨 올라가 완전한 공중제비 한 바퀴를 돌았다. 땅에 부딪히는 순간 비명이 터져 나왔고, 날카롭고 깊은 통증과 함께 뼈가 갈리는 느낌이

들었다. 플라스가 그의 오른쪽 갈비뼈를 전부 혹은 대부분 부러 뜨려놓았다는 것에 의심의 여지가 없었다. 카빈총은 어딘가로 사라졌지만, 그의 손은 보이지 않는 방아쇠를 반사적으로 계속 당기고 있었다.

카빈! 그는 꽃들 사이를 구르며 계속 소리 질렀지만, 충격은 무력한 허우적거림 말고 다른 동작은 허용하지 않았다. 리스의 화염방사기가 포효하며 화염을 내뿜었지만 오래가지 않았고 곧 비명과 함께 쿵쿵 소리가 연달아 들렸다. 어서 빌어먹을 무기나 집어 들어!

쓰러진 상태에서도 몸을 움직이려 애쓰는 동안 앙다문 이빨 사이로 침이 뿜어졌다. 그는 눈을 깜박여 눈물을 떨구고 몸을 앞으로 굴리면서 카빈총을 향해 몸을 던졌다. 총은 최소 3미터 떨어져 있었고, 갑자기 그 거리가 마라톤 규모만큼 멀게 느껴졌다. 끙끙거리면서 부상당한 몸을 들썩여 총을 향해 기어가기 시작했다. 입에서 흘러나오는 침에는 피가 섞여 있었다. 시야는 전신을 휩쓸고 지나는 고통의 파도와 함께 요동쳤지만, 그는 자신에게 멈추는 것을 허락지 않았다. 마침내 카빈총의 개머리판을 손으로 잡자, 입에서 침보다 피가 훨씬 더 많이 흘러내렸다.

그는 일어서려다가 곧바로 쓰러졌고 어쩔 수 없이 가까스로 앉은 자세를 취한 후 카빈총을 어깨에 걸었다. 총을 조준하자 시야가 다시 흐려졌고 순전히 의지력만으로 초점을 맞추었을 때 못 믿을 정도로 기괴하게 변형된 형상이 눈에 들어왔다. 그것을 현실로 받아들이기까지 귀중한 몇 초가 흘러갔다.

리스가 화염방사기로 마지막 공격을 가한 탓에 얼굴 왼쪽 윗부분이 검게 그을려 있었음에도, 플라스의 길게 늘어난 얼굴에는 그녀가 배를 떠나기 전 헉슬리가 보았던 악의적인 표정이 그대로 담겨 있었다. 그 외에는, 플라스를 인간으로 만들었던 모든 것이 달라져 있었다. 몸길이는 최소 3미터 이상으로 늘어났고, 몸통은 엉덩이보다 훨씬 가늘었다. 팔에는 관절이 두 개나 더 생겼고 길이도 몇 미터나 늘어났다. 다리도 훨씬 길어졌는데, 뒤쪽에는 근육과 힘줄이 톱니 모양으로 삐죽삐죽 돋아나 있었다. 가장 심각한 변화는 허리에 두 개의 다리가 더 생겨났다는 사실이었다. 새로운 다리는 다른 다리보다 작았고, 군데군데 살갗이 벗겨져 젖어 있었다. 이 다리와 뒷다리 끝에는 맹수의 발톱에 넓적하게 퍼진 인간 발의 패러디가 있었고, 팔은 점점 가늘어지면서 불규칙한 모양의 날카로운 돌기들로 변해 있었다.

플라스는 그 팔다리를 리스의 몸 위에 들어 올리고 있었다. 리스는 코와 입에서 피를 쏟으며 사지를 뻗은 채 죽은 듯 기절해 있었다. 헉슬리는 그녀에게서 생명의 기운을 전혀 느낄 수 없었다. 어쩐 일인지 플라스는 무기력한 먹잇감을 눈앞에 두고도 날카로운 팔로 찌르기를 주저했지만, 여전히 연기가 피어오르는 반쯤 망가진 얼굴에는 적나라한 증오가 드러나 있었다. 그녀가 리스에게 가까이 기대더니 한마디를 내뱉었다. "나쁜 년!"

헉슬리는 카빈의 방아쇠를 꽉 움켜쥐었지만, 고통과 공포에 사로잡혀 안전장치 해제하는 것을 잊었다. 엄지를 방아쇠에 가져다 대고 레버를 전자동으로 돌리자 손이 부들부들 떨렸고, 그 사이 플라스는 그 불가사의한 팔다리로 단 몇 걸음 만에 그들 사이의 거리를 좁혔다. 그녀가 가시 돋친 팔을 빠르게 휘둘러 그의 손아귀에서 카빈을 날려버리고는 새로 생긴 다리의 커다란 발로 그의 가슴을 찍어 눌렀다.

고통이 섬광처럼 폭발했다. 폐에 공기가 조금이라도 남아 있었다면 그는 비명을 질렀을 것이다.

"조금만 더 기다려." 흐릿한 덩어리처럼 보이는 플라스의 몸 뚱이가 그의 시야에서 물러나면서 말했다. "우리의 수다가 아직 끝나지 않았잖아."

헉슬리는 숨을 헐떡이며 누워 있었다. 자신이 여전히 공기를 들이마실 수 있다는 사실이 놀라웠다. 하지만 헐떡일 때마다 입 주위로 핏물이 분사되고 있었기에 언제까지 버틸 수 있을지는 의문이었다.

"토륨 폭탄." 플라스의 웃음소리가 다시 들려왔을 때 그는 고개를 들었고 폭탄 가방 앞에 웅크리고 앉은 그녀의 모습이 보였다. "그들이 내가 진짜 속을 거라고 생각했다는 게 더 모욕적이야. 어차피 폭탄은 터뜨려봤자 효과도 없을걸. 이 종묘장의 뿌리가 엄청나게 깊거든. 100메가톤 정도로는 어림도 없지."

전신을 휩쓸고 지나는 또 다른 고통의 파장으로 몸이 축 늘어지면서 헉슬리의 시선은 플라스를 떠나, 만발한 붉은 꽃잎들 쪽으로 미끄러졌다. 바로 그때 그것을 보았다.

"그건 그렇고, 어쨌든 그건 내 생각이 아니었어." 플라스가 말을 이었다. 꽃이 그의 주의를 완전히 사로잡으면서 그녀의 목소리는 점점 아득해졌다. 검은색. 그는 가장 가까이 있는 꽃을 향해 손을 내저었다. 꽃잎은 대부분 붉은색이었지만 군데군데 검은색이 점처럼 찍혀 있었다.

"나는 그걸 생물학 물질 전파 부대로 부르고 싶었거든. 하지만 그들은 리스가 알아챌지도 모른다고 걱정했어. 핵무기 같은 게 더 설득력 있으리라 생각한 거지. 핵분열 장치는 내 전문 분야를 훨씬 벗어난다는 사실도 고려했던 것 같아."

헉슬리가 기침하자, 입에서 토해낸 진득한 핏덩어리가 가장 가까운 꽃잎에 떨어졌다. 순식간에 꽃잎이 시커멓게 변했고, 줄기도 검은색의 앙상한 잔해가 될 때까지 시들었다. 근처에 있던 다른 꽃들도 시들었고, 그의 피가 닿은 곳이 모두 시커멓게 변해 번져나갔다. 주위를 둘러본 그는 자신이 점점 커지는 검은 웅덩이 한가운데 누워 있고, 사방에서 꽃들이 죽어간다는 사실을 알아차렸다.

항체. 피로 휘갈겨 쓴 그 단어가 번개처럼 그의 기억 속으로 돌아왔다. 항체…… 우리가 바로 그거였어…….

플라스가 그의 위로 우뚝 솟아오르더니, 날카로운 팔다리가 그의 머리 양옆 바닥에 내리꽂혔다. 헉슬리의 시선은 그의 오른쪽 귀 옆에 있는 것으로 향했다. 그것은 핀천의 몸을 관통해 찌를 때 사용한 것이었다. 다른 사지보다 가늘고 상처 나고 줄어들어 있었다.

"무지가 그래서 무서운 거야." 플라츠가 그의 얼굴과 불과 몇 센티미터 떨어진 곳까지 몸을 낮추며 말했다. "너무 위험해. 하지만 내게는 해당하지 않아. 나는 어렸을 때부터 세상을 성공적으로 헤쳐 나가려면 가능한 한 모든 걸 배워야 한다는 걸 알고 있었거든. 예를 들어, 토륨 폭탄 같은 건 존재하지 않는다는 사실."

그녀의 왼쪽 눈은 검게 그을린 살덩어리 아래로 가라앉아 있었지만, 오른쪽 눈은 그녀가 몸을 가까이 기울일 때 보니 맑고 밝게 빛나고 있었다. "네 파일은 읽어봤어, 특별 수사관." 그녀의 목소리는 이제 다정한 속삭임으로 바뀌었다. "사실 그러면 안 되는 거였지만, 접근 권한을 확보할 방법이 있었거든. 그렇게 훌륭한 경력을 날려 먹다니. 네가 결혼한 상태라는 사실, 그들이 얘기해주던가? 너의 그 아름다운 부인 얘기는?" 그녀의 망가진 이목구비가 동정 어린 찡그림을 연상시키는 도발적인 표정을 지어 보였다. "부인이 널 기다리고 있을 것 같아……?"

해변의 그 여인, 그녀가 그를 바라보던 방식. 작별 인사였을까? 그녀가 결혼했던 술주정뱅이 패배자에 대한 마지막 거절이었을까? 이유는 알 수 없었지만, 헉슬리는 그럴 리 없다고 생각했다.

그는 떨리는 숨을 길게 들이마시고 플라츠를 특징짓는 잔인함으로 번뜩이는 한쪽 눈에 시선을 고정한 채, 진한 핏덩어리를 정통으로 내뱉었다.

그녀의 반응은 그 즉각성과 폭력성에서 장관이었다. 거대하고 기형적인 몸이 벌떡 일어서더니 뒤틀린 팔다리를 사방으로 마구 휘둘러댔고 목구멍에서는 고통스러운 분노의 비명이 터져 나왔다. 헉슬리는 고통과 싸우며 왼쪽으로 구르는 데 성공했고, 플라스의 오그라든 돌기들은 그의 등에서 3센티미터도 떨어지지 않은 땅바닥에 꽂혔다. 그는 부러진 갈비뼈의 통증으로 비명을 지르면서도 구르기를 멈추지 않았고, 플라스의 팔다리가 울려대는 진동이 멀찍이 물러가자 목을 길게 빼, 들판을 가로질러 광란의 춤을 추는 그녀를 바라보았다. 그녀의 벌어진 입에서 증오에 가득 찬 외설스러운 욕설이 진하고 시커먼 피와 함께 끊임없이 흘러나왔다. 플라스는 한참을 더 춤추다가 고통에 몸서리치며 쓰러졌고, 헉슬리는 그녀가 곧 죽음을 맞이하리라는 희망이 불꽃처럼 타오르는 것을 느꼈다.

행운에만 의지할 수 없었기에 그는 다시 카빈을 찾아봤지만 시커멓게 변해버린 꽃들 외엔 아무것도 눈에 띄지 않았다. 권총, 그는 기억을 떠올리며 권총집으로 손을 가져갔지만, 비어 있었다. 아마도 플라스가 처음 공격해왔을 때 잃어버린 모양이었다. 젠장…….

"이 개자식!" 그 괴성의 음량은, 기형적인 팔다리로 몸을 일으켜 세우는 데 플라스가 보여준 의지력만큼이나 헉슬리를 주눅

들게 했다. "한심하고 쓸모없는 빌어먹을 패배자……." 격분한 플라스가 한 단어 한 단어 내뱉을 때마다 살과 피가 뒤섞인 진득한 덩어리가 함께 튀어나왔다. 그녀는 발톱을 세우고 다시 그에게 달려들었는데, 그의 생각에 그것은 단지 포식 본능에 이끌린 행동에 지나지 않았다. 그녀의 얼굴은 이제 양쪽 다 검게 변해 있었는데, 한쪽은 타버렸고, 다른 쪽은 그의 피에 닿은 꽃들처럼 오그라들어 푹 꺼져 있었다.

헉슬리는 죽어서 검게 변한 덩굴과 아스팔트를 발꿈치로 긁어대며 뒤로 물러났다. 비틀거리며 그를 쫓아오는 동안, 플라스는 내내 기침과 함께 내장을 토해내고 있었기에, 헉슬리는 한 가지 사실에서 위안을 찾고자 했다. 그녀가 자신을 죽이자마자 그녀 역시 죽게 되리라는 사실. 하지만 그렇게 되지 않았다.

뿜어진 화염이 돌기 솟은 팔을 먼저 핥아 플라스를 돌연 멈춰 세웠다. 그녀가 불길의 근원지를 향해 몸을 돌렸을 때 전보다 훨씬 더 고통스러운 비명이 터져 나왔다. 불줄기는 타깃에 가까워질수록 더욱 강렬해졌다. 타오르는 노란 주황색 혀가 플라스의 상체 대부분을 벗겨내고 검은 연기와 소용돌이치는 화염으로 그녀를 휘감았다. 리스는 연기를 뚫고 절뚝거리며 연무의 가장자리에 나타났고, 화염방사기는 여전히 점점 줄어드는 플라스의 몸뚱이에 화염을 뿜어대고 있었다. 리스는 걸음을 멈추더니 무릎을 꿇고 앉아, 남은 연료가 모두 소진될 때까지 손가락을 무기 방아쇠에 걸어놨다. 마지막 화학물질 찌꺼기 몇 개가 포물선을 그리며 튀어나와 플라스를 집어삼키는 불길에 합류한 뒤 무기는 조용해졌다.

헉슬리는 리스가 풀썩 무너지는 모습을 지켜보면서 자신의 심장 박동도 서서히 줄어들고 시야도 흐려지리라 예상했다. 대신에 그는 격렬한 통증으로 경련을 일으키며 이미 죽은 꽃에 더 많은 피를 토해냈다.

"상태가 안 좋아 보이네." 리스는 그을음과 피범벅이 된 얼굴로 그를 향해 고개를 돌리며 말했다. "기분 나빠지라고 한 말은 아니야."

"그냥…… 살갗에 상처가 났을 뿐이야." 그는 웃었다가 웃지 말았어야 한다고 후회했지만, 적어도 당장은 고통이 남은 피로를 없애는 데 도움이 되었다. 최소한 5분 동안 고통스러운 헐떡거림을 겪은 뒤 그는 마침내 무릎을 꿇을 수 있었다. 1분 정도 더 지나자 놀랍게도 일어설 수 있었다. 그는 부서진 갈비뼈를 꽉 움켜쥐었다. 안 그러면 안에 있는 것이 쏟아져 나올까 두려워하면서, 비틀비틀 리스를 향해 걸음을 옮겼다.

"플라스가 당신을 죽인 줄 알았어." 그가 불필요한 말인 줄 알면서도 어쨌든 이야기했다.

"그래?" 그녀는 겨우 팔을 들어 흔들리는 손가락으로 플라스의 연기 나는 시체를 가리켰다. "음, 내가 저 망할 년을 죽였나 봐, 그렇지?"

리스는 움찔하며 팔을 내렸고, 헉슬리는 그녀의 목에 있는 자국이 더 커지고 몇 개 더 늘어난 것을 확인했다. 죽음 직전 핀천의 몸에 있던 것과 비슷했지만, 질감은 달랐다. 거칠지 않고 촉촉하게 젖어 물집이 잡힌 것처럼 반짝였다. 그는 빗장뼈에 손을 가져다 대고는 그 손길에 몸을 부르르 떨었다. 다른 어떤 것보다 더 날카롭고 깊은 통증이 등과 허벅지에까지 전해지는 것을 보면 그곳에도 더 많은 반점이 생긴 게 분명했다.

"부상." 그가 말했다. "그게 마지막 단계를 촉발하는 거야."

리스가 눈을 가늘게 뜨고 그를 올려다봤다. "무슨 말이야?"

그는 대답하지 않고 폭탄 가방을 찾아 주위를 둘러보았다. 비틀거리며 폭탄 가방을 향해 다가간 그는 무릎을 꿇고 상자를 가까이 끌어당긴 후 타이머를 들여다보았다.

"하지 마!" 헉슬리가 순서대로 버튼을 누르고 타이머를 시작하는 동안 리스는 소리도 지르지 못한 채 말했다. "우린 아직 거기 도착하지 못했어."

헉슬리는 폭탄 가방을 내려놓고 타이머 디스플레이를 그녀 쪽으로 돌려놓았다. 카운트다운은 이미 시작되고 있었다. '00:28, 00:27, 00:26……'

"멈춰!" 리스는 신음하며 억지로 일어섰다. "그만 멈추라고!" 그녀는 몇 발짝도 못 가고 쓰러져 절망적인 눈빛으로 그를 바라보았다. "안 돼…… 지금은 안 돼…… 여기선 안 돼……."

"토륨 폭탄." 헉슬리가 타이머의 숫자가 내려가는 것을 바라보며 말했다. '00:15, 00:14, 00:13…….' "그런 건 없어, 플라스의 말에 따르면."

"어떻게……." 리스는 검은 꽃의 잔해를 움켜쥐고 몸을 더 가까이 끌어당겼다. "어떻게…… 그녀를 믿을 수 있어……."

"안 믿어." 헉슬리는 동의하며 고개를 기울였다. "모든 걸 믿는 건 아니야. 하지만 이건." 그가 타이머 디스플레이를 두드렸다. "이건 믿어."

'00:06, 00:05, 00:04…….'

"헉슬리!" 그녀는 손가락을 벌리고 그를 향해 뻗은 손을 휘저었다. "제발!"

"그건 내 이름이 아니야."

'00:00.'

타이머가 0을 두 번 깜박이더니 어두워졌다. 헉슬리는 약 2초 동안 가방을 뚫어져라 쳐다보다가 슬며시 밀쳐냈다. "그리고 이건 폭탄이 아니야."

헉슬리는 이를 악물고 식식 소리를 내며 다시 일어나서 리스의 옆으로 가 그녀가 앉을 수 있도록 도와주었다. "봤지?" 그가 군복 옷깃을 잡아당겨 벌겋게 팽창한 자국을 드러내며 말했다. 이제 그것이 폭발할 준비가 된 것처럼 고동치는 것을 느낄 수 있었다. "폭탄이 아니었어. 바로 우리였어." 그는 그녀의 머리를 손으로 잡고 이마를 맞댔다. "우리가 폭탄이야. 처음부터 우리였어. 생존, 기억나? 이 임무는 생존이 전부였어. 여기까지 올만큼 오래 살아남아야 했어."

322

그녀가 몸을 밀착해왔고, 그 떨림의 강렬함 탓에 그는 리스의 고통이 그의 고통과 맞먹거나 오히려 그의 것을 능가함을 알 수 있었다. "내 생각에⋯⋯." 그녀는 결국 끙끙거리며 양손으로 그의 어깨를 잡고 몸을 일으켰다. "우린⋯⋯ 우리가 하러 온 일을 해야 할 것 같아."

그는 고개를 들어 그녀가 내민 손을 바라보았지만, 깊고 쓰라린 피로감 탓에 단호한 거절의 말을 뱉어내고 싶었다. 해변의 여인⋯⋯ 내 아내. 리스의 아들. 핀천의 남편. 골딩과 디킨슨은 대체 누구를 위해 이 일을 했든 간에.

헉슬리는 그녀의 손을 잡고 거의 끌어당기다시피 몸을 일으켜 세웠다. 두 사람은 몇 번이나 비틀거리며 쓰러질 뻔했지만, 그래도 넘어지지 않기 위해 서로를 붙잡고 앞으로 나아갔다. 이제 그들의 목적지는 분명했지만, 안개가 너무 짙어서 형태가 없는 거대한 멍처럼 보였다. 두 사람은 걸으면서 피를 흘렸고, 발자취마다 검게 시들어가는 꽃의 흔적을 남겼다. 헉슬리는 자신의 몸속에서 접종원이 효과를 나타내는 것을 느낄 수 있었다. 열이 나고 메스꺼움도 심해지면서 강렬한 고통의 파동이 그를 괴롭혔고, 한 걸음 한 걸음 내딛는 것이 마치 자기학대 훈련처럼 느껴졌다. 리스는 고통스러움에 줄곧 흐느꼈지만, 매번 쓰러질 것 같다고 느껴질 때마다, 그를 더 꽉 부여잡고 계속 걸음을 옮겨놓았다.

그 멍이 시야를 꽉 채웠을 때, 헉슬리는 그 안에서 아주 넓고 거대한 규모의 형태 하나를 알아보기 시작했다. "경기장이야."
그는 애써 말하다가 경련을 일으키며 축축하지만 단단한 무언
가를 토해냈다. 리스가 그를 홱 잡아끌어 정신을 차리게 해주지
않았다면 바닥으로 무너질 뻔했다. 그는 고통스러움에 웅크렸
던 자세에서 일어나 경기장을 바라보았다. 안개는 여전히 짙었
지만, 경기장을 빽빽이 덮고 있는 꽃들을 알아볼 수 있었다.

"이곳이…… 그들이 온 곳이야." 리스가 숨을 헐떡였다. "수없
이 많이…… 여기로 죽으러 왔어."

헉슬리는 그녀를 꼭 껴안았고, 두 사람은 안개 속으로 들어갔
다. 몇 분간 비틀거리며 걸어간 그들은 거대한 꽃의 벽을 마주
했다. 헉슬리는 고개를 들어 경기장이 꽃으로 완전히 뒤덮인 것
을 바라보았다. 활짝 벌어진 꽃들은 플라스가 '필요한 시정 조
치'라고 불렀던 것을 내뿜고 있었다.

"어쩌면 그녀가 옳았을지도 몰라." 그가 낮고 어눌한 목소리
로 말했다.

리스는 고개를 들 수 없어 그에게 몸을 기댔다. "무슨 말이
야?"

"플라스…… 세상을 구하는 거…… 무엇을 위해서? 그래서
그들은 그냥……." 그는 팔을 들어 올려 꽃의 벽을 향해 휘둘렀
다. "그냥 이렇게…… 처음부터 다시 시작하려고."

리스의 대답은 그가 어깨를 으쓱하는 동작이라고 이해한 것
과 함께 부드러운 흐느낌으로 나왔다. "어쩌면…… 그렇게 안

될지도 모르지."

핀천의 남편. 리스의 아들. 내 아내. "그래." 그는 그녀를 끌어 당기며 다시 앞으로 나아가기 시작했다. "어쩌면."

그들은 꽃의 장벽에서 한 발짝 떨어진 곳에 멈춰 섰고, 장벽 을 바라보며 눈을 깜빡이는 리스의 눈에서는 붉은 눈물이 흘러 내렸다. "뚫고 갈 수가 없어."

"내 생각에…… 그건 중요하지 않아." 헉슬리는 그들이 왔던 길을 돌아보았고, 그 길에는 시들어가는 검은색 흔적이 들판을 가로질러 서서히 확장되고 있었다. 그 아래 땅은 축축한 광택을 띠었고, 진흙 같은 부드러움 탓에 여기저기 움푹 꺼졌으며, 부 패가 꽃에서 뿌리까지 퍼지면서 균열이 생기고 있었다. 이 종묘 장의 뿌리가 너무 깊거든…….

그는 리스에게서 비틀거리며 뒤로 물러나 그녀의 손을 잡았 다. "준비됐어?"

놀랍게도 그녀는 미소를 지어 보였고, 그의 손가락을 약하게 쥐는 것으로 대답을 대신했다. 하지만 이제 말은 그녀의 능력 밖이었다. 붉게 핏발이 선 그녀의 눈을 들여다보면서 헉슬리는 리스가 그를 바라보는 것이 아니라, 이름도 기억할 수 없는 웃 고 있는 소년을 보고 있다는 것을 알 수 있었다.

그는 미소를 지으며 리스와 함께 돌아서서 벽 안으로 걸어 들 어갔다. 처음에는 꽃들이 만지기만 해도 쪼그라들어 무색의 실 처럼 변해버렸다. 장벽은 1미터는 족히 될 만큼 두꺼웠고, 꽃들은 여전히 죽어가면서도 그 수가 너무 많아 빽빽하고 부드러운 덩어리를 형성했다. 헉슬리는 떨리는 다리에 힘을 주며 가능한 한 오랫동안 계속 걸었다. 그들이 어쩔 수 없이 무너졌을 때, 리스도 그와 함께 쓰러졌지만, 두 사람은 여전히 손을 꼭 잡고 있었다. 시들어가는 성장물이 그를 휘감아오자, 그의 몸을 뒤덮은 반점들이 열리면서 마지막 남은 독을 급류처럼 쏟아냈다. 고통이 있었고, 차가움이 느껴지더니, 이어서 기괴한 유대감이 느껴졌다. 희미해지는 정신의 산물인지도 모르지만, 그는 이 괴물 같은 종묘장 전체가 죽어가는 것을 느낄 수 있었고, 자신의 너덜너덜해진 몸에서 새어 나오는 맹독이 모든 줄기와 꽃잎으로 퍼져 나가는 것을 느꼈다. 헉슬리는 그것들의 죽음이 기뻤다.

마지막 몇 번의 심장 박동이 죽음을 잠으로 착각한 뇌의 차폐된 모퉁이를 휘저었고, 그 순간 그는 꿈을 꾸었다. 해변의 여인이 소금기 있는 바람에 머리카락을 흩날리고 있었다. 그녀가 끔찍한 슬픔에 잠긴 얼굴로 그를 향해 고개를 돌렸다.

"가지 마." 그녀가 간청했다. "우리는 이제 막 서로를 다시 찾았잖아."

"가야만 해." 그가 말했고 그녀는 그의 몸을 부둥켜안았다. 그는 흐느끼는 그녀를 안아주며 얼굴에 닿는 그녀의 촉감과 바람이 얼굴을 스칠 때 나는 머리카락 냄새를 음미했다. 입술을 그의 귀에 가까이 가져다 대고 그녀가 무언가를 속삭였다.

"내 이름." 그는 온몸을 관통해오는 마지막 경련으로 더듬거렸다. 여전히 리스의 손을 잡고 있었지만, 그녀의 몸도 이제는 생기가 없었다. "그녀가 말해줬어…… 내 이름은……."

옮긴이 전행선

연세대학교 영문학과를 졸업하고 2007년 초반까지 영상 번역가로 활동하며 케이블 TV 디스커버리 채널과 디즈니 채널, 그 외 요리 채널 및 여행전문 채널 등에서 240여 편의 영상물을 번역했다. 현재는 출판전문 번역가로 일하고 있으며 옮긴 책으로는 『고양이 사진 좀 부탁해요』, 『와인의 세계』, 『이웃집 소녀』, 『템플기사단의 검』, 『살인을 부르는 수학 공식』, 『무조건 행복할 것』, 『지하에 부는 서늘한 바람』, 『3~7세 아이를 위한 사회성 발달 보고서』, 『개의 마음을 읽는 법』, 『개는 우리를 어떻게 사랑하는가』, 『마지막 별』, 『작은 아씨들 무비 아트북』, 『미라클 라이프』, 『예쁜 여자들』, 『전쟁 마술사』, 『지진새』, 『웨어하우스』 등이 있다.

붉은 강 세븐

초판 1쇄 인쇄 2024년 1월 23일
초판 1쇄 발행 2024년 1월 30일

지은이 A. J. 라이언
옮긴이 전행선
펴낸이 이수철
주 간 하지순
교 정 박은경
디자인 최효정
마케팅 오세미, 전강산
영상콘텐츠기획 김남규
관 리 전수연

펴낸곳 나무옆의자
출판등록 제396-2013-000037호
주소 (10449) 경기도 고양시 일산동구 호수로 358-39 동문타워1차 703호
전화 02) 790-6630 팩스 02) 718-5752
전자우편 namubench9@naver.com
페이스북 @namubench9
인스타그램 @namu_bench

ISBN 979-11-6157-161-4 03840